中国专业作家散文典藏文库

行走世界

中国专业作家散文典藏文库

邓海南卷

邓海南 著

中国文史出版社

序

　　上海话中有一个词叫"横竖横"，含有一种决绝的意思。比如表示一件事你必须去做，横竖横吧！人类历史上探索未知地域的长途旅行者，都是一些下定了决心的人，横竖横不过一死，但前方的路，是必须要用自己的脚去开拓的。在中国人中，有秦时乘船东浮的徐福；有汉时开通西域的张骞；有唐时西天取经的玄奘；有明时跋山涉水的徐霞客……在西方人中，有发现新大陆的哥伦布；有完成环球航行的麦哲伦；有前往南极探险的阿蒙森和斯科特……

　　得益于这些开拓者的发现和现代交通工具的发展，如今的人们出远门看世界，已经完全不需要下那样"横竖横"的决心了，只要有钱、有闲，就可成行。但是，在心理上不需要横竖横了，在地理上却离不开横竖横。因为出行的方向，无外乎东南西北，你向东走或者向西行，在地球表面都是横的移位；而到南方或者去北方，则是竖的行动。当然也有走斜线的，但一条斜线，本身就包含了横竖两种因素。所以中国旅人向东去美国、加拿大，向西去欧洲诸国，是横的行动；而北上俄罗斯，南下澳大利亚，则是竖的行动。如今纵览世界，横竖天下，已是打开国门之后中国人的一大人生乐趣。记得第一次在欧洲自驾游来到日内瓦时，心中忽然大生感慨：最早知道这个地方是因为这里开过日内瓦会议，那时候就把这个美丽的地方和国家大人物的行迹联系在了一起，怎能想到有朝一日我们这些平民百姓也可以优哉游哉地流连于美丽的莱蒙湖边？这一切悉托改革开放之福！而改革开放对于过去封闭锁国的铜墙铁壁，没有横竖横的决心又怎能打破？

说到个人的旅行经历，2015 年是我在地球表面上大横大竖的一年。

春三月，走了一趟南极。南极洲毕竟离我们太遥远太遥远了！就算只是摸一下它的尾巴，还是要有一点横竖横的劲头！先得横着走，越过浩瀚的太平洋，从欧亚大陆飞到美洲大陆；再竖着走，越过赤道，从北半球的美国飞到南半球的阿根廷；再继续竖着走，从阿根廷的首都布宜诺斯艾利斯向南飞到美洲大陆的最南端火地岛；在乌斯怀亚港登船，再竖着航行两天，穿过环绕南极洲的西风带上风急浪高的德雷克海峡，才能接近南极洲的边缘。自西向东横行一万两千公里，再由北到南纵贯一万两千公里，最后才能小心翼翼地摸一下南极的尾巴，而且仅仅是尾巴尖而已！回程且玩且行，从布宜诺斯艾利斯飞阿根廷、巴西两国交界处的伊瓜苏看那里的大瀑布；从伊瓜苏飞里约热内卢；从里约热内卢经圣保罗飞秘鲁首都利马；从利马飞秘鲁高原古城库斯科看马丘比丘遗址再飞回利马；再飞古巴首都哈瓦那；从哈瓦那飞墨西哥的坎昆；再从古城梅里达飞墨西哥城；从墨西哥城飞达拉斯，再从达拉斯飞回上海。总行程达五万多公里，超过环绕地球一圈。从旅行长度来说，可算是一次横竖横的壮游。

秋十月，又来了一次大横行：从欧亚大陆东端的上海浦东，到欧亚大陆西端伊比利亚半岛的西班牙、葡萄牙。中间还包括了一次小小的纵贯：从非洲大陆北端摩洛哥的丹吉尔港乘船越过直布罗陀海峡到西班牙南端的阿尔赫西拉斯。当我站在罗卡角上面对天风海浪时，心想下一次的横行应该是跨越面前的大西洋从欧洲大陆到美洲大陆；而下一次的竖走则应该是从北到南纵贯非洲，到达那块钻石状大陆的尖端——好望角！

果然，此后的几年又去了美国；去了非洲南部，如愿到了好望角；去了北极圈内的斯瓦尔巴岛；去了中东；去了外高加索三国和伊朗；去了泰国；神奇的中美和南美洲是去了一次又去二次、三次；近邻日本则是去了两次后又去三次、四次、五次……为什么这样欲罢不能，是因为在行旅中得到了快乐！我们这个世界，我们脚下唯一的这个地球，是上帝赐给我们的福祉！只要有能力走出去，就要把外面的世界看个够！

在行走的过程中，我悟到这样一句话："他山之什，可以攻愚。"这句话的原文是："他山之石，可以攻玉。"既然外来的科学和工具可以改善我们原本落后的生产技术，那么外国的历史、政治、文化、风情等等也可以帮助放眼光、开心窍、得智慧，以攻克治愈我们因长期的禁锢而形成的愚顽病症，得以更好地了解这个世界和融入这个世界。所以我愿意把我旅行中的心得，写出来与读者分享。

在写这些旅行随笔的时候，缩放自如的手机地图给了我很大的帮助，让我可以从不同的高度宏观或微观去揣摩和思考这个宇宙中的天球和人类脚下的大地，这些行旅文章，也算是我自学的一种"地理课"吧。

目　录

第 一 辑

第 二 辑

第 六 辑

第 七 辑

第 八 辑

第 九 辑

第 十 辑

第十一辑

第 一 辑

北极星下的"北极星"号

"北极星"号邮轮属挪威海达路德邮轮公司，只有两千吨级，1956年投入使用，可以算是挪威的历史文物，只不过是还在使用的历史文物。在冬季，当其他船只都在离挪威海岩以外地区航行时，这艘传统船只依旧沿着挪威海岩行驶；在夏季，它担负着探险航海的重任，航行于斯匹次卑尔根岛。我们于7月初在斯瓦尔巴群岛的沿岛航行，乘坐的就是它。和我们在海上遇到的其他大型豪华邮轮相比，它实在过于渺小和朴素，黑船身，甲板之上只有两层白色船楼，中间有一只黑白相间的烟囱。

别看这么一艘不起眼的小船，在北极圈内四天的航行，乘坐一次票价可不菲。订票时我们有两种价格选择：内舱一千五百欧，无窗；外舱三千欧，有窗。我想既然去一次，贵就贵一点，还是要个有窗的外舱心理上舒服。谁知上船进舱，才知内舱外舱并无价格差异那么大的区别，住舱基本都在甲板下的一层，而且都小如螺壳，空间仅容上下铺和供人转个身的地方，再加一个小小的卫生间，要关上房门，才有足够的地面打开那种两面摊开的行李箱。多花一千五百欧买的外舱，只有一个圆形舷窗而已。而一千五百欧的内舱，除无窗外，须使用公共卫生间，但公共卫生间却要比外舱内自用的宽敞舒适。不过内舱的空间更见狭小，一次我去找住内舱的团友，门开后，只见两位团友各自躺在上下铺上，像躺在两个大抽屉里，我忽然想到警匪片中常看到的从停尸冷柜里把装人的抽屉拉出来的情景，差点儿笑出来。这艘船的客舱如此逼仄，大概是因为它原本并非为接待游客而设计。而现在来的游客在这么小的住舱里除了睡觉，其他时间必然都会到甲板上的公共空间去活动，而该船第三层供游客们餐饮、观景与休闲的公共区域，经过改装后倒是相当宽敞、舒适和温馨，除了认真准备的一日三餐，还有咖啡茶点供人随时取用，所以大部分时间可以于此尽情观景消磨，待需睡觉时再缩回窄螺壳中去。在公共空间的墙壁上，挂着多幅"北极星"号在各种环境、各种气候、各种光线下各种角度的油画，可见船上人对这艘国宝级老船的挚爱，到了自恋的程度。

我们此次航行的路线是：从北纬78度的朗伊尔港出发，经游巴伦支堡，出伊斯峡湾。那一晚在极昼午夜的天光下，于行船与对面山岛之间的海面上有蓝鲸出现，隐约浮现的巨大身形上方有水雾喷出，那画面真有一种说不出的意境！而蓝鲸的上浮，真的会使原本波浪荡漾的海面出现一块平稳的蓝色，随之气柱喷出，身形显现，再于波涛之中遁形潜行。

沿着卡尔王子岛向北航行，第二天到达斯匹次卑尔根岛西北角的玛格达莱纳峡湾，在这个拥有悠久探险历史的地方乘冲锋舟登陆。当然在北极地区的登陆不会像在南极那样有大量的企鹅和海豹可看，只能根据十七八世纪留下的鲸脂锅炉遗址和捕鲸人坟墓来遥想当年情景。不过鸟儿还是可以看到的，特别是北极燕鸥——身材和翅膀都相当纤细，但其性格却强悍无比，大概是我们的行进路离它们孵蛋之巢过于近了吧，有几只竟飞到游客头顶上进行攻击，就像希区柯克电影中鸟攻击人的情景，使登陆者不得不敬而远之。还有一种潜在的威胁是北极熊，虽然我们在登陆处连个熊影子也没见着，但探险队员们始终持枪警戒，生怕从什么地方钻出一只来。

在到达斯匹次卑尔根岛的最北端后，船向南折进一个峡湾，去看摩纳哥冰川。有了在南极地区和南乔治亚岛见识过大冰川的经历，斯瓦尔巴群岛峡湾内的冰川已不会让人叹为观止，因为北极的冰川和南极的比本来就是小弟弟，并且沿途所见不少冰川的舌部已从海面缩回岸上的山谷间，不知是因为仅夏季如此还是全球冰川都处于退缩的趋势？冰川的退势令人担忧，但冰川的存在总是有一种庄严冷静的大美，让人们在它面前肃然起敬。那个中午阳光灿烂，船上大厨在后甲板上摆起了烧烤炉，让乘客们面对天地间的大美吃一顿阳光下的美餐。饭后船掉头北行，出峡湾口，于傍晚时分直抵斯匹次卑尔根岛最北端之外的姆芬岛，这时"北极星"号驶到此次航行的最北处。船方再次在后甲板上举行了露天酒会，让乘客们举起香槟酒，庆祝此生第一次也许也是最后一次到达北纬 80 度线的地方。可是此时天色突变，阴云升起，能见度大降，姆芬岛上鲜红的 80 度线标志变得暗淡了，连抱团躺在海滩上的海象们，也模糊成了一坨坨黄泥。

到达北纬 80 度后轮船返航，返航途中却遇到不小的风浪，许多人晕船呕吐，我亦如此，将午、晚两餐饭分作五次吐个干净。记得行前咨询时被告知，北极海域一般风平浪静，乘客不会像经过南极西风带那样遭受晕船之苦。前三天确实风平浪静，但归航的最后一天却让我们见识了一下北冰洋的风浪。记得船方警告过，船舱的舷窗不得打开，否则海浪打入将不可收拾。刚入舱时我曾打开过舷窗让海风透入，后来听取警告及时关上了。当时心想：舷窗离水面有两三米高，风平浪静怎会进水？而当遭遇风浪时，在舱中只见外面的海浪劈头盖脸地砸在舷窗上，人在舱中深感已没在水里，颇有些惊心动魄；心想若非关严舷窗，那住舱早就被海水灌满了！

"北极星"号船艏的正中，画着一颗淡黄色的五角星，应该是象征着在漆黑的夜幕上，那颗在北极点的正上方给航海的人们指示方向的北极星吧。

朗伊尔城，巴伦支堡

斯瓦尔巴群岛靠近北极点，岛屿顶端北纬 80 度线外，就是北冰洋了。它和与它邻近的格陵兰岛一样，边缘都是被冰川切割出的深长峡湾，或许因为岛体较小，不能像格陵兰岛那样将巨大的冰盖保持到今天，才在这个极北之地给人类留下了一隙生活空间，成为有人类居住的最北的地方。主岛斯匹次卑尔根的中部是一个宽大的峡湾，峡湾南岸相距不远的两个小海湾中，坐落着群岛上仅有的两个城市：朗伊尔城、巴伦支堡。首府朗伊尔城居民两千，而巴伦支堡只有矿工五百。此地虽属挪威，却对全人类开放，任何人来此都无须签证。

飞抵朗伊尔城时是午夜零点和凌晨一点之间，出了机场，只见海湾那边的山峦上浮着一片美丽的霞光，极昼无夜，早霞与晚霞之间已分不清彼此。到酒店住下，虽然天无暗意，但经过一天一夜旅途辛劳人的睡意毕竟已袭来，赶紧躺下休息。但窗外的天光让人睡不踏实，初到这极北之地的兴奋也让人睡不踏实，看看手表已指向早晨六点，连忙起床外出，一探究竟。

所住旅馆在地势高处，可以俯瞰山谷中的这个城市，但要说是城，实在有些夸张，其实就是一个房屋依山坡和河谷分布的大村子或企业矿区，因为这里原本就是一个煤矿。出酒店门无须辨路，只有一条大道通向海边。虽然早晨六七点钟已是一天的开始，但朗城似乎还在极昼中沉睡未醒，在走向海边的路上，只看到两辆汽车悄然行驶，三个行人孤寂地走过，除此之外还有一头驯鹿在路边吃草，走到离它一米处它也并不惊逃。此前听说斯瓦尔巴群岛是一个北极熊的数量比居民多的地方，但看到驯鹿如此安然，就知道北极熊已经很少进城了，就算有幸遇到，可以就近拉开任何一扇门进去避险——这里有条规定：任何房门都不得上锁，以供人躲熊之用；并且门必须向外开，以防熊随之扑入。

走向海边的路上，人迹杳然，人声寂静，但有小鸟叫个不停，路边小花虽然只贴地皮长着，却也趁着短夏努力绽放出自己的美丽。走过一段路时，发现玻璃橱窗中有商品陈列和北极熊标本展示，想来就是城里的商业街了，只是店门未开，顾客未至，街上除我无人。走到海边，右边是峡湾尽头的沼泽湿地，有雁群觅食；左边是港口，再过去是机场；而岸边那个体量最大的建筑，就是这里的大学研究中心了。走回酒店早餐后再出来走路观城，人渐渐多了，但依然稀疏，难以成流，似乎这座睡城仍未完全醒来。朗伊尔这个地名是音译，如果一半意译一半音译，应是"长夜"；完全意译，则是"长年"。是啊，在一个有长长极昼极夜的地方，要度过一年，那感觉一定是很长的！

午后乘挪威海达路德公司的"北极星"号游轮开始斯瓦尔巴群岛的巡游，第一站就是朗伊尔城西南处不远、靠近伊斯峡湾出口处的巴伦支堡。和建在海滩边上依坡势铺展的朗伊尔城不一样，巴伦支堡的主体摆布在半山之上，所以从码头上进城先要攀上高高的数百级木梯，才能踏上它的主干道。这个煤矿小镇规模没有朗伊尔城大，但建筑的体量和气派却要比朗伊尔城大得多。朗伊尔城除了体量较大的大学研究中心外，大多是温馨亲切的家庭式小型建筑；而巴伦支堡则显示出苏联时期社会主义公共建筑的风格，一个俄国地导用英语向登岸观光的游轮客人们一一介绍：这是过去的党政活动中心，现在已经废弃了；这是文化和体育中心；这是学校；这是医院；这是煤矿办公楼；如此等等。建筑的外墙都涂着鲜艳的颜色：明黄、墨绿、亮橙、朱红……学校的外墙上还画满了漂亮的壁画，但是在所有这些建筑的窗里门外，包括我们正在走过的城市主街上，除了我们这些游客和那个俄国地导，竟然没有见到一个当地居民！

终于见到当地人了，不过不是在街上。其一是在主干道尽头的酒店里，有售货员在卖邮票和啤酒，啤酒是巴伦支堡当地产的，仅卖两欧元一杯，味道相当不错！其二是在文化和体育中心里为我们这些游客专门准备了一场俄式歌舞演出，有女演员七八个加男乐手三四个，还有一个主持人，正是那位俄国地导，这些人应该都是属于在这里采矿的俄国公司的。有人问俄国地导巴伦支矿一年的产量是多少，回答是十二万吨。其实在这里挖煤的经济价值已不重要，重要的是俄国人在这里的存在感。

看完演出，游客们走下长长的木梯登船离开，回望半山上那些在阳光下五颜六色的大房子，我却感觉这是一座只给人看的空城。但远处山巅的银色积雪和近处山脚的灰黑煤堆，还是构成了一种独特的风景。

北极熊在哪里？

斯瓦尔巴群岛位于北纬 74 度至 81 度之间，近北极点，远离人烟。说它是个北极熊比人多的地方，是一点儿也不错的，即便是在北极熊的数量已经大大减少的今天，还是有三千头北极熊在这个群岛上艰难地生存着。而整个群岛上常住人口的数量不过两千五，而且基本只在朗伊尔城、巴伦支堡和科研基地新奥勒松这三个地方。虽然人类移民后来居上，建立了人居的城市，但也不能避免人家原住民时不时地走过来看看，而且人家是食肉动物，找不着海豹吃时，人也可以当饭的。所以我们行前就已得知：为了防熊，朗伊尔城人人都有一杆枪，除了不许带进银行，其他场合都可以携枪而行的。

到斯瓦尔巴去，能够有幸亲眼看到北极熊，应该是每个旅行者最大的愿望。但这又是个悖论：你不是斯瓦尔巴人，你不能携枪，那么当你有幸邂逅一只北极熊的话，那只熊也有幸见到了一顿美餐，其结果必然是不幸的——不是你被吃掉，就是北极熊被保护你的当地人打死——这就是斯瓦尔巴人必须备枪的理由。据说前不久就有一个当地女孩不幸被熊吃掉了，所以我们被告知：到了朗伊尔城，不要到处乱走，以防有熊出没！

但是等我们到了朗城，却并没有看到当地人携枪的情景，不仅没有人人背枪，连一个随身带枪的人也没有看到。这说明什么呢？说明北极熊久已不来光顾人群集中的市区了，或者在进城之前就被地方当局用直升机驱离了。安全问题是没有了，但看一眼北极熊的愿望，在陆地上也就很难实现了。但希望还是有的，希望在船上！当我们登船巡行群岛边缘，如果能够碰到北极熊在海冰上捕海豹，或者碰到北极熊在岸边鸟群聚集的地方找鸟蛋吃，在甲板上用肉眼，哪怕是用望远镜观察它们，那岂不是既安全又刺激吗？可是即便在斯瓦尔巴有三千头熊，但它们如果平均分布在总面积六万两千多平方公里的群岛上，那密度还是比两千多个人集中在三个居住点上要稀得多，所以想看见它们的身影还是要有运气的。

我们乘坐的"北极星"号这次沿主岛斯匹次卑尔根西侧至最北端北纬 80 度线做四天航行，每天有两次乘艇登陆活动。虽然每次登陆都没见着一根熊毛，但探险队员背着长枪严加戒备，如有团员想离开队伍走得稍远，他们都会紧张地大喊大叫让他回来，生怕从隐蔽处蹿出一只熊来把人叼走。既然如此防范，那我想为安全起见，登陆地点大概会选择在北极熊不到的地方，否则如果出现一只北极熊朝游客走来，探险队员们开枪还是不开？

"北极星"号上有一本留言簿，前面的游客在上面写下的话，许多都对航程表示满意，因为他们看到了北极熊。但我们第一天没看到北极熊，第二天也没有。第三天在驶向摩纳哥冰川的途中，据提示会经过一些夏季有绒鸭筑巢的岛屿，如果幸运的话，能发现寻找鸟蛋的北极熊。果然，早餐时一位探险队员急匆匆跑进餐厅报告道：在船右侧岛岸上有北极熊在活动！

大家放下刀叉，拎起相机，一窝蜂地奔上甲板：在哪儿？在哪儿？在哪儿？

有最先赶到的人兴奋地指点着：在那儿！在那儿！

果然，在岛岸山谷上一条残存积雪的小溪上游，有两个小小的白点在移动，但大多数人还是迟来一步，等他们找准目标举起相机，那两个小白点已几乎消失在山溪拐弯之处。事后我检查我的相片，确实捕捉到了北极熊的身影，但实在是太远了，虽然我用长焦拉近，画面上也只是两个小白点；第二张依然是两个小白点，但白点之间距离有变化；第三张只剩了一个小白点；而第四张，只剩山谷、小溪、残雪、岩石，连一个小白点也没有了。不知道此前在船上留言的乘客们，所看到的是否也是这么渺小的熊影子？但是一位住在我们隔壁舱室的光头挪威人，因为捷足先登，用他的相机拍到了那两只北极熊比较清晰的照片，还用 DV 拍了录像：那两只北极熊大概是因为受到了人类的惊扰，迅速地隐没于山溪尽头——光头挪威人骄傲地满甲板让其他人观看他的照片和录像，成为那一天早上最得意的人。

我们结束斯瓦尔巴和挪威之行后去了冰岛，碰到另一拨乘澳大利亚破冰船到达北极点的人，他们近距离看到了北极熊在浮冰上吃海豹大餐。离开冰岛那天又得到一个消息：前一天有一只北极熊乘坐浮冰漂到冰岛，并且登陆了。但结局是悲惨的：它被第一个碰到它的冰岛渔民开枪打死了。冰岛导游说，我们只能打死它，因为把它弄到动物园并长期养活它那实在太昂贵了；再说，一个自由的生命，被关在动物园里也不会愉快的。

冰舌试探人间温度

当飞机到达斯瓦尔巴群岛上空,在机翼下就看见了浑然的白色。一条条一座座峥嵘峭拔的山脊之间,是大片的雪原或冰川;那些或长或短的山脊,尖锐细薄的顶端都是冰雪镶上的银刃,两边山脊的宽厚处才露出一道道山体岩石本身的黑褐色;北极的阳光在这些山刃两侧分出反差鲜明的亮峰暗谷,无声地切割着杳无人迹的空间。

我曾在从东向西行的冈底斯山脉上远眺那像一长条银锯般积着雪的喜马拉雅山脊,而现在从飞机上俯瞰地球上位置最北的岛屿斯瓦尔巴上的雪山冰峰,则像是铺展了一地银白雪亮的长刀短匕!不过当飞机飞临朗伊尔城所在的伊斯峡湾将要降落时,却见地面的银装渐渐褪去,越来越多地露出山体的本色;还看到了那条穿城而过流入峡湾的河流,如一缕泥泞的长发在渐宽的山谷中分散开来。看来人类在斯瓦尔巴选中的这个主要居住地,其气温确实要比岛上刚才我们飞过的地方温暖。

飞机再降低一些,看清了与河流走向相同的两根粗线条——这是朗伊尔城仅有的两条纵向大道,还有山坡上道路边那些红顶蓝壁的建筑群,再看到码头边停泊的船只和岸上矗立着的矿山设施。当飞机着陆时,海湾对面与跑道平行的天际线上亮着一抹橘色的光,

13

你叫它晚霞或早霞应该都可以，因为这正是极昼中昏晨交替的时候。

当你踏上这个北极之岛后，很快就会发现这里与地球上其他地方的最大不同。是极地的寒冷吗？不，其实这里的夏天并不寒冷，你走过的路边滩地上甚至还挺热烈地长着些小草，开着些小花，而远处的山头上才是终年不化的冰雪，但不同之处肯定是有的，对了，没有树，你举目所尽之处看不到有一棵树——这里是无树之岛、无树之城。

除了这个"无"字，该城还有一个独特的"不"字，就是不许死——不许人们死于该地。历史上死在这里的人就不追究了，城边山坡上你一眼就可以看到的那个竖着几十个十字架的墓地，是过去死者的安息之所。但这块冻土之地，不宜再埋葬新鲜的尸体。要知道那块唯一的墓地上的十字架，已经很多年都没有增加一个了。

夏天的朗伊尔城并非我事先想象的那种冰天雪地的样子，但乘船沿岛航游的数天里，目中所见最多的景色当然还是冰与雪——山峰上的积雪和山谷里的冰川。不过有一个现象，或许令人有所担忧，那就是冰川的前峰，都有着退化的趋势。形象一点说，就是冰川缩回了它的舌头，原本应该长长地探入海水的冰舌，似乎是感受到了人间的热度过高，于是缩回了两边山体形成的齿颊之间。或许就是因为这个原因，我们只能在峡湾里见到一些浮冰，而在岛沿外侧航行时，于北冰洋上却见不到什么浮冰，所以也就见不到与浮冰为伴的北极熊。虽然岛上最北端峡湾中的摩纳哥冰川那厚厚的冰舌还拖在海水里，终于让我们在这北极之地也感受了一下较大的冰川的气派和气势；但在离开摩纳哥冰川驶出峡湾的一路上，远远看见岸边山间有五条冰舌，都已瘫软无力地缩回了滩岸之上。

从哥本哈根飞来之前，在那里的议会广场上看到这样一个雕塑：

一根金属管——你把它当成排气管或排污管都可以，以反抛物曲线向上升起，那当然表示着不断升高的全球气温，金属管的最高处成为一只矛尖，上面挑着一只已快饿成一张皮的北极熊——它要说明的意思再清楚不过了！

当飞机飞离朗伊尔城时，我再次从空中向下俯瞰，机场边的湾岸并无积雪，有些地方还呈现出一抹抹的绿色，只在山上的石缝中还嵌着一条条一道道夏日未融尽的积雪，使得山脊像一根根羽翎状。随着飞机飞离朗伊尔城所处的较温暖区域，山坳间积雪渐多渐厚，并出现了有明显运动痕迹的弧形线条，那是冰川由上而下、从山间到海边的缓慢移动所形成，就像大自然是一位以冰雪为墨的大书法家，将那些粗大的白色笔画一笔一笔地向外写出。随着峰峦间距离变大，山坳变宽，冰川的宽度加大，冰舌也变宽变长；当阳光在某一个角度照射时，可以看到一大片冰舌呈透明的淡绿色，如晶似翠，那上面还刻满了细波般的条纹。但遗憾的是，那一大片冰舌被雪山含在口中，并没有能够伸进海里。

终于，飞机越飞越高，进入云层。待越过挪威海，到达挪威本土的北方重镇特罗姆瑟降落时，斯瓦尔巴群岛的冰雪已留在了远方，机翼下是一片郁郁葱葱的挪威的森林，还有一条闪亮的河流蜿蜒其间。

一条"天"路，两棵奇"松"

在挪威版图中下部西侧海岸边，有两个城市同属一郡，相隔不远，都很小，袖珍而漂亮，这两城名字的最后一个发音都是"sund"，中文音译为"松"。它俩的相似之处还不止这些。

克里斯蒂安松地处濒临挪威海的三个小岛上，是挪威的重要渔港；奥勒松位于前者西南方盖朗厄尔峡湾出口处的两个小岛上，城市虽小，却是挪威最大的渔港、捕鳕鱼和大比目鱼拖网船队的基地。

先说克里斯蒂安松，它的主岛中间被一道海湾揳入，分成两岔，像两条短粗的腿脚，而下方的北岛和里岛之间也有海湾相隔，这样在三个紧挨着的岛屿中间，窄窄的海湾形成一个十字架形状将三者隔开。在过去的年代自然是靠摆渡船来交通，现在仍有摆渡船运行。现今时代当然有公路连通，我们从北岛上的机场下来，乘车从北岛和主岛"左腿"之间的大桥进入主城区，绕过主城的"腰"部向下到达"右腿"的脚底部分，所住酒店就位于那个十字形海湾的交叉之处。从这里向东看是北岛和北岛通向主岛的大桥；向南看是一湾之隔的里岛，它与主岛之间也有一座大桥相连。这座大桥很高，走到桥上向下俯瞰，小城尽收眼底，如观三个盆景：北岛角上教堂高耸，晚钟悠远；主岛的港边街市横陈，船舶排列；而里岛的主体是一块巨石，石山周围林木掩映，其间别墅错落，幽深安谧。里岛与北岛之间海湾虽窄，却没有建桥，里岛进出只有一条路，大概是为了保持这个小小居住区的相对独立吧。

看过了克里斯蒂安松这三块海中盆景，让我们再去看奥勒松。不用再回头经公路大桥回北岛，从主城区就另有一条路可以进入五公里多长的海底隧道，当从另一个岛上钻回地面时，就是沿着64号公路西行了。当64号公路从这个岛的海边跨越到峡湾另一边的半岛时，就走上了那条著名的大西洋之路，又叫"通天之路"。田径运动中有一个项目叫三级跳远，大西洋之路在这里却令人心潮起伏地玩了一个九级跳——通过八座桥梁把峡湾这边的岛屿和那边的半岛连接了起来，从"起跳"到"落地"约九公里长。之所以被叫作"通天之路"，是因为其中一座拱桥恰好在上升至最高处时拐了一个弯，从某个角度看过去，上坡的路面行至尽头忽然断绝了——这当然是一种视错觉。车辆开到那里不可能就此落入海中，而是沿着一条看不见的弧线又滑回了地面；但在远观者的眼中，所有车辆开至那里便悄然消失于海天之中！如果风和日丽，车辆是开进了蔚蓝的天幕；如果碰上风起浪卷，那么车辆就像被滚滚阴云海浪吞没了一般。不知这样一种现象，是桥造好了才显出惊人效果，还是在设计时就已运入匠心？所以这条"天路"的一个功能是行车，另一个功能则是观景——在最佳的视觉角度，有停车场供人驻足，慕名而来的游人在那里成为大型实景演出的观众，而当观赏过后自己驱车通过时，则又成了别的观众眼中的演员。这正合了卞之琳的名句："你站在桥上看风景，看风景的人在楼上看你。"

走过"天路"后，车辆在美丽小城莫尔德登船，渡过中峡湾，接E39公路，向西驶上在地图上状如一条条碎棉絮般漂在海中的岛屿或半岛，再接 E136 公路继续西行，驶上又一个长条形的诺夫岛，沿盘山道开到阿克斯拉山头上的观景台，向下一望，小城奥勒松就尽收眼底了。因为观景台的位置比克里斯蒂安松的大桥高，俯瞰的效果就更为强烈：奥勒松的主城区就在眼皮底下一个狭长的小岛上，房屋灰色的尖顶、或红或黄的房墙和浓绿浅绿的树冠交错在一起，实在就是一个绝美的盆景！盆景的尽头有小桥连着有绿色山脊的海萨岛，海萨岛又从左侧弯了回来，与奥勒松主城之间形成一片良好的海湾，供船只停泊。在海萨岛南面，有一个较大的岛屿护持；在奥勒松北面，有一连串小岛——埃灵岛、瓦勒岛、古德岛等环绕，并且数岛之间有长堤相连；只在西边留下了宽窄适度的出海口，难怪这样一个良好的避风港，会成为挪威最大的渔港。

站在山头观景台上，经导游指点，轻而易举地就能在众多房顶中认出我们将要入住的那一家酒店，于是不想再坐车进城，宁愿沿漫步的小道下山，自己边逛边看一路找到那家酒店去。

就像新德里因德里得名，新泽西因泽西得名，在我们刚走过的斯瓦尔巴群岛上，中国的北极科考黄河站设在那里的科研小镇叫新奥勒松，想必是因奥勒松而得名吧。

峡湾尽头

有个词叫"挪威的森林"，它出自"披头士"的一首歌，又被村上春树用作小说名而得到了加强。于是提起挪威，就仿佛看到了一片森林，其实那首歌唱的是青年男女之间微妙的感情，只是将"是不是很棒？挪威的森林"重复了两遍，内容与挪威的森林没啥关系。挪威当然是有森林的，但如果仅就森林而论，与其说"挪威的森林"，不如说"瑞典的森林"或"芬兰的森林"，因为森林覆盖率挪威是21%，瑞典是54%，而芬兰则高达69%。但如果说"挪威的峡湾"，那就没什么问题了，它是世界上拥有峡湾最多的国家。峡湾第二多的国家应该是南美的智利，但它远在地球的另一端，而且去智利看峡湾的人肯定没有到挪威的多。

看一下挪威的地图就知道，它靠海的那一边没有一处平顺的海岸线，全是大大小小宽宽窄窄的裂缝，这种深入内陆的裂缝就是峡湾。峡湾既通海，又属湖；深深的湾底可容十万吨以上的邮轮长驱直入，水面却又波平如静，完全没有海面的波涛汹涌。而两岸高山壁立，林木森森，飞瀑处处，其路径又曲折通幽，实在是一个于水面观山或在山上赏水的好去处。

挪威最著名的峡湾有四条：松恩峡湾、哈当厄尔峡湾、盖朗厄

19

尔峡湾和吕瑟峡湾。卑尔根市地处盖朗厄尔峡湾和哈当厄尔峡湾之间，被称为峡湾门户。我第一次游名气最大的松恩峡湾，就是从卑尔根鱼市场前的小港上船，先穿越沿海的众多岛屿，然后进入松恩峡湾，一直开到峡湾尽头的小镇弗洛姆，换乘高山小火车爬升至雪山顶上的车站米尔达，再转主线列车回卑尔根。从松恩峡湾口进入峡湾深处，这一段游程颇有点儿像在中国乘船游览三峡，不同的是三峡的江水是浑浊的浓黄，峡湾里的海水是清澈的碧蓝；三峡的江水是湍急的激流，峡湾的海水是如镜的平波；峡湾的主体比长江三峡更宽，两岸的山体或许没有长江三峡的神女峰那么缥缈陡峻，但是山顶却积着皑皑的白雪，海平面和雪线只有大约千米的距离，你可在一张照片中把海水的波浪、岸边的小镇、山腰的瀑布和山顶的积雪全部收入，这样的景色也只有在挪威的峡湾里才能看到。但对当地挪威人来说，这本就是一次寻常的旅程，船上除游客外，还有行客；游船也兼有交通船的功能，在峡湾沿途许多岸边小镇停靠时，都有旅客上上下下。那些峡湾中的小镇，也都温馨、安详而美丽，宛如一个个世外桃源。

第二次来挪威，又经历了一次峡湾之旅，不过不是只游一条峡湾，而是乘车从克里斯蒂安松到卑尔根，一路上穿越了四条峡湾。

第一程从克里斯蒂安松到坐落于中峡湾边的小城莫尔德，乘渡轮跨过中峡湾，到达地处盖朗厄尔峡湾口的小城奥勒松。第二程驱车走盖朗厄尔峡湾边的山路，上到最高处的观景台上俯瞰峡湾，两岸青山如翠玉，峡中湾水如墨玉；再从高处向下行，驶过以曲折险峻闻名的"老鹰之路"，到达峡湾尽头的小镇盖朗厄尔。在小镇的水边回望从高山上下来的那条路，才知道它为什么叫"老鹰之路"，是因为数个以锐角转折的盘山路颇像用简笔画出的鹰翅羽翎，而最上面的一个弯曲则像是老鹰之嘴。第三程连人带车上渡轮在水面游览盖朗厄尔海峡，然后再驱车上岸，行至下一个峡湾北峡湾尽头，并宿于峡湾尽头的小镇奥尔登，于黄昏和清晨的光线里感受那种桃花源般的舒适和宁静。在奥尔登小镇逆着一条流入峡湾的溪水向上行，两岸山间是三个狭长形相连的奥尔德湖，在湖的尽头是欧洲最大的冰河布里克斯达尔冰川。可以想象是远古冰川的切割之力功亏一篑，才没有将奥尔登小镇与奥尔德湖之间的那一小点陆地割开，否则北峡湾的尽头就不是在奥尔登小镇，而是在这布里克斯达尔冰川之下了。

最后一程，从奥尔登小镇驱车至松恩峡湾的北岸边某处，乘渡轮游览并越过松恩峡湾，于南岸某处登陆，再行进至松恩峡湾尽头的小镇弗洛姆。这是我第二次来到这个位于峡湾深处的美丽小镇了。弗洛姆的船码头与火车站相连，大概是方便乘船到达的游客上车观山色，同时也方便从山上下来的客人登船看水景。峡湾尽头的小镇，自有一种远离都市的宁静美，仿佛峡湾的尽头也是世界的尽头。记得第一次来弗洛姆，买的是轮船接火车的连票，在这里下轮船换火车，有一个多小时的换乘时间，谁知流连于这世界尽头竟忘了时间，差一点儿就误了火车。

冰岛其实不太冰

到冰岛，出了雷克雅未克机场，就仿佛入进了史前荒原，那不是土地，而是刚从火山熔岩冷却下来的物质，不是土壤，又不像岩石那样干净坚硬；这种物质趴在地上，黑乎乎灰突突，没有草木与之亲近，愿意沾染它的只是一些苔藓，遇到雨水便显出些许绿意，天旱无雨则死气沉沉。从海边公路上望出去，海湾那一头隐约有一座雪山，状如一颗倒置的钻石，那在阳光下闪烁的尖角，浮现于海湾中腾起的云雾之上。导游说那是与雷市所在海湾遥遥相对的雪山半岛，可惜行期有限，不能专程去抵近观察一下那颗冰雪之钻。

冰岛有人的历史不过一千多年，地质的历史也远较其他大陆和岛屿年轻，有大小火山二百余处，是世界上火山最活跃的地区。20世纪60年代在西南岸外发生的火山喷发，为冰岛新造了一个2.1平方公里的小岛。而2010年冰岛埃亚火山大爆发，从火山口源源不断喷出的火山灰在七千米高空形成火山云团随风向飘移，一时间使欧洲几乎所有的航空公司纷纷停飞，造成空中交通大混乱。这个低调的小岛默默无名，但火山一吼，全球震惊。所以换一角度看，称之为火岛也是名副其实。

虽然冰岛这名字看着就冷，岛的北缘也搭上了北极圈，可全年平均气温都在零摄氏度以上，可算温岛。好在岛上确实有面积很大的瓦特纳冰原，冠以冰字也不算徒有虚名。瓦特纳冰原在冰岛东南部的群山之上，面积八千多平方公里，厚度九百多米。冰原融化的冰水汇成数百条河流。而且在冰原覆盖之下不时有活火山涌动，火山周期性的爆发融化周围冰层形成冰湖，湖水不时突破冰壁，形成的洪灾称为"冰穿"，好在冰岛地广人稀，不会造成重大的人员伤亡。因为冰岛的山上顶着冰雪，夏日冰融雪化，水往低处流，便在一处处山体上形成瀑布，瀑布之多，令人叹为观止。成百上千的无名小瀑就不用数了，一路走过，有名有姓的观光大瀑就有神灵瀑布、树林瀑布、牧羊人瀑布、黄金瀑布……我想中国西北部的农民如果看到这样一个小小岛国竟有如此丰沛的水流，一定会大呼上帝不公：老天哪，你怎么能把这么多的水都给了这小岛，却让中国的大西北干得冒烟！

冰岛温泉之多居世界之首，又是一座温泉岛。许多游客来到冰岛，进首都雷克雅未克之前，先到那著名的蓝湖去泡一个温泉澡。到了北方的米湖，又有温泉可泡。我们行至阿克雷里，这是北方最大的城市，人口却不过万余。从第一大城市到第二大城市，人口便从十几万锐降到一万；再到其余各地重镇，大的人口也不过千余了。当地居民少，夏季游客纷至，酒店接待便成了问题。因为阿克雷里市区酒店满员了住不进去，我们只好在郊外峡湾边一家乡村旅店下榻。乡村旅店风景优美，傍晚在旅店周围散步时，发现房后有一处温泉，水清且热，虽只是简单的水泥池，但坐进温泉，同时也坐拥周边无敌风景：背后是山，山头积雪；面前峡湾，水上浮禽；池边是农舍草地，农舍白墙上画满了天上岛、水面禽、海中鲸；从山脚到峡湾边的大片草地点缀野花，夕阳照得到处是鲜艳的鹅黄，山影遮蔽下是柔和的嫩绿，池边还有一对黑背白腹红嘴黄脚的砺鹬在草地上安详啄食。如此温暖温馨的情景，和冰岛的字面温度反差何其大也。

在米湖附近，有一道地缝，是许多游人必到之处。这是地理学上的欧亚板块和美洲板块的分离趋势在冰岛这个地方拉开的大地裂隙。欧亚板块包含北大西洋东半部、欧洲和亚洲；美洲板块包含北美洲、北大西洋西半部、格陵兰岛、南美洲与南大西洋西半部。而冰岛恰在其间，被两股地质势力拉扯，颇有点儿像鲁迅诗所描写的："两间余一卒，荷戟独彷徨。"你爬到裂缝顶上双脚各踩一边，就可以象征性地跨立于欧亚板块、美洲板块两大地质板块之上了。

这条大地上的裂隙在冰岛东北部只有半米到两米多宽，而在冰岛西南部的辛格维利尔国家公园再度展现出来时，就已经宽达数米甚至十几米了。裂开处的黑色山体如两道城墙相对，中间修了供游客步行的通道。

辛格维利尔是冰岛重要的名胜，是930—1798年冰岛议会所在地的旧址。很难想象在那么久远的历史深处，在那么偏远的蛮荒岛国，在大地裂开的地方，那时冰岛上的维京人竟然已经有了把人们团结在一起的议会。可惜当年的议会建筑无存，只剩石头。

而这样的石头，对于现代议会的国家制度，堪称基石吧。

雷城雅味

冰岛多瀑，所行路上，几乎山山悬瀑，大小多少不同而已。我们在雷克雅未克入住的酒店，即名瀑布酒店。

傍晚时分从房间窗中望出，眼前就是一片海湾，从左边延伸过去，是两道防波堤相护的海港。港口边矗立着一个方形的建筑，完全由玻璃饰面，只是此时的光线，还未能显示出它的玲珑剔透。

出了酒店，首先遇到一个街心环岛，环岛周围竖着鲜红的灯杆，中间一个现代雕塑有趣且奇怪：四个大小有异、形状大致相同的矩形块状体连在一起；这四个矩形方块呈同样的蓝紫色，因块面受光不同，深蓝淡紫相间，材质似透非透，块与块之间只以角端相衔，最下面一块仅以一点着地，其余三块如浮在空中。因刚到雷城，急于去看更多风景，对这雕塑未做深究，匆匆走向海边。海边正前方有一座褐瓦白墙的方形别墅孤零零地坐落于一大片草坪中间，这样一幢地位独特的小白楼似乎应该有些故事，但此时海港那边夕阳正好，照得港边那座玻璃建筑发出五颜六色的璀璨光芒，于是连忙移步向那里走去。

走到近前才知道那是冰岛最大的音乐厅和会议中心，名为"哈帕"。这个如同巨大方形钻石的建筑，是由金属框架上无数片六角形玻璃镶嵌而成，如一个内外通透的巨大蜂巢。据说设计者的灵感来自冰岛冬夜神奇的极光和火山喷发后形成的六棱柱状岩石。这独特的设计和材质，使它面对城市、海洋、天空、大地的昏晨，时时发出变幻的光彩。当你身处其外，它是一座奇幻的水晶宫殿；而当你置身其内，它则成了将你包裹在内的光明世界。在这里开会，所讨论的应该是宇宙空间的高妙问题；而在这里听音乐，则应该是人间少有的天籁之声。雷克雅末克，这个欧洲偏远小岛国的孤独的都城，有这么一粒巨钻镶在胸前，就实在有些不同凡响的气度了！

雷城的另一个气度不凡之处，是它的大教堂。哈帕前广场对面的小山坡上是一个城市公园，公园背后那条路便是雷城的中心商业街。沿街走不远就看到另有一条步行街向右岔出，在这条上坡路的尽头，赫然立着一座向天空耸起的高大建筑，那就是雷城中心的大教堂了。整个雷市的房屋大都温馨、精致、小巧，除了在色彩上显露一些个性，几乎没有大体量的高楼大厦，这个城市把它地面的最高点和天空的制高点，都让给了这座管风琴形状的大教堂——由两侧的管状立面依次向中间升高，短管接长管构成的巨大管风琴尖端直耸天际，尖顶上的十字架，则是它用建筑形式奏出的无声圣歌。而有声的圣歌，则由大教堂内的管风琴在做弥撒时奏出，想必也是直通天庭的。

一座哈帕，是凝固的极光；一座管风琴状的建筑，是无声的圣歌。这两样东西足以显示雷城的华丽与庄严。但这又是一座人居之城，人间烟火和生活温度，也在城市各处时时展现。漫步街头，你会看到穿着打扮极为新潮异类的女郎，也可以伸手抚摸在街边栏杆上安详打盹的猫咪，它连眼都不睁一下。稍加留意，你还会见到别处见不到的生命奇趣。走着走着，忽然一处橱窗吸引了我的目光——它不可能不吸引你的目光，还有其他绅士淑女的目光，只见里面挂满、摆满、贴满大大小小形形色色的阴茎状东西，抬头看门额，原来这是一家阴茎博物馆，或许是世上唯一的一家吧。当然这是一个科学博物馆而不是一个性博物馆，其中收藏了二百多件各种哺乳动物的阴茎，大到抹香鲸，小到小老鼠，当然也不能少了人类的。

从阴茎博物馆走到下一个街口，向左一望，便又看到了那座独立于海边的白房子。走到小白楼前看它的说明，才知道这座独立小楼非同小可：1986年10月，美国总统里根和苏联领袖戈尔巴乔夫的历史性会晤就在这所房子里举行。这一次会晤终结了两个超级大国之间的冷战，而冰岛这幢小白楼则成了全球冷战的融冰之地。

然后又遇到了那个蓝紫色的街心雕塑，这回走近前看个仔细，才发现那四个立方体原来只是四个金属薄片，但根据透视原理压出凹凸面，使它在远观时不但被看成立体方块，而且还有半透明的感觉。非常简单的处理方法，却得到了丰富逼真的艺术效果。如果哈帕是华丽之美，大教堂是庄严之美，那么这个作品则是极简之美！雷城的艺术水准可真不一般。

于北欧夏天长长的黄昏在雷城兜了一圈，回到酒店房间已是夜里十一点半，但夕阳仍悬于海面不肯落下，将临海建筑群迎光的一面照得鳞光一片，如同清晨。

和三艘邮轮的美妙相遇

　　我们乘坐的"北极星"号邮轮从伊斯峡湾出海，沿斯匹次卑尔根岛西边向北航行，巡游至主岛最北端，到达位于北纬 80 度线外、海滩上聚集着海象的姆芬小岛后返航回到朗伊尔城。在归港泊岸的那天早晨，见有一艘又大又漂亮的邮轮也在不远处慢慢地靠泊。这艘邮轮从甲板向上数有楼八层，从船艏向船艉数每层有客舱约七十间，那么七八就是五百六十间了，这还仅仅是朝向我们的一侧，比起我们这乘客不足百人的小轮船，实在是大巫见小巫了！关键还不在于大小，而在于这个大巫实在比我们乘坐的这个小巫漂亮太多了！洁白的船体，从上面数下来的第三层是一条鲜明的深蓝色；船中间的上部有一个弧形玻璃外立面的结构，远看像一只装满了美酒的水晶大碗；下方船舷上，与上方那条笔直的深蓝线条相呼应的是一条波浪形的浅蓝；最迷人之处是她的船艏，画了一只猩红的大嘴唇，而嘴唇后面则是一只黑瞳蓝眉的大眼睛；再细看眼眉之上，赫然写着 AIDA 的字样，难怪呢，人家原来是埃及公主"阿伊达"呀，瞧这身打扮，不是艳后，胜似艳后！"阿伊达"优雅地泊岸后，我们也就下船了，当天就离开了朗伊尔城，但在港口相遇的那惊鸿一瞥，却令人一见难忘。

我们从朗伊尔城经挪威北方城市特罗姆瑟转机到奥斯陆，从奥斯陆再飞到挪威中部袖珍小城克里斯蒂安松，从克里斯蒂安松乘大巴经过著名的大西洋天路前往下一个袖珍小城奥勒松，其间在小城莫尔德连人带车搭乘渡轮过中部峡湾。莫尔德是一个美丽的小城，从行驶的渡轮上看过去就更觉美丽，但更美的你猜是什么？我们竟在莫尔德港外又看到了那艘艳丽的邮轮"阿伊达"，这意外的重逢实在让人兴奋！只是当时未及细想：从斯瓦尔巴群岛到挪威中部少说也有两千公里，而一般邮轮的航速不会超过二十节，也就是二十海里。我们在朗伊尔城与"阿伊达"初遇的惊艳是 7 月 5 日，在莫尔德再睹她的芳容是 7 月 7 日，其间不过两三天时间，她怎么来得这么快？

当天抵达奥勒松，第二天经著名的"老鹰之路"到盖朗厄尔小镇，登船游这个著名的峡湾，下午驱车到另一个峡湾北峡湾尽头的奥登小镇入住。奥登名为小镇，规模其实只是一个小村，但这个小村让人惊讶的是，村边码头上竟然停靠着一艘很大的邮轮：船舷字样为 EUROPA 2，欧洲 2 号。我们看到它时，它已解缆启碇开始离港，几声汽笛长鸣后，船上放起了音乐，先是《远航》，再是《告别时刻》，峡湾中顿时荡满了汽笛声和音乐声，宛如一个大剧场。

后来我在网上查到：这是德国赫伯罗特邮轮公司旗下的新船，吨位4.3万，比"阿伊达"号个头小些，但也有 226 米长 30 米宽，平均速度11.8节，最高速度21.9节，载客量500，乘客船员比1.3，造价3.6亿美元，因为该船在满分为2000分的邮轮评分中得到1860分，堪称当今世上最好的邮轮。它拥有全世界最高的乘客空间比：83——这个数字越大表示乘客的活动空间越大，而一般大型邮轮只在 30 到 40 之间。从这个标准说，它已不光是一座海上超豪华酒店，而是一条移动的六星级海上度假村。此外它还有一绝：船上有三十五种杜松子酒可供挑剔的品酒客选择。

三天以后，我们住在了卑尔根，午后走向海边，发现停靠着一艘超大的邮轮——似乎有"阿伊达"和"欧洲2号"两个加起来那么巨大，该有十几万吨吧，却因有港口建筑和货柜区的阻隔看不真切。想越过跨越海湾的大桥到码头的另一端去看，但走到大桥上，风雨大作，迷雾一片，就算走到海湾对面也看不清，只好放弃回馆休息。傍晚时雨小了，我再次外出，心想纵隔于卑尔根市大小海湾之间的那个海岬尖角还没有走到过，便向那里走去。那海岬是一道山岗，我一路上坡，没想到渐入佳境，不但雨雾散去后城市尽收眼底，那艘两三小时前还无法看真切的超级巨轮此时正在出港，蓦然已在我的眼皮之下，大得连照相机的取景框都装不全它！细细观之，这艘巨轮不算下面的圆舷窗，光数方形的窗室就有十二三层高，每层从船艏到船艉的房间数超过一百个，在海湾里，比海湾两边的所有城市建筑都要高大宽阔，简直就是一座海上都市，把斯瓦尔巴群岛上的所有居民全都装走还绰绰有余！它船身上的字样是：P&O CRUISES。

当我走到海岬尽头的海角公园时，我的右边是卑尔根的小海湾，左边是卑尔根的大海湾，此时超级巨轮P&O CRUISES号已从左边大湾中驶到了我面前，令人惊讶的是汽笛声中，我右边的小海湾中也有一艘邮轮出港驶到了我面前，定睛一看，竟是妖艳的"阿伊达"，这是我第三次遇见她了，不知能否算是一种艳遇？眼看着超级巨人和超艳美妇在我面前的海上聚首，宛如一对相会的情人，一前一后向外海驶去。谁知奇遇还没有完，正当我目送他们的背影离去时，身后再次汽笛长鸣，从小海湾中又驶出了一条邮轮，听着那熟悉的歌声，心想不会是"欧洲2号"吧，扭头一看，不禁笑出来了：果然是它——EUROPA 2！

在这次北极北欧旅行中，我遇见了美艳的"阿伊达"三次，遇见优雅的"欧洲2号"两次，遇见超巨的P&O CRUISES一次，但所有这些相遇的最高潮，是在卑尔根海岬的尖角上，看着这三艘邮轮同时出港！

补记：AIDA Luna号，建于2009年，总吨位69203，吃水7.3米，乘客甲板13层，船舱总数1025，客运量2100，有7个餐厅、11个酒吧、3个泳池和2300平方米的水疗设施，属于德国邮轮公司。该公司有大名同叫AIDA但小名不同的邮轮11艘，我在朗伊尔看见的这一艘小名叫Luna，而在莫尔德看见的那一艘小名叫Sol，两姊妹的吨位、载客量、外貌几乎完全相同，难怪会被当成同一位"美女"。而最后在卑尔根看见的，则又是第一次见到的AIDA Luna了。

但是P&O CRUISES，这艘比前两艘邮轮都大得多的邮轮，我在网上没有搜到它的有关信息，只知P&O CRUISES可能是英国胜景邮轮公司的标识。不知这个超大的家伙是何方神圣。

第 二 辑

从直布罗陀海峡进入欧洲

　　数次去欧洲，都是乘飞机从欧亚大陆上空经过，进入欧洲的地点或在法兰克福，或在阿姆斯特丹，或在华沙，或在哥本哈根。但这一次到欧洲走得有些特别——先飞到阿拉伯半岛的迪拜，再沿着北非的地中海沿岸到摩洛哥，从港城丹吉尔坐渡轮越过直布罗陀海峡，于西班牙的港城阿尔赫西拉斯进入欧洲。

　　细想一下，这一条路线挺有意思——恰是7世纪时从阿拉伯半岛兴起的哈里发势力沿着地中海北岸一路攻伐，最后驱动被它征服的北非柏柏尔人跨越直布罗陀海峡，攻占了大半个西班牙的进军路线。虽然经过数百年的征战，这股从北非闯入的力量又被欧洲基督教世界给反弹了回去，但西班牙最南部的安达卢西亚省，却因为有了北非民族和阿拉伯文化的融入，成了西班牙乃至整个欧洲最具异域风情的地方。

　　直布罗陀海峡是地中海与大西洋之间的唯一通道，最窄处仅仅十三公里。在地图上，可以把从西班牙向南凸出的尖角和摩洛哥向北凸出的尖角看成几乎就要捏拢的食指和拇指，中间的那一隙细缝就是直布罗陀海峡。只要欧洲大陆板块和非洲大陆板块互相之间稍微多使一点点劲儿，两大洲之间的这条细缝就完全闭合了。那样的话，地中海就完全成了一个不通大洋的内湖，估计整个的人类文明史都要重写。所以越过一条这么窄的海峡攻入欧洲，对已经掌握了航海技术的阿拉伯人来说实在是小菜一碟。当然现在乘渡轮从丹吉尔到阿尔赫西拉斯走的是斜线，距离要稍长些；但从直布罗陀半岛尖端的欧罗巴角到海峡对面西班牙的飞地奎塔，也不过二十三公里。当渡轮驶入直布罗陀半岛和阿尔赫西拉斯相夹的海湾时，就看见了窄窄一长条的直布罗陀上面的那一块巨石，非常突兀地成为这一区域最明显的地标，像一只奇大无比的巨兽，看守着面前这条海洋通道。直布罗陀只有 5.8 平方公里大小，仅有的几条道路和建筑、港口，都在这块气势不凡的巨石的威慑之下。但这只坐镇关隘的巨兽显然没有吓住阿拉伯势力入侵欧洲的前锋——柏柏尔首领塔里克，当年他驾着北非的雄风，就是在这里踏上了南欧的土地，拉开了在西班牙土地上两大势力数百年拼杀的序幕。

就像海峡对面的奎塔半岛是西班牙的飞地一样，这块从西班牙国土上伸出来的直布罗陀是英国的飞地。第二次世界大战中，名义上和德国站在一边的西班牙独裁者佛朗哥没有去碰这个属于英国的军事重地，就让它扼守在了海峡门口。战后西班牙对它提出了领土要求，但英国不愿放弃，1969 年西班牙关闭了直布罗陀通向欧洲大陆的唯一陆路通道，于是当地人进出直布罗陀只能靠乘船和坐飞机了。虽然出行麻烦，但经公民投票百分之九十几的人还愿意从属英国。所以当我们坐渡轮从北非进入到欧洲的直布罗陀海湾时，看着直布罗陀的那块巨石几乎伸手可及，但因为没有事先办好英国签证，近在咫尺的那个小小半岛却是可望而不可去。

从直布罗陀湾向欧洲纵深行进，行车两小时，第一个观赏点是海拔四百多米高的山上小镇米哈斯。在小镇上随意向下一望，就可以看到蓝色的地中海。小镇以白色为基调，白色的街屋起伏错落，门前窗前用蓝色花盆来点缀。造型讲究的白色的别墅则掩映在绿树之间。有趣的是，在直布罗陀海峡北边相对应的位置、相对的高度，也有一座以颜色著称的小镇，那就是蓝色的山间小镇舍夫沙万。舍夫沙万是渡过直布罗陀海峡进入欧洲之前我在北非观赏的最后一个小镇，米哈斯则是从直布罗陀海峡登陆欧洲后观赏的第一个小镇，两相对比，一蓝一白，颜色同样醒目，但颜色下面的质地，却代表了欧洲小镇和北非小镇的明显不同。

舍夫沙万实际上只是一个大的山村，民居依山而建，道路狭窄而无规划，街巷间有垃圾散落，异味飘浮，显然是没有很好的卫生设施、居民也并不在意维护所致。挽救了这个破败山村的恰是涂满了小镇土墙的深蓝浅蓝，一蓝遮百丑，竟使得它闻名遐迩，成为游客纷至沓来之所。而米哈斯则是正儿八经的避暑度假胜地，石砌的漂亮建筑和石铺的规整街道远非舍夫沙万的土墙土屋可比。就算是没有了作为装饰的那一片白色，也只是去掉了一层雪花膏而已，卸了妆的美妇依然秀色可人。而舍夫沙万，若是剥去那一层迷人的蓝色面膜，恐怕就有些惨不忍睹了。

塞维利亚的风情万种

有河流的城市都是有故事的。瓜达尔基维尔河从科尔多瓦流来，经过塞维利亚，在南部海岸的加的斯湾入海；从上面流下来的是西班牙内陆的风情，从下面吹上来的是大西洋的气息。这条河是西班牙境内唯一可以通航的大河，但正是这唯一可以行驶大船的河流，它的航路一通就通到了大洋彼岸的南美洲。哥伦布四次横渡大西洋到南美大陆，资助他的西班牙双王伊莎贝拉和费尔南多二世就住在塞维利亚。正因为塞维利亚和遥远美洲的这种关系，1929 年伊比利亚美洲博览会在这里举办，为此专门建造了西班牙全国最大、最开阔、造型最独特的广场——西班牙广场。我们就是从这个广场进入这个城市的。

广场建筑坐东朝西，呈完整半弧形，用红色砖石砌筑，以无数白色罗马柱和阿拉伯风格的拱门支撑，以蓝基调的瓷砖和马赛克装饰，半弧形的两端有高耸的哥特式塔楼指向蓝天，而半弧形中间的主塔和主楼，突出于半弧形的线条之上，从平面图上看，就是一顶王冠的样子。被半弧形的宫殿式建筑包围起来的，是一大片广场和一圈河道，广场供游人漫步，河水供市民泛舟，我觉得这河道就是瓜达尔基维尔河的象征。从广场经拱桥跨过河道，对面是一片面积数倍于西班牙广场的公园绿地，有森林，有草坪，花圃和雕像散布各处。你如果没有足够的时间和脚力去看这片风景，可以在广场前叫一辆观光马车穿行其间，拉车的全都是漂亮的高头长腿纯血马，仿佛刚从盛装舞步的赛场上下来。西班牙广场建成到现在不到百年历史，可以看作现代塞维利亚的城市缩影。

但更有魅力的塞维利亚，还得在它迷人的历史中去看去找。西班牙广场前那片公园绿地的尽头，就是穿城而过的瓜达尔基维尔河，沿河滨向上走不了多远，就到了塞城的著名地标黄金塔。哥伦布的第三次远航从塞维利亚出发，起锚之处应该就在这座塔楼之下。那时候这个建筑还只是个军事要塞，当后来西班牙殖民者从美洲运回大量黄金在这里登记、储藏，并炫耀地将金粉涂满塔楼的外墙，它才有了黄金塔这个名字。

黄金塔下的河边开着一种又像紫薇又像三角梅的粉红色鲜花，一群年轻漂亮的女士正在河岸台阶上闲坐着抽烟晒太阳，看着这片怡人秀色，不由得想起梅里美笔下的河边场景——每当黄昏，一大群妇女就聚集在河边，当晚祷的钟声响过，人们就认为黑夜来临了，于是所有妇女都脱了衣服下河洗澡，发出叫声、笑声，一片喧哗。这个场景的发生地虽然是河流上游的科尔多瓦，但并不妨碍那浪漫的风情顺流而下，小说中作者和卡门的相遇，就是在塞维利亚的河边。卡门当是虚构的人物，但梅里美和波希米亚美女邂逅谈天、让人给算命、最后被偷掉金表，或许正是他在这城市的真实经历。

在小说主人公堂何塞向作者叙述的卡门故事中，她刚出场时的身份是烟厂的女工。而原产于南美的烟草，正是因为有了瓜达尔基维尔河通向新世界的航路，才被引回旧大陆成为风靡欧亚的消费品。从黄金塔所在的河边向老城走不了多远，就看见在王宫花园和西班牙广场之间有一个很大的方形建筑，那就是塞维利亚的皇家烟厂。烟厂女工卡门在犯事之前，应该就是在那里干卷雪茄的活儿吧？她在那里吵架、伤人；用美色和爱情把老实厚道的军士堂何塞诱入了暗夜里扑朔迷离的灯街，再把他引入山野成了一名绿林好汉。按常理说，这两人都是有罪在身的案犯，却有可贵的品质让人心动——堂何塞虽入歧途但不失为人底线，如果不是他对赠予雪茄又给其信任的作家知恩图报，世上也就不会有人写下卡门的故事了；而卡门虽然坑蒙拐骗但亦纯真不羁，她视爱情为自由的馈赠，宁可被杀也不用来做苟且的交换。

穿行在塞维利亚老城中，我渴望能遇到卡门那样的女子，就像戴望舒希望在雨巷中能遇到丁香一样的姑娘。沿着能够走马的回字形斜道，登上塞维利亚主教堂高高的塔楼，向下俯瞰，一片白墙彩瓦，这里棕榈招摇，那里尖塔鹤立，远处桥梁卧波，古城漂亮极了。但不知古今卡门的故事，发生在哪一条街巷之中、哪一个屋脊之下。

离主教堂不远处是美轮美奂的王宫花园，在园内赏景时，我忽然发现了卡门的身影，那纤腰长发，那内藏野性的黑眼睛，特别是那小手抵腰的姿态和神情，活脱脱是梅里美笔下的卡门——当然这是一个现代的卡门，她的另一只手，正高举着用于自拍的苹果手机。

把马德里从北走到南

第一次到马德里是自由行，住在南郊阿尔冈达的朋友家，每天乘地铁往返主城区，看了它的三大美术馆：普拉多、提森和索菲亚艺术中心。这一次跟团去西班牙南部诸城，在马德里经停一天。这一天我决定独自行走马德里。

导游不放心我脱团独行，说我们的酒店地处马城边缘，你一人逛街并不方便。我从酒店前台要了张马德里地图看了一下，酒店就在卡斯蒂利亚广场边上，确实处在城市地图的北面边缘，看起来离市中心挺远，但是一条大路不用拐弯直通到市中心的普拉多博物馆，而只要到了那一带，便是我上次走熟了的地方，于是请导游放心：有一张地图在手，一个人独逛马城是毫无问题的。

卡斯蒂利亚大道南北纵贯马德里主城区，其地位就相当于东西横贯北京城的长安街。不同的是它没有长安街那么长，设想一下，如果你沿着长安街步行横穿北京城，不累个半死才怪。但在马德里从卡斯蒂利亚大道的北端起点走到南端普拉多博物馆门前的海神广场六公里多；再向南还是这条路，改名为普拉多大道，到它的南端终点火车站广场，总共也不过七公里多的路，这就把马德里的主城区从北走到南了。中、西两国都城的这两条主干道还有一个不同是：

长安街服务的主体是汽车，路上车流车塞、尾气弥漫、红灯阻隔，作为漫步逛街者，恐怕没有谁愿意完整地走一遍长安街；而卡斯蒂利亚大道服务的主体是人，虽然车辆也南来北往，但大道中间是宽阔的林荫道，行不多远便有一个景观广场，林荫道上雕塑喷泉随处可见，渴了有公共饮水处可以对着嘴喝，累了找个长椅坐下就歇，只要你自己心闲气定，走在这条大道上完全可以优哉游哉。

在傍晚的普拉多大道上，我发现27路公交车的终点站正是我酒店所在地卡斯蒂利亚广场，这样当我傍晚回店时，一样可以沿着这条主干道看路边风景，却连脚力也省了。在公交车上，坐在旁边的一位西班牙妇女看我拿着地图按图索骥，便热心地一路向我介绍：这是天地女神广场，这是国家考古博物馆，这是索洛亚博物馆，这是劳工部大楼，这是皇马的主场伯纳乌体育场……从伯纳乌体育场再前行不远，就又回到了早上我的出发地卡斯蒂利亚广场。广场北侧有两座倾斜相向的大厦，那就是著名的"欧洲之门"了。在"欧洲之门"外面，是马德里全城仅有的四座可称为摩天大厦的建筑，也是被马德里人引以为豪的四座高楼。马德里人的这种自豪感不免要遭到中国人的嘲笑："你这四座楼算什么？到我们中国的北京、上海、广州、南京看看，哪一个城市不是高楼如林？"

是啊，马德里确实只有这四座高楼，这才保持了这座名城原有的风貌。试想一下，如果卡斯蒂利亚大道两边全部挤满了遮天蔽日的数十层高楼，那么这条大道还能让行人如此舒适地行走吗？

穿越巴塞罗那对角线大道

　　三年前我曾自驾游到过巴塞罗那，在老城区边上的毕加索酒店住了四天，但丰富多姿的巴塞罗那岂是四天就能玩完的？比如那个美轮美奂的加泰罗尼亚音乐宫，虽然离我们的住处近在咫尺，但还是被忽略掉了。所以这次随旅行团再到巴塞罗那，又有了一次加深认识这个名城的机会。

　　旅行团停留两天，只能是走马观花，而且所观之花大部分我都已经看过，所以决定用一天时间自己下马来走走。但我又一次受到了导游善意的劝告："我们住的旅馆位置在对角线大道的尽头，这是城市边缘，你一个人行走未必方便啊！"我说："那我就走走对角线大道如何？"他说："对角线大道就是车多，有什么好看的？不如还是跟团走，那些经典景点不妨再看一遍。"但我觉得与其重温一遍旧课，不如去看一些新鲜的东西，哪怕不是经典的景点。但是尚未看过的加泰罗尼亚音乐宫我不想放弃，于是和导游约定当下午五点半团队参观该宫的时间，我赶到那里与团会合。

　　剩下的事就由我自己来解决了，首先看地图是必需的。一张巴城地图摊开在面前：南边是地中海岸，北面是城边山区，中间的区域有两条显著的大道贯穿城市——一条是与海岸线平行、东西横贯的加泰罗尼亚大道，大道正中下方一块不大的长方形，就是巴市的老城区；另一条显著的大道从西北到东南斜贯城市，就像几何学上把一个长方形斜切成两块的对角线，这大概就是它名字的由来。我们住的酒店地处对角线大道的尽头，真的就在长方形城市地图的左上角。这样一条城市对角线引起了我的兴趣，哪怕它真如导游所说除了车多没啥好看，我也要在它上面好好走一走。

出了酒店，首先经过的是巴塞罗那儿童医院，进去转了一圈，里面安静整洁自不必说，没有国内一些儿童医院那种人群拥挤的大市场气氛也不必说，让我感到耳目一新的是：自动扶梯的上方挂满了各种色彩的飞鸟——当然不是标本，而是轻质雕塑；自动扶梯边的空间上下连通着一个弯曲的彩色大管子，那是供儿童们玩耍的滑梯。于是这儿童医院又兼有了幼儿园和游乐场的部分功能。走上医院顶楼的平台，有花坛座椅，像一个街心公园；因为地势高，从这里可以俯瞰城市，能够望得见海边机场上飞机的起起落落。这自然不是什么景点，可是哪里又缺风景？

儿童医院和对角线大道的夹角处是塞万提斯公园，光冲这名字咱也得进去走走。公园里只是树木、花草、水泉和长椅，并未见到塞翁雕像什么的，但跑步散步的人不少，看来这是当地人生活的一个必要所在。然后我就走上了对角线大街，准备经受车水马龙尾气弥漫的考验；谁知西国导游口中的车多，和中国人印象中的车多完全不是一个概念，这条对角线大道，本身就堪称一道风景！作为城市的主干道，自然少不了车辆往来，却难见车辆排着长队等红灯的现象；和马德里的卡斯蒂利亚大道一样，这条大道服务的主要对象与其说是车，不如说是人。车走车道，人行人道，与国内的交通主干线上行人和自行车都已被排挤到边缘地位不同，在这里人行道和自行车道加起来的宽度甚至超过了机动车道，而且大道上林荫遮顶，花草饰边，长椅和饮水泉随处皆有，以供步行者且歇且饮，这样的宜步大道，在秋高气爽阳光灿烂的日子，走起路来实在不要太舒服哦！这大道虽然不以旅游景观著称，但可以一睹芳容之处沿路都有。首先经过的是大学区，街边花园就是校园，我走到教学楼里去看了一圈，学子们或在上课，或在读书，而路边长椅上，有的被学生们画上了有趣的涂鸦。过了大学区是贝德拉尔贝斯皇宫博物馆，这是一处很漂亮的宫殿和园林，上次来巴塞罗那时我乘地铁来参观过，却不知道它就坐落在对角线大道边上，它的斜对面就是巴萨队的主场诺坎普足球场。

　　沿街再行，作为一个外国人和外地人自然也说不出路边还有什么著名景点，但大道两侧的建筑或古意盎然，或现代气派，有的是帝国时代的富丽堂皇；有的则完全是晶莹剔透的玻璃外立面，映衬着蓝天白云，就像把天空切割下一大块放在了街边；更有整幢楼每一个门窗里都长满了深浓浅绿的花草植物，看上去就像一个立体的热带雨林……一路走一路歇一路看，待我走到对角线大道和格拉西亚大街的交会处，也不过三个小时，大约六公里的长度，就把这条斜穿城市的对角线走掉了一半；如果继续前行，轻轻松松就可以走通整条对角线，到达城市东南角紧靠海边的论坛大楼。但为了下午的目的地，我此时不得不离开对角线大道折向南行，沿格拉西亚大街走向加泰罗尼亚广场。因为对加泰罗尼亚音乐宫的准确位置心中无数，我决定还是先找到那个地方，剩余时间再在附近以漫游来消磨。我且行且看找到音乐宫门前是午后两点，该找个地方吃午饭了。看看地图，这里离毕加索博物馆没多少路，上次我们在毕加索博物馆斜对门的一家达巴斯店吃过达巴斯，那美味至今难忘，据网评那是巴塞罗那最有名的一家达巴斯店，于是走上门去再次光顾。但当我跨进店堂要点菜时，店家却抱歉地告之：中午营业时间已经结束，晚上营业时间尚未开始，所以不能为我服务。

达巴斯吃不成，只好到边上一家火腿店让店家现片火腿，以佐啤酒，那味道也是相当好。接下来故地重游，去附近探访曾经下榻过的毕加索酒店，进得酒店，前台先生问我是否住店，我说三年前曾在贵店住过四天，印象很好，此次重游巴城，顺路进来看看。先生问我这次住在哪里，我摊开地图把酒店位置指给他看，并说我是顺着对角线大道一路走过来的，还说三年前曾看到酒店街后有一处关门谢客的大型棚屋，不知做何所用？这次来见其开门迎客，才知道里面是一处挖掘出的古代遗址，原来那大棚屋不是大市场，而是为保护古迹所建的大盖顶。前台先生听我所说，热情地要请我喝一杯咖啡。出了毕加索酒店再继续逛逛，就到了傍晚与团队会合的时间。这一天从朝九到晚五，我一人漫步巴城，大约走了有十二公里路，却并不觉累。但是从格拉西亚大街开始，我的行程偏离开了对角线大道，不过没关系，接下来的叙述会将它走完。

第二天晚上要去机场，我不能离团自由行动了，但是我还惦记着那条只走了一半的对角线大道。好在巧得很，大巴车带着我们从阿克巴塔边的广场开到论坛大楼附近的中餐馆吃午饭，走的恰是对角线大道。于是整条大道，就剩下从格拉西亚大街到阿克巴塔的那一段我还没经过。午餐后团队在米拉之家门前解散，宣布自由活动，晚五点在原地集合。这样我终于有时间补齐了还没走过的那一段路，完整地穿越了对角线大道。

里斯本：呼吸大洋的鼻孔

里斯本坐落在欧洲大陆最西端、塔古斯河入海口处。这里河道顺直，南北河岸间宽约两英里，河口外就是大西洋，河口内是一个长约二十英里、最宽处有十英里的内湾；这个河口像个袖珍版的直布罗陀海峡，里面那个作为天然良港的内湾，可视为一个迷你的地中海。

在河口南岸的山上，有两个仿佛是从别处搬来的世界名胜：一个是跨越河口连接两岸的大桥，其颜色、形状与旧金山金门大桥几乎一样，却有一个别致的名字——"4 月 25 日大桥"，这是为了纪念 1974 年 4 月 25 日葡萄牙人民推翻军人政权的和平革命。另一个是矗立在大桥右边不远处高达一百一十米的基督像，其造型与巴西里约热内卢的基督像也几乎一样，他高踞山顶，摊开双手，以慈爱悲悯的目光注视着山下城市里的芸芸众生。这两个建筑的原型，都来自大洋彼岸的美洲大陆，恰表明了这座城市与那一片大陆有着割不断的历史渊源。

站在基督像脚下俯瞰对岸，大桥的那一条直线将里斯本主城区分为两边。大桥右边的河岸是港口区，河边停靠着漂亮的货轮，岸边堆放着彩色的集装箱；地势渐高处，城市房屋也随地形高起来，那一堆建筑群中有一座与众不同的钢结构方塔,高四十五米,叫作圣胡斯塔升降机,用于连接起老城低处的街道与高处的卡尔穆广场。这台升降机钢塔后面那条三股大道就是自由大道,左右两股行车,中间一股行人,沿街树荫、喷泉、雕像不断,那人行道上镶嵌着象征海洋的蓝色,是否意味着没有海洋,也就没有葡萄牙人的自由?

大桥左边河口变宽处的岸边,矗立着里斯本的地标建筑贝伦塔。它在历史上扮演过要塞、海关、灯塔、电报站、监狱等角色,但它最重要的身份,是地理大发现时代航海家们出发的起点和回归的终点。

大航海纪念碑位于贝伦向内不远处的河岸上,又叫地理大发现纪念碑。它以航海王子亨利逝世五百周年的契机而建,纪念的是一个航海大发现的时代,记载了葡萄牙航海家们开拓海洋、发现世界的光荣与梦想。纪念碑是帆船的造型,除亨利王子外,达·伽马、哥伦布、麦哲伦等航海家、传教士、将军、科学家、水手等都站立其上,成为一组群像。广场的地面有两大特点:一是碑前有一块彩色大理石拼嵌的地球图案,表明航海者们在这个圆形大地上进行的种种探索;二是整个广场的地面用蓝白石块铺成弯曲的波浪条纹,站立广场上,恍如置身于茫茫大洋的惊涛骇浪之中。

在葡萄牙,你会发现,不光这个广场铺的是蓝白波浪形条纹;里斯本的另一个著名的岸边广场——贸易广场,铺的也是蓝白波浪形条纹;海岸边的另一个小城卡斯凯什的岸边广场,铺的还是蓝白波浪条纹。蓝海、白浪,大洋的波纹是多么深刻地印入了这个国家的历史!且不说发现新大陆的哥伦布,那光荣属于西班牙;也不说领导了环球航行的麦哲伦,他虽是葡萄牙人,率领的却是西班牙的舰队;就说一说将其光荣归于葡萄牙的达·伽马吧,他的雕像就高高站在大航海纪念碑后面的帝国广场上，他率领远洋舰队绕过非洲好望角，到达了真正的印度——而不是哥伦布以为是印度的美洲！而他的后任者卡布拉尔在前往印度途中，因在西非海岸一带乘着季风驶入大洋过深过远，竟意外驶到了南美洲的巴西，使之成为南美洲一堆西语国家中唯一讲葡语的大国。

哦，葡萄牙，众多航海家的故乡！在手机地图上，我再次利用缩放功能来观察它的地理位置与版图形象。用拟人化的眼光，我发现由西班牙和葡萄牙组成的这个南欧半岛就像一个人头的侧面剪影：西班牙的部分是头部，是向上和向后飘扬的头发；葡萄牙的国境线勾勒出的恰是颜面部分，上部的波尔图是前额，西班牙的拉科鲁尼亚地区好像覆盖着前额的鬈发；下部的阿尔布费拉地区是下巴，那尖尖的海角恰像一撮翘起的山羊胡；波尔图下面的科英布拉是眼睛；阿尔布费拉上面的塞图巴尔是嘴巴；里斯本地区则向外凸出成鼻子状，塔古斯河口就在鼻孔的位置，而且就是一个海与河的通道，里面的内湾不就是鼻腔？而欧洲大陆最西端的罗卡角，恰是鼻尖。这是一张向西眺望的欧洲面孔，有一只了不起的鼻子和一个鼻腔，它呼吸的不是陆地气息，而是未知大洋上的长风巨浪！

如果顺着罗卡角这个鼻尖的方向一直向西，隔着大西洋，美洲大陆与之相对应的那个地方，正是纽约。

第 三 辑

波兰之心

　　从机场乘车进入华沙，初见的印象，这是一个很疏朗的城市，建筑物之间有着大块的树林和空地。和我见过的许多西欧城市不同，华沙有着许多造型简单的火柴盒式住房，如果不是天蓝、树多，你会误以为来到了国内的某个大企业的宿舍区。同时，华沙的疏朗风格并非刻意所为，而是历史造就，因为这座城市屡经战火洗劫，在希特勒发动的第二次世界大战中，更是被彻底夷为平地。战争结束后，波兰人硬是凭着民族的信念重建了这座城市。许多重要的建筑物在地面上已经荡然无存，只在油画上留下了它们的昔日景象，波兰人就是凭着油画上的面貌，使它们一座座重新屹立于城市当中。所以，当你驻足于某幢很有历史感的华美建筑之前，会发现不远处就有一幅封在玻璃中的油画复制品，它告诉你，这幢建筑就是根据这幅油画复原出来的。

　　华沙正因为其疏朗，在这些根据历史记忆复建的老式建筑和火柴盒式的社会主义风格建筑之间，又如春笋般地冒出了一些以玻璃幕墙饰面的现代风格的高楼大厦，但其高其大，都不能和中国各大都市的摩天楼群相比，即使这样，在欧洲的城市中也算是比较新潮了。而在我们其后所见的布拉格和布达佩斯，几乎看不到以玻璃为

53

墙的现代建筑，即便有几座，也是老老实实地蹲在由塔楼尖顶形成的城市天际线之下，不敢贸然站起，以自己的新潮来破坏这个城市古典的风雅。

虽然有一些现代风格的高楼，但华沙最高大的建筑还是矗立在城市中心的文化和科学宫，这座体量巨大的苏联式建筑是斯大林时期的俄国老大哥援建的，典型的四方形布局，中间一个顶着红星的高塔，现在塔顶的红星没有了，但二百三十米高的塔尖依然直插天际。中国北京的农展馆和上海延安西路边的展览馆，都是同一时期的同类型建筑，只是在体量上比它小了若干而已。

在欧洲，有些城市的历史也许只有三五百年，但这三五百年的历史依然存在于城市居民的生活之中，你走过的石子路，你看见的房屋，你推开的某扇大门，都是三五百年前的人们走过的、居住的、进出的。这样的城市、街道、房屋，保留着古色古香，却并没有破败不堪，这就是欧洲迷人的地方。但华沙是个例外。因为华沙是个几乎被全部毁掉过的城市，走在华沙城中，举目所见的那些古典风格的建筑，无论是王宫、教堂，还是旧城广场边的房屋，几乎全是复制品。波兰最后一位国王的宫廷画家加纳莱托的写真油画，对"二战"后重建华沙的工程起了无可替代的帮助作用。在圣母亲访教堂的街对面，你会看到为复建这座教堂提供了历史依据的那幅油画，但画中教堂的色调和对面的教堂却并不一致。这是为什么呢？莫尔指着油画解释道："油画上的教堂是画家在黄昏时的写生。复建时，专家们根据画上的颜色用电脑还原了它正常的色调，这就是我们现在看见的颜色，和画上的色调是有差异的。但是如果我们是在画家写生的黄昏时分站在这里，就会看到对面教堂的色调和画中教堂的色调趋于一致。"听了他的介绍，我无言。说到底，这是做事的人对他们所做事业的情感深度、纯度和力度的问题。

波兰人对他们的国家、对他们的民族、对他们国家民族的历史文化和杰出人物，有着一份浓得化不开的感情。这表现在年轻人莫尔一路的言说中，其实他的任务只是导游，带领我们看看行程上所列的那些景点而已，但是我们这些游客却强烈地感受到，他是真的想让我们了解他的民族、他的国家、他的国家和民族所产生出的那些了不起的人物。这些人物中有政治家，比如被尊为国父的毕苏斯基；更有科学家、文学家和艺术家，比如哥白尼、居里夫人，比如密茨凯维支和显克维支，比如肖邦，还有后来当了罗马教皇的波兰大主教保罗二世。有了这些人物，波兰虽然是一个屡被分割、肢解和欺负的小国，但足以傲然自立于世界民族之林。

对于我们这些从事艺术的人来说，最为亲近的波兰人无过于肖邦了，在华沙街头的多媒体长凳上，你按下一个键就会有肖邦的钢琴曲响起。有人这样说过："在族谱上，他是华沙人，在心里，他是波兰人，而在天资上，他是世界公民。"这位音乐王国的世界公民死后，他的遗体葬在巴黎，他的心脏却运回华沙，安放在他故乡之城的圣十字教堂中。离圣十字教堂不远，有居里夫人的故居，有哥白尼的雕像，有保罗二世做过弥撒的地方，这些人物如果都是一个音符的话，那么构成的一个美丽和弦就叫波兰！我们知道，在华沙的中心，有着一颗艺术家的心脏，那是不朽的波兰之心。人们看不见它，却时刻都在感受着它。

山上宫堡，山下河流

华沙的老城，或者叫旧城、古城，濒水建造在维斯瓦河边的一个高台上，相对于平地，把它叫作一个小山也未尝不可，王宫、大教堂、古城堡都在这里。站在高台的边缘俯身下望，下面便是流淌着的维斯瓦河。我们从华沙乘火车下行三百公里到达波兰的旧都克拉科夫，却来到了维斯瓦河的上游。古城克拉科夫也是依凭维斯瓦河而建，它的王宫、大教堂和古城堡都建在河边的一座小山岗上，从山上的平台边缘俯身下看，下面也是流淌着的维斯瓦河水。不一样的是，维斯瓦河在克拉科夫是水向东流，而到了华沙则是"湘江北去"，并又转头向西，过了下游的托伦之后，向西一游，再向东一荡，最后昂然奔北，在格但斯克附近注入波罗的海。这条基本只流过波兰国土的河不能和我国的长江、黄河相比，一千公里的流程居然向西向东又向北，只因它的源头是在波兰南部的山地，水往低处走，所以不能向南流，否则按照它的性格，想必也想往南方走一走的。

好了，说过河流，还是说河流边上的城堡、王宫和大教堂。我们此行三国波兰、捷克、匈牙利，四个都城华沙、克拉科夫、布拉格、布达佩斯，其城堡山与河流的关系如出一辙：王宫和大教堂都在城堡山上，城堡山下就是河流，只是河流的方向不同而已。维斯瓦河在克拉科夫城堡山下是西向东流，在华沙的城堡山下则是从东南向西北流。伏尔塔瓦河在布拉格的城堡山下是南向北流，最后汇入易北河流入北海；而多瑙河在布达佩斯的城堡山下则是北向南流，再曲曲折折经过数国最后流入黑海。但维斯瓦河与波兰新老两个都城的关系，和伏尔塔瓦河与布拉格、多瑙河与布达佩斯的关系还是有所不同。维斯瓦河对于克拉科夫和华沙，关系似乎还不是十分亲密和紧密，虽然城依河，河也依城，但河流只是从主城边上流过，或者说主城只建于河流的一侧，河与城一度亲密接触，离开河岸，便城归城、河归河。而伏尔塔瓦河之于布拉格，多瑙河之于布达佩斯，则是密不可分地穿城而过。或者说，建城之时，就把城与河融为了一体，河是城的一部分，城也是河的一部分，就像一枚硬币，你不能将正面与反面分开。逛华沙和克拉科夫时，你可以忽略维斯瓦河，而行走在布拉格和布达佩斯城中，那两条河几乎时时与城同在——你登上城堡山，河流就在你眼下；你走下城堡山，河流就在你脚边；从城的这边走到那边，必然要经过河上的那数座桥梁。城市的朝晖夕影，都映照在水面上；市民来去匆匆，都融入水波之中。还有那些优雅的天鹅、闲散的鸭子，都是这个城市的自由公民，只不过人住岸上，鸟栖水中而已。

对于布拉格和布达佩斯这两个城市来说，河两岸的城区如两片肺叶，中间的河流如一条气管，而河上的桥梁，则是连接着左右胸廓的胸骨和肋骨。

卡罗的温泉

对于现时中国人城市规模的概念，卡罗维发利只能算是一个小镇，如果中国人对这个地名不太陌生的话，首先是因为这个城市有个电影节。"二战"结束后，一群热心于电影事业的人创办了卡罗维发利电影节。电影节由捷克斯洛伐克国家电影部主办，电影节的奖项大多为社会主义国家出品的影片所包揽。从1951年《白毛女》在此获特别荣誉奖后，中国电影共在这里的十一届电影节上获奖二十一个，1988年谢晋导演的《芙蓉镇》获得最高奖——水晶地球仪奖。1990年，多部先前被禁止放映的捷克本土电影被获准在卡罗维发利电影节上放映。开放之后的电影节提升了卡罗维发利的形象，奠定了其世界优秀电影节的地位。不过我们作为旅游者来到此地不是因为电影，而是因为温泉。

卡罗维发利的得名也和建造了查理大桥的查理四世有关，相传六百年前查理四世到此狩猎，一只小雄鹿被国王射伤，纵身跃入一泓温泉，当它再从泉中跃出时，伤口已愈，消失于丛林之中。国王感到惊奇，命御医化验泉水，发现温泉水能治病，是得其名，意思就是"查理的温泉"，捷克语发音是"卡罗的温泉"。知道卡罗维发利是一座温泉城，所以出行时我就在行囊中塞进游泳裤，准备好好泡个澡，和南京汤山的温泉做一个比较。谁知到了这里才被告知：卡罗维发利的温泉不是泡的，而是喝的。套用一句扬州话，这里的温泉不是用来水包皮的，而是用来皮包水的。卡罗维发利共有十二个泉眼，泉眼的温度各有不同，温泉的疗效不但和水中的矿物质有关，还和泉水的温度有关。比如喝三十七度以下的温泉水，是调理肠胃功能的；而喝三十七度以上的温泉水，则可以治疗其他类型的疾病。因为这里山好水好风景好，自建城后不乏各种名人前来疗养，人走之后，留下一座雕像作为纪念。小城中散布着歌德、普希金、果戈理、屠格涅夫、席勒、贝多芬和肖邦等人的雕像，捷克本国的音乐家德沃夏克的雕像，更是醒目地立在一片林地中间的草坪当中，他的著名交响乐《自新大陆》，就是在这里首演并大获成功的。马克思也留下了他的雕像，据碑文说他于 1864 和 1865 年两次来这里治病，据说《资本论》的初稿就是在这里完成的。在给恩格斯的信中他写道："这里实在太美了，在森林覆盖的花岗岩山上散步，谁都不会感到厌倦。"

在卡罗维发利喝水疗病，与他处温泉不同，喝温泉水的容器也别有讲究，特制一款曲径通幽的温泉杯：杯底与杯把相通，杯把上另有一口，杯体的大口是进口，用来接温泉；杯把上的小口是出口，供人用嘴对着来汲取杯中温泉水。街边小摊上卖的温泉杯造型各异，但一杯两口，这个基本特质不变。入乡随俗，为了喝温泉，我也买了一个烟斗造型的温泉杯，接温泉如填烟丝，喝温泉如抽烟袋锅，边走边喝，如同抽烟的人边走边吸，别有韵味。看看其他各色游客，也都是端着一个温泉杯边喝边散步，仰观山景，俯望水色，走累了便在街边长椅上坐下小憩，完完全全的优哉游哉。我想，这里的温泉水固然有其疗效，但捧着温泉杯边喝边行的散步健身，恐怕也功在其中吧？

沿着多瑙河

　　卡罗维发利在捷克的西边，是除了布拉格外捷克最有名的城市；布尔诺在捷克的东边，是除了布拉格外捷克最大的城市。我们到卡罗维发利是因为那里有温泉，到布尔诺则因为那里是捷克作家昆德拉的出生地和早年上学的地方。在布拉格我们听到了天文钟的故事，在布尔诺导游也给我们说了一个关于钟的故事：在 1618 年至 1648 年的三十年战争中，瑞典军队久攻布尔诺不下，司令官发誓最后一日在正午十二点时若再攻不下，就撤走军队。到了上午十一点，瑞典士兵已经攻上了城墙，但此时城外山上的彼得和约翰大教堂却提前一小时敲响了正午钟，于是瑞典司令官下令放弃攻城，钟声拯救了布尔诺。从此这里每天的正午钟都在上午十一点敲响，以纪念这一历史事件。

　　故事的意义，往往在于让人从故事之外思考些什么。战争固然都是残酷的，但不同的战争烈度显然不同，比如 1937 年日军攻陷南京和 1945 年苏军攻克柏林，其战争结果绝不是偶然因素能够改变的。相比之下，当年瑞典军队攻布尔诺就有点儿像小孩子玩的攻城游戏，那位瑞典司令官要不就是童心未泯，要不就是一个没有时间概念的马大哈。同样的道理，国家的分裂，也有烈度上的不同。比如挪威脱离瑞典独立，瑞典人并没有怒不可遏，只是在提起奥斯陆时略带轻视：那个首都比斯德哥尔摩可差远了。而捷克与斯洛伐克也经历了一个合与分的过程：第一次世界大战后的 1918 年，捷克与斯洛伐克组成一个国家，我们从小所知的捷克，都是包含斯洛伐克的；而东欧巨变后，原捷克斯洛伐克联邦共和国解体，成为两个独立的国家。国家分裂当然有其历史和现实的原因，但这一说法更轻松也更幽默：捷克人爱喝啤酒，斯洛伐克人爱喝葡萄酒，因爱好不同，所以各自独立。其实，在经济、文化都趋于一体的欧洲，国与国的关系，也就类似于我国省与省的关系。虽然斯洛伐克已经独立成为另一国家，我们从捷克要到匈牙利去还是要经过它的领土和首都。提起它的首都布拉迪斯拉发，已经完全站在捷克人立场上的导游也如瑞典人揶揄挪威首都奥斯陆那样说："那个城市没啥可看的，比布拉格差远了，也不知道他们为什么要独立？"

从地图上看，布拉迪斯拉发的城市规模和布拉格确实没法比，但它也是一个依水而建的城市，欧洲大河多瑙河就从它的身边流过。到了布拉迪斯拉发，我们所乘大巴车的行车路线就和多瑙河的流向完全一致，将沿着多瑙河一路走到布达佩斯。多瑙河发源于德国黑森林地区，几年前我驾车路过德国小城乌尔姆，那是它上游的第一个城市。现在到了布拉迪斯拉发和布达佩斯这一段，已是它的中游。多瑙河从德国西部山区发源后一直是向东流淌，它的整个流向也是自西向东，但是当流过布拉迪斯拉发，快要到达布达佩斯时，却忽然有了一个大转折，从东西走向变为南北走向，并以这种在地图上垂直的走向穿过匈牙利平原，出了匈国的国境，才渐渐恢复东西走向，最后流入黑海。

在多瑙河的河湾处有匈牙利的第一个首都埃斯特宫，别看这个前首都和布达佩斯相比是萧条多了，但在它濒河的山岗上却坐落着排名欧洲第二、世界第四的巴西利卡大教堂，据导游说罗马教廷的九位红衣大主教中有七位在梵蒂冈，只有两位是外派的，一位在德国的科隆大教堂，另一位就是在这里了，由此可见这个大教堂在罗马教廷中的位置。匈牙利大音乐家李斯特的《大弥撒》，就是为这座教堂谱写的。在大教堂背后的城堡墙边，可以俯瞰多瑙河和河对岸斯洛伐克的什图罗沃，这两个城市原本为一城，没有被河水隔开，却被"一战"割裂了，连横跨河上的那座大铁桥，也被战火摧毁后久久未能修复，所以许多战争片的断桥都来此处取景。不过当我们登临山上俯瞰时，铁桥早已修复，连接起了两国间的交通。而桥下的多瑙河，更是连接着沿途十几个国家的水上交通。

从埃斯特宫沿河而下，是匈牙利历史上的第二个首都维谢格拉德，因为城堡建于临河的山上，有时隐在云雾之中，所以又有一个诗意的名字：云堡。从云堡再沿河而下，多瑙河正式折向南流，并在左右河道之间形成了一个长达数十公里的河中之洲，当分开的河水再度汇流成一条时，这条美丽的大河便流到了匈牙利现在的首都布达佩斯。

电影中的历史投影

对于波兰、捷克、匈牙利三国，可能中国人相对熟悉的是前二者。关于波兰，在 20 世纪 80 年代的电视新闻中，我们可以常看到瓦文萨领导的团结工会的消息，还有当时的执政者雅鲁泽尔斯基将军那张严肃的脸；关于捷克，自从 1968 年"布拉格之春"后中国人就在关注着它的消息和它的那些著名人物，比如昆德拉和哈维尔。而关于匈牙利，中国人知道的是它的诗人裴多菲，其他的可能知之不多了。为了让我们了解即将要去的这个国家，在从捷克到匈牙利去的路上，已在匈牙利生活了十几年的导游小沈给我们放映了两部匈牙利影片。一部中文译名叫《布达佩斯之恋》，讲述的是 20 世纪 30 年代德国法西斯入侵前后匈牙利人的故事；另一部名叫《光荣之子》。这两部电影，为我们补了课，大致了解了 20 世纪 30 年代和 50 年代匈牙利人的两段历史。

《布达佩斯之恋》的原文名叫《忧郁的星期天》，这本是一首钢琴曲，是年轻的音乐家安拉斯为他心仪的姑娘伊莲娜所作。而伊莲娜是餐馆老板拉士路的帮手和情人。伊莲娜的芳心被安拉斯和他的曲子打动，恳求拉士路聘安拉斯为餐馆的琴师，而这首曲子也成了这家餐馆的招牌曲目。拉士路是一个宅心仁厚的犹太人，不久他发现了为他深爱的伊莲娜和安拉斯也有了私情，经历了感情痛苦的他选择的解决办法不是报复，而是和解、友谊和分享。于是他们三人达成了君子协议：两男共爱一女，一女也同时爱着两男，在"二战"之前的岁月，他们就保持着这样的三角关系。其间有德国青年汉斯的出现，他也对风情万种的伊莲娜一见倾心，但并没有打破原来的三角恋爱格局。汉斯因求婚被拒而绝望轻生，从多瑙河上的链子桥上跳了下去，却被拉士路救起，他发誓要报这救命之恩。

安拉斯、拉士路和伊莲娜因为一首钢琴曲走到了一起，但这首曲子却渐渐成了不祥之兆，在战争逼近的时代阴影下，不断有新闻报道披露许多自杀的人临死前听的都是这一首凄美的乐曲，共同生活在餐馆的三个年轻人也为此感到困惑。

"二战"爆发了，随着波兰、捷克的沦陷，匈牙利也被德军占领。德国人汉斯回来了，此时他的身份已是布达佩斯的统治者。握有夺人性命之权的汉斯已今非昔比，过去拉士路餐馆中外人免进的后厨，他可以昂然踏进了；过去餐馆中安拉斯不让外人碰的钢琴，现在也不能阻止他用拿枪的手去触碰了。但在开始的阶段，身为德国军官的汉斯似乎还人性未泯，他还念着拉士路当年的救命之恩，对一直心仪的伊莲娜也保持着基本的尊重，并没有霸王硬上弓。在拉士路和伊莲娜的恳求下，他甚至还以收取钱财的方式对有钱的犹太人网开一面。但他对安拉斯就没有那么客气了，因为安拉斯的凄美乐曲竟可以致人死命，作曲者在德国人的宣传攻势中已成为罪不可赦之人。安拉斯准备了一小瓶毒药，随时准备以保持尊严的方式告别生命。就在此时他解开了他那首《忧郁的星期天》中隐藏着的生命密码，那就是：有尊严的死比没有尊严的活要好！他把这一秘密告诉了伊莲娜。

德国军官汉斯的人性恶越来越多地显现了出来。一次他要安拉斯弹奏那首《忧郁的星期天》被拒，竟掏出手枪威逼。伊莲娜为安拉斯的生命考虑，要求安拉斯为她而弹，并含泪唱出了她为这首原本无词的乐曲填写的歌词。谁知道安拉斯一曲弹尽，竟用汉斯的手枪自杀而死，用生命印证了他所发现的曲中密码。下一个生命受到威胁的人是犹太人拉士路，他将安拉斯留下的毒药藏在了身边，这时候，许多布达佩斯的犹太人正在被送上开往奥斯维辛集中营的闷罐子列车。为了挽救爱人的生命，伊莲娜前往汉斯的办公室求情，面对汉斯满怀欲望的目光，她不得不违心让汉斯蹂躏了身体，可是伊莲娜的自我牺牲并没有换来汉斯的网开一面。当拉士路就要被押上火车时，汉斯赶来了，但他捞出的只是一个出了大价钱的犹太商人，对于正走向死亡的救命恩人，他并没有多看一眼。而拉士路也冷静地看着这个已变成恶魔的德国人转身离去，在死亡面前保持了尊严。

数十年后，风光无限的德国驻匈牙利大使来到曾经是拉士路的那家餐馆庆祝他的八十大寿，这位生意成功、政治得意的德国人正是当年的纳粹军官汉斯，他显然已躲过了法律的追究，并靠着犹太人的财产成了大富翁。他点了那首已成为名曲的《忧郁的星期天》，在乐曲中怡然喝着香槟，但正当他看着餐馆中保留着的伊莲娜照片回忆当年时，忽然手捂心口，倒地死亡。媒体报道，德国大使是死于心脏病发作，这再次证明了那首乐曲与死亡之间的某种神秘关系。

而在餐馆的后厨，我们看到年迈的伊莲娜正和已届中年的儿子在水池中清洗那个安拉斯留下、拉士路没有来得及使用的毒药瓶。他们以自己的惩罚，弥补了法律的疏漏。至于那个儿子是安拉斯、拉士路还是汉斯给伊莲娜留下的，影片没有交代。但我想，即便这个孩子是德国人汉斯的血脉，他在母亲的教养下也已和父亲的罪恶血缘划清了界限。这应该就是匈牙利人，也是这三国人民对法西斯主义的态度。

布达佩斯，华丽之布

到目前为止，我们在中欧走过了好几块美丽的"布"：布拉格、布尔诺、布拉迪斯拉发，还有布达佩斯。

欧洲大河多瑙河流过布拉迪斯拉发身边时还像个矜持的淑女，与该城保持着礼貌的距离；没想到自西向东流过云堡之后，仿佛是受到了爱情的感召，来了一个妖娆的转身，折向正南，疾行数十公里，毫不羞涩地一头就撞进了布达佩斯的怀抱！我曾写过这样的诗句："最美的女人是最美的河流，河流拐弯处，是大自然最美的旋律。"以河流比美人，多瑙河的腰肢动人一弯，确实是大自然最美的旋律。但这腰肢一弯还不是其美丽的顶点，仅仅是其后将要与她的情人之城布达佩斯美丽约会的开始。

布拉格和布达佩斯都是分左右东西横跨于河流之上的城市。从布拉格怀中穿过的是伏尔塔瓦河，从布达佩斯胸前流过的是多瑙河。伏尔塔瓦河是一个委婉的少女，身姿纤细，情感含蓄，并不张扬地融入了布拉格这座千塔之城，成为它纵横街道中的一条。登高望去，可见密密的屋宇间透出一弯闪亮的水面。而多瑙河则是一个热情豪放的丰满女郎，她河大水阔，浩浩荡荡地登堂入室，从布达佩斯的中间流过，成为气派非凡的通衢大道。你确实可以把她看成一条穿越匈牙利首都的中央大道，都城中的每一个重要路口，都与她十字相交；你可以登上一条游船，顺着多瑙河之波，对布达佩斯来一次从北向南的大游行！

第一个十字路口是莫尔吉特桥。过了这座桥，右边是布达一侧河岸山岗上的马加什大教堂。马加什大教堂是在匈牙利国力鼎盛的时候建造的，为了显示富裕，教堂的哥特式房顶全由彩色琉璃瓦覆面，在阳光下流光溢彩。当时的国王甚至想把全国的教堂都用这种彩色琉璃瓦覆顶，但只覆了这一座，就觉得太烧钱了。而同样宏伟的国会大厦在佩斯那一侧岸边，既铺展，又屹立，大厦上的大小尖顶共有三百六十五个，象征着一年中的每一天。临河的其实是它的背面，国会大厦正面广场一侧是农业部大厦，那里是当年"匈牙利事件"中的交火最激烈的地方，墙壁上布满了密密的弹痕。尊重历史的匈牙利人没有将这些弹痕抹平，而是在每一个弹痕上都嵌入了一个醒目的铁球。幽黑的铁球凸显于乳白色的墙壁上，他们用这种方式记录了历史。从农业部大楼转角过去是一个街心花园，花园里的一座拱桥上立着一个人的青铜雕像，这个人就是被中国人熟知的纳吉。当1944年匈牙利共和国成立时，他是农业部长。在1956年那场"政治风波"中，他先是被匈牙利的党和人民推举为总理，后被苏联人逮捕，于1958年以叛国的罪名被处死。你站在拱桥下仰望纳吉，他的眼神就像他临刑的黄昏那么忧郁。

下一个路口是布达佩斯的象征——链子桥，因为这座古老的悬索桥是由粗大的铁链子吊在河面上的。在这座链子桥的两端，曾经上演过这个国家历史上许多重要的故事，匈牙利电影《布达佩斯之恋》和《光荣之子》就展现了其中两段：一段是匈牙利人在德国占领期间的忍受和不屈；另一段是他们在苏联统治时期的不满和反抗——说它是布达佩斯的生命之链，恐怕也不为过。

链子桥东边河岸上高高的塔尖就是佩斯这一侧最高的建筑圣伊斯特万大教堂。据说佩斯这一侧所有楼房的高度都不允许超过这座地标性建筑的尖顶，所以在这里看不到突兀的现代化摩天大楼，因而布达佩斯的城市天际线比巴黎还要完美！而链子桥的西端那座小山就是布达佩斯的城堡山，山岗上横陈着一片体量巨大的宫殿式建筑，中间有着罗马式的圆顶，这就是布达佩斯的王宫了。在城堡山下的街头餐馆，你可以点一份匈牙利人最常吃的浓汤当午餐或晚餐：主料牛肉，配料土豆。

过了链子桥沿河下行，依次是白色的茜茜公主桥、绿色的弗兰茨国王桥，再下面是裴多菲桥，跟着多瑙河一路走过这五座桥，你就基本走过了这个城市的宗教、政治、历史、爱情和诗歌。而老城布达，新城佩斯，一面是高坡，一面是平原，在多瑙河的身体两侧坦然铺开。如果把布达和佩斯当作这个城市的左右胸膛的话，那么多瑙河则是垂于胸前的华丽丝巾了。再走过裴多菲桥下面的第六座桥，美女多瑙河就算谈完了与布达佩斯这位情人轰轰烈烈的恋爱，挥一挥手，去继续她的生命流程。

第 四 辑

闪亮鱼子，美丽蝶翅

　　要写一个城市，我喜欢对着它的地图，回忆在它街道和山林水泊间行走的路线。而要获得对一个国家的基本印象，我也喜欢在地图上观察它所处的位置，琢磨它和周围的地区以及国家的关系。有了手机地图，读地图有了空前的方便，大小巨细可以用手指拉动着任意缩放，你便可以在广阔的空间里观察你需要了解的对象。

　　我小时候常帮着妈妈处理买来的黄鱼，刮鳞、去鳃，清洗鱼腹并取出其中的鱼卵。面对北欧的地图，我发现斯堪的纳维亚半岛就像是一块金黄的鱼卵，又被膜衣分为两条，左边一条细一些，是挪威；右边一条粗一些，是瑞典。在斯堪的纳维亚半岛这整条鱼子的边缘，分布着一些碎裂的和散落的鱼子：在挪威这一条的外侧，表现为众多较大的岛屿和峡湾；而一些更为细碎的鱼子则散落在瑞典这一条中下部的波罗的海之中，特别集中在斯德哥尔摩东边的近岸海面上。如果从芬兰这一边乘船到瑞典首都去，那条航线首先得穿越密密麻麻细细碎碎的一大堆鱼子深入其中，才能看到卵块上叫作斯德哥尔摩的那闪亮的一颗。

　　任何一个城市，老城都是它的中心，斯德哥尔摩也是如此。城市肇始于老城，老城不够用了，才开始向周边扩展。斯德哥尔摩的老城是一个小岛，被左右两边更大的岛夹在中间，它的前面和后面还有一些其他的小岛浮在海湾之中，海湾很窄，且呈不规则碎裂的长条形，所以看起来又像河道。

从地图上俯瞰斯德哥尔摩，宛如一只蝴蝶。中间的老城像蝴蝶的身子，左右两片更大些的岛屿，像是从蝴蝶身体上伸展开的两片翅膀，地图上纵横的街区，则是蝶翅上的花纹。你可以想象小小的老城曾是一只虫蛹，当它蜕皮苏醒之后，向两边伸展开它的翅膀。不过一百多年时间，斯德哥尔摩便从一个蕞尔小岛羽化为一个美丽的大都市。

斯德哥尔摩的阿兰达国际机场离市区四十二公里，我们乘坐公共交通进城，而利用公共交通最经济方便的办法就是买城市卡，一卡在手，公交、地铁还有该市博物馆的门票，都包含在其中了。卡有一日、二日、三日的，还有五日和五日以上的，因为要在斯城逗留四天，只好买五日卡。瑞典克朗的币值和人民币大致相当，每张卡九百五十元，除以五天，平均每天不到二百元，还包含一张游船的船票，而大型博物馆的门票和船票，每张都得一百多元，所以买城市卡，只要使用得当，绝对是物超所值的。

斯城有两个著名博物馆，一个是瑞典历史博物馆，瑞典友人马先生和他夫人陪同参观。到午餐时间，夫妇二人极荐这个博物馆的汤好喝，一定要请我们喝一回。品尝之后，所言不虚，这是我们在欧洲喝过的最好喝的汤，醇浓鲜美，汤中辅以虾仁。还有那配汤的黑面包，麦粉中杂以数种果仁，软韧适度，与汤相搭，成为绝配！出了历史博物馆，马先生又兴致勃勃地领我们去看瓦萨沉船博物馆，因为路上风雨交加，进馆后先到餐厅每人叫了一份汤来暖身暖胃，相较之下，这"沉船之汤"就比那"历史之汤"逊色多了。

另一个瓦萨沉船博物馆的展品只有一件。建于 17 世纪的拥有六十四门大炮的"瓦萨"号战舰,却在 1628 年的首航中仅开出几海里就翻倒沉没。在三百三十三年之后被打捞出水,1990 年,将这艘巨大船体完整笼罩在其中的博物馆开馆。这件巨大文物的分量和这个馆的气势,在中国恐怕只有西安临潼的兵马俑博物馆才能与其相比。这一艘历史的沉船足足让我们在沉船的历史中沉浸了一个下午。

晚饭不再喝汤,以酒佐餐,每个人的主菜都是一大盘堆成金字塔形的虾肉。到了北欧之后,才知道原来虾在当地人的食谱中占有重要的地位。经常食用的就是我们在国内也可以吃到的北极甜虾,但这同一种虾,在东亚吃到的和在北欧吃到的味道却有天壤之别,我想关键还在于食材的新鲜程度。除北极甜虾外,还有体形更大些或更小些的好几种虾,味道略有差异,但都很新鲜味美。

再说一下那张免费船票的利用:游船路线是从城市左边翅膀根处的布鲁尼广场登船,游观老城前面的船岛、城堡岛,从动物园湾过运河进入更为宽阔的海湾,回头绕行整个动物园岛,再回到城堡岛、船岛和老城所在的岛,穿过船岛桥停靠位于右翅膀根处的斯塔斯戈德游船码头,绕的这个圈正是斯德哥尔摩这只大蝴蝶的一片翅膀。

天风海浪哥德堡

在国内买东西常有这样的体验，在售货员一番热情介绍推荐之后，你原来想买个便宜的，结果却买了个贵的。这也没错，作为销售人员，他的职责是为商家多赚钱，而非为顾客多省钱。但在欧洲，你碰到的销售人员却常常会设身处地为你省钱。在斯德哥尔摩火车站要买从斯城去哥德堡及从哥德堡再去挪威奥斯陆的火车票时，售票处的服务员认真细致地告之：斯城至哥城的火车票原价七百多一张，但只要买了哥城的城市卡，每张便可优惠到一百四十九，加上两日卡的价钱比原价还便宜不少。至于从哥德堡到奥斯陆，他给的建议是乘大巴比坐火车更为便捷。如此贴心的服务，何不欣然从之。

如果说斯德哥尔摩是斯堪的纳维亚卵块上的一粒漂亮鱼子，哥德堡则是另一粒，位置在卵块下部的左侧边缘，隔卡特加特海峡和丹麦最北端的格雷嫩角可以对望。与斯德哥尔摩外面那一片散沙般的碎岛不同，哥德堡坐落在一个干干净净的喇叭形河口上，曾经是瑞典和丹麦军队争夺出海口的地方。丹麦人战败后，哥德堡的军事地位便让位于商业，成为北欧地区最大的港口。

哥德堡老城在河的东北岸边，一边是通海的大河，另一边由近乎圆形的运河和绿地围起来，真的像一粒圆圆的鱼卵。在鱼卵的上端是一座跨过大河的大桥，桥面可开合，每当河中行驶的船只桅杆高度超过桥的高度时，桥面就会打开让行船通过。一座红白相间的塔楼形大厦立在桥边，是这个城市的标志性建筑，因为顶端为鲜艳的红色，当地人亲切地称其为"口红大楼"，但它仅仅八十六米的高度，比中国人惯见的摩天楼矮多了。中国人可以轻视这一管"口红"，却绝对无法轻视在它身边与大楼等高的四根桅杆，那就是停泊在楼前港湾里的"维京"号帆船，这是世界上幸存下来少有的四桅帆船。和"瓦萨"号一样，一条船就是一个博物馆。不同的是，一条是黑色的沉船，另一条漂亮的白船只要扬起帆，就可以远航。停靠这艘四桅帆船的小博门码头是哥德堡旧港的所在地。我们在哥德堡所住的 ibis 旅馆也是一条船，就靠在距此不远的河边，站在旅馆的甲板上，就可以看到桥面开合，大河通海，两岸吊塔矗立，空中鸥翅翩翩，完全是一派海洋的气息。

朋友丫丫和她的夫君小夏移民瑞典，在这里开了两家中国餐馆，已是哥市的市民了。故人的招待让我们在哥德堡感受到浓浓的乡情，接风是丰盛的家乡菜，送行是更丰盛的家乡菜，中国烹调的煎、炒、炖……当地海鲜鱼、虾、贝……酒酣耳热间，不仅是"他乡遇故知"，而是"万里他乡遇故知"了。当夜微醺，在船屋中安睡。

第二天丫丫一早就来陪我们游览。哥德堡城市不大，用不着乘地铁、坐公车，只有乘坐游船和城市观光车才能让所买的城市卡物有所值，于是在一天的时间内，乘城市观光车游山，坐帕当桥下游船玩水，借用一句古诗，可谓是"一日看遍长安花"。游船的名目叫"帕当桥下游"，为什么这么叫？因为游船在市内运河上开行时要从数座桥底穿过，这些桥底离水面都很低，最低的就是帕当桥，仅容船体通过，坐在游船上如不弯腰，就会碰到头，所以当通过此桥时，导游格外认真地要求大家尽量趴低身子，以免撞破脑袋。俯身过桥之后，游船驶入通海大河，顿时豁然开朗：但见两岸皆港口码头，停泊巨船大舰，高吊林立，云团聚浮。左边有白色邮轮可去丹麦哥本哈根，右边有一蓝色大船如一道长城立于水面，船体书有大字——göteborg，正是这个城市的瑞典文写法。

游船从老城区这边可以开合的跨河大桥，开到城市另一端颇为壮观的斜拉大桥，沿途可以看到高高矗立着的望海柱——一个女人的雕像在柱顶远眺海洋，裙裾被强劲的海风吹起。还可以看到在河岸小山上头顶戴着金色王冠的"皇冠城堡"。当从另一条运河回到老城时，便能看到那座哥德堡独有的鱼市教堂。所谓鱼市教堂，就是建筑盖得像一座教堂，但哥特式尖拱下面的大厅却是一个鱼市场。鱼市教堂，外观神圣，内容市俗，这市俗不带贬义，因为鱼虾海鲜是人们生活的日常需要，如果有时间，真想到那鱼市教堂里去买一点鱼虾蟹贝，亲手烹调一番，来供奉自己的五脏庙。

奥斯陆和世上最美的铁路

挪威是一个峡湾之国，它的海岸线几乎没有一段是平整的，而是碎裂成无数个大大小小深深浅浅的裂隙，似乎是造物主不厌其烦地一次又一次用威力巨大的雷电打击而成，所以许多峡湾都呈闪电般的枝状。乘坐大巴从瑞典哥城到挪威奥斯陆的高速公路沿着卡特加特海峡北上，越过瑞、挪两国的交界处，便进入了奥斯陆峡湾。沿着喇叭口状的峡湾走到尽头，就是这个国家的首都奥斯陆。对于这个从瑞典独立出去的国家的都城，斯德哥尔摩人在谈吐中多少语含轻慢，觉得奥市完全不能与斯城相比。这种看不起由来已久，在一百多年前康有为的《瑞典游记》中就表现了出来，试抄一段：

七月八日晚七时，汽车自挪威行，九日晨抵瑞典京。始以为瑞、挪同，国小民贫，必不足观。甫出汽车场，流观道路之广洁，仰视楼阁之崇丽，周遭邂逅士女之昌丰妙丽，与挪威几有仙鬼之判。……今挪虽自立，而瑞人之明秀不群，实非挪人猥琐所能望。虽同生欧洲，同化略同，而城郭人民之气象，相去远矣，乃叹强国上邦之有自来也。

康有为对瑞、挪两国感受不同，但对于挪国与挪人的描述，却委实过于不堪了，要么就是当时挪威的条件实在太差，要么就是有挪威人狠狠地得罪了这位老夫子。一百多年后，同是乘汽车而行，窗外景观所见，已分不出此国彼国，因为已是一个共同的欧洲。而挪国首都奥斯陆给我们的印象，虽然气派风度没有斯德哥尔摩那么宏大，城市的景观也是可圈可点的，市民的形象也是可观可赏的。不过和瑞国首都斯德哥尔摩相比，挪国首都奥斯陆确实很小。但这小小的都城里却有一个大大的奇迹，这就是维格兰雕塑公园。挪威雕塑家古斯塔夫·维格兰真正践行了"锲而不舍，金石可镂"这条中国人的古训，一生只做一件事，就是在石头和金属上雕人像，公园里二百座雕塑六百多个人物是他耗费二十多年时间精心作成⋯⋯

　　维格兰公园是在一大块绿地的中央，距它不远处还有另一块较小的绿地，绿地中央便是王宫。一条卡尔大街连接起王宫和火车站，这就是奥斯陆的中央大街了。从王宫走到火车站也就半小时。利用上火车之前的时间，还可以抓紧多看一眼这个被瑞典人轻慢的小城：从火车站朝南的出口走出不远，发现前面就是一片海湾，海湾边上坐落着一个很大很漂亮的现代风格建筑，原来那就是奥斯陆歌剧院。歌剧院宽敞的大厅里有餐厅也有咖啡厅，都是一半室内，一半露天，顾客可以坐在室内透过玻璃幕墙看海景，也可以坐在露天座位上晒太阳。歌剧院靠海的一侧有一个供人行走的大斜坡通向楼顶，楼顶是一个宽阔的观景平台，游客可以在平台上凭海临风，近俯城市街景，远观四周山色，而且眼前一片港湾尽收眼底，码头上有一艘巨大的邮轮正在起锚出港。

　　从奥斯陆到卑尔根的火车下午四点发车。这是一段被誉为世界上景色最美的铁路之旅，用纪录片的方式放映一下吧：奥斯陆在峡湾边上，海拔几乎等同于海平面，所以列车初经之地，是绿草如茵的平地；随着车入山区，海拔渐高，车窗外草地平原被山谷和树林取代，树叶森森，泉流淙淙；海拔越来越高，窗外树木渐显稀疏，让位给高山草甸；再往上开，到了这条铁路线的最高处，连草甸也消失了，只见高原山梁上铺满积雪，结了冰的湖面倒映苍天。过了最高点火车开始下行，车窗外的风景如同倒放的电影胶片，依次是山顶冰雪、高原草甸、森林流泉，最后又回到绿草如茵的海边平原。风景回到了原点，火车却到了终点，走出车站，则是半岛另一侧的城市卑尔根了。时间虽已晚上十点，却仍是六月的美丽黄昏。

到卑尔根是为了去游松恩峡湾，没想到游轮驶到峡湾尽头换乘支线火车，竟重演了从奥斯陆到卑尔根铁路线的浓缩精华版！这一段高山铁路里程只有二十公里，上下落差却有一千多米，等于是从海平面直接开上了雪线。老式火车宛如一条游龙，左曲右盘穿洞过峡，车窗外岩石累累、林木森森、泉流淙淙、溪水潺潺，更有瀑布轰鸣。车到某站，特意停下，让人观赏一道巨瀑，只见山谷间瀑布夺隘而出，水雾弥天；忽然有音乐大作，水雾中仙女时隐时现，原来那是利用自然实景来演出的一幕真人秀，使这一段高山铁路之旅达到高潮。

两到卑尔根

第 一 次

　　到卑尔根是 2012 年的 6 月，从奥斯陆乘火车于日色未昏的十点钟到达。出了火车站靠地图和 GPS 的引导，拖着旅行箱走了一里多路，顺利地找到所订旅馆，在卑尔根市的中央大街上。街的一头是大教堂，另一头是游客必去的鱼市场。安顿下来上床休息时，窗外光线仍未全暗，街上酒吧歌声正酣。

　　第二天早上醒来，早餐已挂在门把手上，每人一个食品袋，内装三明治一个、酸奶一盒、鸭梨一只。这样的早餐未免太简陋了，我们决定换旅馆住。来前在网上只订了一天的房，就是准备不满意时可以另谋高就的。

　　吃过简单的早餐，走不多远就到了鱼市场，这是一个凹字形的码头，但你要把上面的那个凹进来的部分想象得很长才行，长长的凹槽中是伸进来的海港，两边是供船停靠的码头，凹槽底部的那一小段横街就是最有名的露天鱼市场。对于旅游者来说，这是卑尔根最重要的地方——吃海鲜要在这里，乘游船在要这里，逛街要在这里，当然，旅游者服务中心也在这里。因为来卑尔根的主要目的是游松恩峡湾，我们先到旅游者服务中心买好了第二天乘船游松恩峡湾和随后乘高山铁路返回的联票，然后便开始寻找旅馆。不找不知道，一找吓一跳，不但沿途旅馆的房价都在二百欧以上，而且还没有空房。既然没有合适的，那么还住原来那一家吧，虽然早餐差了点儿，房间还是不错的！可是回到旅馆要求续住，对不起，房间已在网上订出去了，我们必须在中午之前退房离店。因为上不了网，无奈之下，只得打电话给同行游伴远在西班牙马德里的儿子，请他帮忙在网上为我们在卑尔根再订一家旅馆，什么叫作舍近求远？这就是了。幸得远程相助，我们得以转移到鱼市场凹字形码头右边不远处的一家酒店，店名叫 THON，房间条件比前一家好，但价钱却翻了一倍不止，每房每天二百二十欧，即便这样，也只能住两天，剩下的一天还得再找住处。于是又订了第三家旅馆，名叫公园酒店，房价更贵，二百三十五欧。有人说挪威是世界上物价最贵的地方，所言不虚。外出旅行，每天最大的开销就是住店，而在欧洲各国，一般住宿费用也就在八十到一百欧，北欧显然贵于中、西欧，挪威贵于瑞典，卑尔根又贵于奥斯陆。当然，因为房价不菲，这两家酒店的早餐都是相当丰盛的，远非挂在门把上的早餐可比了。

虽然卑尔根是挪威的第二大城市，但主城区的那一点地方，相比北京、上海就只能算个小镇。我们在卑尔根四天住了三个酒店，除去游松恩峡湾的一天，剩下三天都是在用脚丈量这个城市，就以我们住过的三个酒店为圆心，以五百米距离为半径画个圆，三个圆圈就已经把这个小城覆盖得差不多了。

第一个圈以我们住的第一家酒店为圆心，范围包括了大教堂、大教堂右侧后面卑尔根大学的一部分、大教堂左前面隔了几个街区的国家剧院，剧院门厅前立有易卜生的雕像；从国家剧院穿过主街是城市中心花园，花园一侧立有格里格的雕像；紧挨着城市中心花园的是城市中心的六角形湖，湖边一侧坐落着市博物馆，馆中藏有不少蒙克的画。你看，这第一个圆圈，就把挪威最有名的三个文化名人都划进去了！

第二个圈以我们住的第二家酒店 THON 为圆心，被划入的是卑尔根市游人最密集的地方：外来游客都要去光顾的鱼市场、小港边被列为世界文化遗产的布吕根木屋群、木屋群后面的圣玛丽教堂、小港边的哈康城堡，还有上山观景的索道站……

我们的第三个住处公园酒店，就在卑尔根市公园的旁边，靠着从大海湾通进来的一个内海湾的进出口。公园美丽幽静，而走上跨越海湾口的大桥，左观是老城区后面的内海湾，右看是通向外海的大海湾，海湾两侧是卑尔根市轮船进出的大港口；而大桥的另一端，则通向老城区外更广大的市区，也是外来游客不会涉足的地方了。

卑尔根的鱼市场给人留下深刻印象的有三种海鲜：北极甜虾、帝王蟹腿、酒煮海虹。这三样东西几乎成了我们每天的主食。除了海虹用白葡萄酒和调料稍加烹调外，北极甜虾和帝王蟹腿真正是"清水出芙蓉，天然去雕饰"，没有任何调料，但其味道鲜美，无他处可比，当然价格不菲，在全世界的街边大排档中，应该是最贵的了。此地美味可餐，秀色更可餐：沿鱼市场这个凹口右角边的路走不几步，就可乘坐登山缆车直上弗洛扬山，从山顶平台俯瞰就在眼下的这个凹形小港口。

第 二 次

再来卑尔根是 2016 年的 7 月，这一次是随一群团友从奥勒松坐大巴来的。团友们大多是第一次来，他们有两天时间来认识这个城市。对于初来的游客，鱼市场的海鲜是必须品尝的，乘缆车到弗洛扬山顶的观景台俯瞰市景也是必不可少的，像这样的两个项目，我再次享受也是不会厌倦的。

在弗洛扬山头的观景台上凭栏下望，整个老城区尽收眼底，最让人看不厌的，还是就在眼皮底下的这个小港：那一片向城市凹进来 U 字形海湾的底部就是熙熙攘攘的鱼市场；U 字形右边就是热热闹闹的布吕根木屋群，木屋群再前面是扼守在小港入口处的哈康城堡；而 U 字形的左边则是呈一个倒 V 字形向外凸出的山岬，山岬中间略高，像一条拱起背来的鲸鱼，它的尽头不再是鳞次栉比的屋顶，而由一片弧形的林木所包裹，恰像是鲸鱼尖圆的头部。视线从小港移出去就是茫茫海天与森森列岛，海上浮着一片片岛，天上走着一块块云，某块云压在某个岛上，正拖下浓浓的雨线，如墨笔着色；而阳光从另一块云的裂隙间射向另一座岛，又似金箔泛光。在凹字形港口的外面，一艘红得艳丽的大船正在进港，令我想起早年看过的俄国浪漫小说《红帆》……这个绝佳的观景之处，确实是到卑尔根来的游客不能不到的地方。视线再顺着鲸鱼状山岬的外侧向后移动，那一边是比小港宽阔数倍的大港，沿岸有大船停靠、集装箱堆积；然后海湾变窄向内伸延，经过两座跨海湾的大桥，第一座桥这边就是大教堂，第二座桥这边是老城区后沿的公园，桥里面的海湾在老城区背后成为一个圆形的内湖。这就用目光把卑尔根老城区给扫描尽了。

在山顶上把下面反复观赏了几遍，觉得对于这个城市已是很熟稔了，想想还有什么新鲜地方可以看呢？下山之后，初次来此的团友们当然要去参观作为世界文化遗产的布吕根木屋区，此处故地我不想重游了，便另择路径，顺着一条沿山的僻静街道向游人罕至处而行，这一走还真是曲径通幽，看到了卑尔根城里充满艺术情趣的另一面。这一条沿山小街，路面行人不多，街边房墙上壁画却不少，有的稚拙可爱，有的幽默诙谐，有的感觉另类，比如有一幅画的是一头奶牛正对着一位女士的乳房在吸奶，而奶牛乳房下的集奶管在地下盘绕一圈后又被那位女士握在手里，管子终端却成了给汽车加油的油枪……在街对面一座房子的山墙上，一个带筐的吊车正举着一个人在整面山墙上作画，画的是蓝色森林里跑出来一只绿色的山妖。

沿着这条艺术之街继续前行，看到一幢四四方方古色古香的石头大房子，觉得似曾相识，却想不起来在哪里见过。走进去一看，原来就是卑尔根市的火车站——我们三年前第一次来此，就是拖着行李箱从这里走出来找旅馆的。因为刚才所走的那条街是顺着山势弯曲而行的，所以不知不觉把我们带到了这里。而到了火车站，就说明我们已从卑尔根的那一头走到了这一头，接下来的路是上一次来此就走得很熟的了：经市中心的六角湖、湖滨的图书馆和博物馆，再向前走过中心花园，就又回到了一头是大教堂一头是鱼市场的中央大街，穿过中央大街就是立着易卜生雕像的国家剧院，而剧院边上不远处，就是我们这一次下榻的斯堪的克酒店了。

在卑尔根的最后一个下午，闲来无事，心想就到酒店边上的海边随便走走吧，于是移步出门向左。刚走到海边，就见沿海建筑的后面蓦然升了一座又宽又高的巨型建筑，定睛细看，原来是一艘停靠在大海港边上的超级邮轮，却被港前堆积集装箱的仓库区挡住了看不真切。忽然就有了看一看这艘大邮轮的兴趣，心想只要走上第一座海湾大桥就可以无遮挡地观赏它了，于是兴冲冲顺着港边大路往桥上去。不想天不作美，一时风雨大作，雾气升腾，走到大桥上浑身都已淋湿，但巨轮仍然看不真切，只好回酒店更衣。

少顷风收雨细，想想晚饭前尚有两个小时可以利用，何不再出去随便走走？出得门来这次转向右走，见有一条上坡的石头路，石块铺得颇具美感，又被雨水洗得如泛油光，走在路上，忽然想到这个方向应该通往小港左侧那座倒 V 形的山岬吧？卑尔根的老城区，也只有那个角落我没有走到过了，于是便向上走去。这一走谁知竟入了佳境：走到山岬的背脊之上，忽见刚才被建筑所挡、风雨所隔看不真切的那艘大邮轮，此时正离开靠泊的大港，完完全全地呈现于左侧视野之内。我一边观船，一边前行，原来从这个山岬的背脊上可以左观大港，右看小港，虽然位置没有弗洛扬山顶的观景平台那么高，但因为距离近，可以把两边的市容街景看得更加细致真切。而建在山岬上的房屋别墅，一座座漂亮安静，既近闹市，又远尘嚣，那份优雅怡然让人羡慕。心想如果拿我居住的城市南京作比的话，鱼市场和布吕根就像是人头攒动的夫子庙和总统府，而这里才是东郊山中某个外人不知的好去处。真正要了解一个城市，是应该把这样的游人罕至处走到才行啊！沿着山岬上的这条路继续前行，走到尽头便是一片树林环抱着的海角公园——我不知道当地人是否这么叫它，但这个小公园地处凸入海中的山岬尖端，这样称呼它应该没错吧。如果说弗洛扬山头的观景台是看城的最佳处，那么在这个山岬尖角上，右看小港，左观大港，正面是更大的海湾和海湾对面的岛屿群山。此时左边右边都有汽笛长鸣，原来是大港与小港同时有三艘邮轮出港起航，皆从这个海角前面通过，那种情景，不在当时不到当地是体会不到的。

这是我两次来到卑尔根的最后一个黄昏，也是感觉最美妙的一个黄昏。由此想到，千万不要说你对某个城市已经非常熟悉了，总有一些陌生的好地方在等待你去发现。

第 五 辑

之前虽然到过两次非洲，都是地中海沿岸的北非。一次是摩洛哥，满眼是阿拉伯的人脸、穆斯林的情调，看不到几个黑人。另一次是埃及，肤色与风情都是中东的，也感受不到多少非洲的黑。但我们从小就听惯了一个词：黑非洲。"文革"时期的文艺节目中，很时兴的一个歌舞叫作《亚非拉人民要解放》，虽然歌词中有"亚"也有"拉"，但满台演员都涂成黑脸黑腿黑胳膊，那样观众看了才带劲！几十年过去了，如果说民族独立就是解放，那么亚非拉的人民都已解放了。但黑非洲到底是个什么样子呢？这一次南部非洲之行，走了纳米比亚、博茨瓦纳、津巴布韦、赞比亚、南非……看过了才知道，在非洲黑黝黝的底色上，各个国家其实各有色彩。

纳米比亚的红

　　纳米比亚首都温得和克市中心广场的中心，是一座造型精美的德国式教堂，建筑外立面的石块呈浅红色，屋顶和塔楼尖顶的瓦是深棕红。在这个红色教堂的边上，矗立着一个比教堂更高大的纪念性建筑，既非欧式，也无非洲风格，导游说，那是由朝鲜援建的。在这个高大建筑前面，矗立着开国总统努乔马的雕像，右手高举一本书。纳米比亚共和国实行三权分立、两院议会和总理内阁制，独立后政局稳定，经济状况也不错。我们看到的温得和克，是一个整洁、漂亮甚至很洋气的城市。在我们下榻的 AVANI 酒店门前，一大早衣着鲜亮的男女黑人白领来来往往，气质从容高雅。

　　从首都温得和克出游，第一个目的地是四百公里外苏丝斯黎的红沙漠。开始一段是柏油路，路面随丘陵地势起伏，两侧是草地与灌丛，有铁丝网圈着。铁丝网有两种，矮的一米，高的两米。导游说被圈的是私人土地，高铁丝网是为了防止如长颈鹿这样的大型动物跨越。虽然动物是野生的，但土地所有者有责任保护它们的安全。再向前行，柏油路的尽头便是沙石路面了，于是一路颠簸，红尘滚滚，直到国家公园内数十公里处的红沙漠。这里的沙粒因含铁质，略呈红色；也因含有铁的成分而比重大，所以如山的沙丘并不随风

91

移动，于是按照距公园入口的距离编号，如最著名的一座距公园大门四十公里，就叫四十号沙丘。当夕阳西下，暮色将沙丘镀得彤红，是此地最动人的景色。

纳米比亚的红，还呈现在动物和人的身上。大西洋畔的鲸湾沿岸，有一大片盐场，因为水土中的某种物质，晒盐池是粉红色的；在盐池外海滩上成群觅食的火烈鸟，原来洁白的羽毛也因摄入此种物质而变得粉红或鲜红。在纳米比亚境内生活的辛巴人，更是以"红人"著称。辛巴族的女性从开始发育后便不再洗澡，替代洗澡洁肤和护肤的方法，是用研细的红色石粉调以动物或植物油脂涂抹皮肤，倒显出一种与众不同的细腻和油亮。再加上她们总是赤裸上身，便成了喜欢猎奇的旅游者必看的去处。去观光的外国人多了，她们便形成了一种习惯，见到拍照者和与之合影者，便伸手要钱要糖果。中国游客一般不愿给钱，带去大把的糖果散发。而有些西方游客既不给钱也不给糖，宁愿捐钱给村子门口由志愿者办起的小学。或许那些孩子特别是女孩长大了可以选择走出辛巴村，不一定再过这种赤裸上身要钱要糖的被观光生活。

博茨瓦纳的绿

纳米比亚的国土，西边是大西洋海岸线；南边以一条奥兰治河的自然曲线作为与南非的分界线；北边和东边，是两条人为划定的基本直线，作为与安哥拉和博茨瓦纳的分界线。但奇怪的是，在东北角上，却有一条窄窄的国土，如长剑一般向东直刺入南部非洲的纵深。在长剑的尖端、乔贝河汇入赞比西河的地方，形成了一个四国交界的交叉点：两河之间的尖细部分属纳米比亚；北面是赞比亚；南面是博茨瓦纳；东边是津巴布韦，与赞比亚以赞比西河为界。维多利亚大瀑布就在两国交界处的赞比西河谷里形成它那举世闻名的深深跌落。

我们从纳米比亚前去看维多利亚大瀑布，坐的是一种只能载十名乘客的小飞机，旅行箱得装在飞机翅膀上螺旋桨发动机后面的行李舱里。从温得和克起飞，到津巴布韦的维多利亚瀑布城降落，飞行时间一半在纳米比亚上空，另一半在博茨瓦纳上空。从空中俯瞰纳米比亚，基本上就是一片荒原，难怪在纳米比亚时驱车从一处到另一处，几百公里的路就要颠簸一天，一路尘土飞扬。但刚刚飞入博茨瓦纳，大地上的颜色就不同了，绿色渐显，并越来越浓。再往前飞，干旱的非洲腹地出现了大片水面和水迹湿地。看看手机地图，就知道那是著名的奥卡万戈三角洲了。三角洲由奥卡万戈河注水形成，这条无私之河从安哥拉和纳米比亚之间流来，一进入博茨瓦纳，便如扇面般展开，牺牲了自己东流入海的理想，却为无数动物造就了一个理想的家园。我们在小飞机上向下俯瞰，如果有鹰的视力，必能在那一大片深浅浓淡不同的绿色中间发现众多动物的身影。但我们的行程安排无缘进入这个博茨瓦纳最大也最好的国家公园，要去的是另一个离飞机降落处距离较近的乔贝国家公园。即便是这个小一号的乔贝国家公园，也使我们眼界大开。在纳米比亚车行四处，不时看到野生动物，剑羚、狒狒、长颈鹿、斑马……但都只是零散出现在路边荒野上。可是乘吉普车进入乔贝国家公园，各种动物出现的频率就不一样了。国家公园是乔贝河沿岸的一大片草原、灌丛和河滩湿地，自然以绿为基色。这里各种大小羚羊成群，野牛成群，斑马成群，河马成群，长颈鹿成群，最令中国游客惊讶的，是连大象也如牛羊般成群，散落在宽阔的河滩洲地上，吃草、休憩，威严而安详。你举起相机随便拍一拍，照片中都绝不会只有一只动物，必定是许多只；也不会只有一种动物，起码两种以上，常常三四种甚至五六种共享画面——有兽有鸟，有水有陆，有大有小。那些动物们任你坐着吉普车抵近观看，它们安之若素，旁若无人，豹子吃肉，狮子交配，该干吗干吗。因为在它们看来，吉普车不过是一些既不吃草、也不食肉的大动物而已，跑来走去从不伤害它们，根本无须提防。博茨瓦纳的野生动物们，就安然生活在这一片非洲的绿野之中。

津巴布韦的全黑和赞比亚的留白

  此行到津、赞两国，都是只打了一个"擦边球"，这个边，就是赞比西河上两国交界处的维多利亚大瀑布。大瀑布所在的地方，属于赞比亚；而观瀑的最佳位置，却在津巴布韦。在大瀑布的南北两边，各有一个旅游城市，在赞比亚那边的叫利文斯通，在津巴布韦这一侧的就叫维多利亚瀑布城。

  我们乘的小飞机降落在维多利亚瀑布城，海关的工作效率很差，让地接导游在外面等了很久。导游麦克是津巴布韦人，三十多岁，在中国沈阳学了一口流利的汉语，娶了一个"东北大城市"铁岭的姑娘，生了一个比黑种人黄、比黄种人黑的混血儿子。如果不看他的肤色，几乎就可以把他当作一个中国人。

  刚出机场，就看到有当地人举着一把把津巴布韦钞票向外国游客兜售，面值极大，有百亿千亿之数，不禁好奇，问麦克那种票子到底值多少钱？麦克说那是旧币，一百亿旧币只相当于一个新的津巴布韦元。我们更加好奇：何以会如此？麦克说：我们津巴布韦的钱原来是很值钱的，我们国家原来可以说是非洲最富裕的国家之一，工农业基础都好，工业产品向周边国家出口，粮食自足有余，烟草出口量世界第三，经济发展水平在南部非洲地区仅次于南非，日子好过得很!

那怎么会通货膨胀到如此地步呢?

麦克叹口气道:独立以后,我们的穆加贝总统把原来住这儿的白人都赶跑了。把白人的产业换黑人来拥有,但黑人不善经营;把白人的土地分给黑人,但黑人不会种地,生计就紧张了——就这样啦,你懂的!

麦克这个津巴布韦人可以很好地使用汉语,我们也完全能够理解他说话中的意思。我上网查到:津巴布韦的人口组成在立国后变化巨大,独立时总人口六百九十万,其中三十万是白人,约占5.5%。但转型政策使白人居民大量移居境外,而黑人生育率极高,到2013年人口暴增到一千四百多万,黑人已占总人口的99%以上,成了一个黑色一统的国家。

由于津巴布韦原来的基础设施好,正面观瀑的位置也好,历史上到津国观瀑的游客远多过到赞国的,但由于穆加贝的政策所导致的社会不安与经济萧条,津国方面游客减少,相对地赞国方面的游客就多了。游客可以在两国之间一日性地穿过作为国界的峡谷大桥,从不同的视角来观赏大瀑布。

说赞比亚的留白,首先是因为大瀑布是大自然的神工织出的巨幅白布,丰水期由巨幅白布抖出的白雾高达三百米,再由阳光染上七彩之虹。此外,赞比亚没有像津巴布韦那样把白人居民都赶走。更为重要的是,赞比亚的黑人以纪念的方式留住了利文斯通这个白人的精神。这也是现代人类都应该有的精神。

南非的黑白分离

　　纳米比亚、博茨瓦纳、津巴布韦和莫桑比克这四个国家在南部非洲连成一条横线，它们的下方就是非洲大陆的尖角——南非。关于南非，过去对它的自然状况所知不多，对它的政治状况却了解不少。首先是它曾经的种族隔离政策在世界上臭名昭著，在相当长的一段时间被国际社会谴责和制裁。其次是南非出了一个反对种族隔离制度的伟大人权斗士纳尔逊·曼德拉，经过他的不懈努力，南非终于废除了种族隔离制度，而这位坐了二十七年牢的黑人囚犯，成了南非共和国的第一任黑人总统，并得到了国际社会的高度尊敬。从理论上说，种族隔离的国策取消了，政治正确了，黑白对立的矛盾应该消弭，种族歧视的观念也应该化解，但是南非的政治现实和经济状况并非如此。

　　过去的南非白人政权，被视为世界上坏政权的典型。但现在的南非，政治更开明了吗？问及此，在南非生活了多年的华人导游摇头：以前白人当权时，白人是一等公民，有色人种是二等公民，黑人是三等公民。现在黑人掌权，反过来了，黑人一等，有色人种二等，白人沦为三等。所有政府提供的工作职位，首先考虑黑人；其次是轮到有色人种，而白人，基本是没有机会的。

经济更繁荣了吗？没有，取而代之的是萧条与凋敝，这与津巴布韦的情形是类似的。由于历史形成的原因，工商业经营的主流是在南非已生存发展了数代之久的白人阶层，而因政局变化，原为社会精英的白人一下子被边缘化，有的甚至连人身安全都无法保障，只能三十六计走为上。留下的烂摊子，靠过去处在社会底层的黑人一时半会儿还真撑不起来。

说到南非黑白分离的社会病，自然有过去白人统治者的问题，也有现今黑人本身的问题。比如令外国游客不安的安全问题，主要出自黑人。我们旅游大巴的司机是位黑人，每当上车下车，他都热情地打招呼。我想就冲他这张笑脸，最后也可以给他些小费。每到景点，导游都反复告诫大家贵重的东西要随身带好，不要留在车上。但面对这样一位笑容可掬的司机，我们实在提不起防备之心。但很快导游的提醒就应验了：有团友发现留在车上的包被人翻过，一个少了二百美元，另一个少了五十美元。最终，我没有给那司机小费，因为他早就自己动手拿了！

我们从治安状况不佳的约翰内斯堡飞到西开普省东边南临印度洋的城市乔治，从这里有一条公路通向非洲西南角的开普敦，因其景色优美，被称为花园大道。大道沿海岸线西行，一路所见，森林、湖泊，车窗外起伏着大片丰饶的田野，根本不见沙漠与荒原的踪影，完全颠覆你原来对非洲土地的印象——这哪里像非洲，分明就是美国加州的阳光海岸或者澳大利亚、新西兰的世外桃源！

南非社会安全比较好的地方，就是立法首都开普敦所在的西开普省，至今仍由白人独立统治着，如同黑人当权的国家里的一个自治区。在开普敦，我们这些外国游客终于可以比较放松地散散步了，酒店街对面的马来区就是一个步行观光的好去处。但这个马来区里的房屋座座色彩斑斓，恰是因为过去种族隔离的历史所形成。在当时的白人统治者看来，白人是上等公民，黑人是下等国民，而处于中间阶层的则是以马来人为主的有色人种，大多以服务于白人为业，白人政府划出区域令马来人集中居住。即便如此，白人统治者也不允许马来人拥有自己的门牌号码，为辨识方便，马来人就将各自的住房涂上不同的颜色加以区分：赤橙黄绿青蓝紫，形成了延续至今的彩色街区。

开普敦是个美丽的城市，最美之处在一山一水。山是桌山，水是好望角。桌山其顶平坦如桌，当地人称之为"上帝的餐桌"，山上岩石与植物秀色可餐。在一侧"桌"边可以俯首北瞰都市所在的桌湾；到另一侧"桌"边则可以向南远眺数重山外插入印度洋和大西洋之间的好望角。而当你站在好望角的尖端，眼前两大洋交汇，天风海浪，涛声如雷。理论上，面向正南以鼻梁为延伸线，你可以说：左手是印度洋，右手是大西洋。但大洋之水哪像人类有肤色界限之分，浩然东西相融，莫分彼此，纯然蔚蓝一片，一片蔚蓝！

忽然想起车行纳米比亚时，见到一匹斑马，在阳光下独立于荒原，那印象比其后看到的成群斑马深刻很多。斑马斑马，全身黑白相间相隔，又黑白相依相辅。若去掉白道，就成了黑马；若去掉黑条，就成了白马；白马黑马皆非斑马，也就没有了斑马之美。我想，理想中的南非，甚至理想中的非洲，就应该是一匹斑马，将黑白二色统一于一身，以其独特的美感和活力，兀立于两洋之间的这块古老大陆。

第 六 辑

心情纠结的土耳其

从地图上看，土耳其的版图就像是从亚洲伸进地中海的一根舌头；舌尖顶端，隔着一道窄窄的博斯普鲁斯海峡，是它的欧洲部分——伊斯坦布尔。

这一根大地之舌，在历史上尝过各种民族的不同味道——这里曾先后被赫梯人、弗里吉亚人、高卢人、希腊人、马其顿人、帕提亚人和蒙古人侵略、拓居或统治。11世纪后，突厥人西侵，对土耳其人的民族形成产生了决定性的影响。土耳其共和国的前身是奥斯曼帝国，12世纪时从安纳托利亚高原开始扩张，渐渐形成一张气吞欧亚的大口——最有影响的战事是1453年大举攻陷君士坦丁堡，灭亡了拜占庭帝国，并以此城为帝国新都，此时的奥斯曼帝国已成为地跨欧、亚、非的庞大帝国。但此后家大难持，1877年至1878年败于俄国，割地求和，颇像大清帝国的末日。其后在两次巴尔干战争中奥斯曼帝国丧失了在欧洲的大部分领土，只剩下伊斯坦布尔——这一颗长在欧洲下颌上的门牙和紧抵着那颗门牙的那一根亚洲的舌头！

当然，如果不用舌头这个比喻，仅从地理上看，土耳其是一个从亚洲部分向西凸出的半岛，它的上面是黑海，隔海与乌克兰为邻；

下面是地中海，隔海与埃及相望；正前方是爱琴海，与对面的希腊只一水之遥。

黑海是欧洲东南部与亚洲之间的内陆海，通过西南面的博斯普鲁斯海峡、马尔马拉海、达达尼尔海峡与地中海沟通。而黑海南沿的海岸线，就是土耳其的整个北方国境线。黑海的水是黑色的吗？我们的土耳其导游伊克拉木说：错！黑海是蓝色的，正如红海也是蓝色的。之所以叫黑海，因为它位于北方；而对于位于南方的那片地中海，土耳其人另有一个称呼，叫白海。中国人有东青龙、西白虎、南朱雀、北玄武之说，以黑色代表北方，这和土耳其人的黑海之说有相同之处。不过土耳其人以白色来代表南方，所以把南方之海称为白海。

虽然土耳其的大部分属于亚洲，但在"白海"沿岸，处处可以看到欧洲的痕迹。土耳其第三大城市伊兹密尔附近的古城以弗所，在历史上最早是一个古希腊爱奥尼亚的城市，以阿尔迪美斯神庙著称。以弗所的伟人有希腊最早的挽歌作者卡利诺斯、讽刺作家希波那克斯，更广为人知的是哲学家赫拉克利特。公元前3年这里修起了凯旋门，公元4—11年又修了水渠，此后又修了很多公共建筑，使其成为罗马帝国时代希腊土地上最引人注目的一座城市。

在以弗所你所看见的是代表欧洲文明的罗马遗存，在土耳其的另一个著名风景区棉花堡，在那由大自然鬼斧神工造就的白色钙华层峦之上，你会看到罗马人用石头修建的城堡。那城堡虽然也成了废墟，但当年罗马人为享受而建的温泉，至今仍可以让人享受它的清澈和温暖，而且一些古代石柱和石础就横陈在水中，让你感觉既泡着温泉，也泡着历史。

在棉花堡西南方海湾里的古城安塔利亚，你看见的还是欧洲的风情和罗马的城市，这是罗马人建于公元 2 世纪时的古代海港，中世纪为拜占庭帝国的堡垒，也是十字军开往巴勒斯坦的重要兵站。城中最著名的古迹，是以罗马皇帝哈德良命名的哈德良城门。在安塔利亚，我们看到了和欧洲小城几乎相同的街巷风景，却也感受到了和欧洲小城不太一样的土耳其民情。

在欧洲逛街时，我们爱进小店，无论你付钱买东西还是随便看看，店主都会很客气地迎进送出，我家里有许多可爱的小东西，都是从欧洲小店里淘来的。但在土耳其的安塔利亚，待遇就有些不同了，当有个同伴进某家小店看了一下空手而出时，店主竟追出店外质问客人：你为什么不买东西？客人说没看到喜欢的东西所以没买，老板竟气势汹汹地说："我不喜欢你们中国人！你们中国人总是只看不买，我喜欢欧洲人！"这可真把人气着了，但在人家的地盘，与其和人家吵架，不如避而远之。打这以后，再走土耳其的小街小巷就不敢逛店看东西了，生怕再遇上这样厌亚喜欧的小老板。但当你走过小店云集的街道目不斜视时，两边的小贩却都用中文来招徕你，不知道在当地人眼里，到底是中国人不买东西呢，还是中国人爱买东西呢？要是没有中国人的生意做，他们怎么都学会了中文？

还是说说在安塔利亚时不太愉快的感受吧。和大多数导游都会显得开朗随和不同，伊克拉木是一个不苟言笑的土耳其人，他在中国的东北大学学习过几年，除了有些外国人的口音外，汉语说得不错，但在我们和他之间，总觉得隔着一层距离。比如，到了景点，他做完了该处的介绍，说了集合时间，便远远地站到一边独处去了，这似乎不是一般导游和游客应该有的距离。甚至，他还与我们团中的几位团友发生了一些语言冲突。首先要说，我们团中有几位团友的素质确实较差，集中体现了中国游客的一些不文明表现，比如有一位总是在公共场合大喊大叫，当别人提醒应该轻声点儿时，他依然声若洪钟："这是第三世界国家，我们干什么要给他们赔小心！"一副暴发户的样子。正是这位大嗓门儿一而再、再而三地惹恼了土耳其导游伊克拉木——

伊克拉木虽然和我们保持着彬彬有礼的距离，但工作上该说的事情他也都尽责地说到。比如当旅游大巴开行中有较为大段的时间，他会用来为客人们介绍有关土耳其的历史和现状。但那位大嗓门儿团友却无心听讲，不但自己无心听讲，还和另一位也无心听讲的女团友没完没了地"窃窃私语"，说话声比导游的解说还响，而且就在导游的鼻子底下！伊克拉木忍了几次，终于发作了："你们不爱听是吧？那我不讲了，你们讲吧！"他一屁股坐下，真的不讲了，虎着脸一路沉默到了安塔利亚。

在安塔利亚，有一个项目是参观老城，由导游把我们带到老城的标志性景点哈德良城门，然后大家自由散步回到集合地点。在海边观景台出发之前，伊克拉木交代一些注意事项，说得是稍微烦琐了一点，并反复提请大家要注意时间。大概是在车上受了导游的冲，于是大嗓门儿团友毫不客气地冲起了导游："你总强调时间时间，可你留给我们逛街本来就没有多少时间，让你站在这儿一说又说掉了十分钟时间！"伊克拉木顿时上火："好吧，多一句我也不说了，现在就走，请你们跟上！"说着扭头就走，大家只能忙不迭地跟着，一路跟到哈德良城门，他果然再也没回头说一句话，我们领教了土耳其式的不高兴。

作为伊克拉木个人，我能感到他的不高兴是出于一种纠结：他并不喜欢导游这个职业，据说他的专业是纳米研究，但为了不荒废自己的汉语，所以临时干起了导游。他的内心也许和那些出言不逊

106

的土耳其店主一样并不喜欢中国人，这就是我们感觉到的那种疏离感；但作为导游，他又必须本着职业精神做好基本的服务。此外，土耳其国处在欧亚之间，有着既不能入欧也不能脱亚的尴尬地位，和历史上奥斯曼帝国的辉煌时期有着巨大的落差，恐怕也是使他内心纠结的一个原因。

在许多中国人的印象中，土耳其不过是一个地处中东的第三世界国家；岂知在土耳其人的心目中，他们曾经有过的帝国气派，丝毫不逊于中国曾经的大唐风度和大清版图！我前面写到奥斯曼帝国在两次巴尔干战争中丧失了在欧洲的大部分领土，只剩下伊斯坦布尔。在第一次世界大战中再次战败，1919 年时连重要港城伊兹密尔也被希腊占去。危难时刻，主导这个国家现代化进程的人物终于出现了——帝国将军穆斯塔法·凯末尔领导民族抵抗战争，收复伊兹密尔，并于 1920 年在安卡拉成立国民大会，1921 年 1 月改国名为土耳其。1923 年土耳其成为共和国，凯末尔任总统。1924 年 4 月通过宪法，废除苏丹制和哈里发制。更重要的变化是 1928 年取消了伊斯兰教为国教的宪法条文。作为前帝国的将军，他终结了原先的帝国，凯末尔的这个身份颇像中国的袁世凯。他自己没有称帝，而是建立共和制度，成为后世景仰的国父，这一点又像中国的孙中山。但是在现代土耳其人中，依然有人怀着恢复奥斯曼帝国的梦想，从伊克拉木在讲述奥斯曼帝国历史时那种心向往之的神情，就能够看到一些土耳其人的大奥斯曼情结。

土耳其之所以成为现在的土耳其，国父凯末尔居功至伟，他大胆地把奥斯曼帝国遗留下来的宗教国家改变为世俗的土耳其共和国，使国家从封闭走向开放。正因为如此，到土耳其旅游和到中东其他阿拉伯国家旅游的感受是不一样的，因为在这一根亚洲之舌上，你能尝到浓重的欧洲味道！

在离安塔利亚城约五十公里的地方，有一个古罗马时期建造的阿斯潘多斯大剧场，可以容纳一万五千个观众，造型庄重、美丽，更让人叹为观止的是，它没有像以弗所古城和棉花堡上的罗马城堡一样成为废墟，而是完整地保存了下来，至今仍然可以使用，许多世界知名的剧团以能到这里来演出为荣。

从安塔利亚向东北行走到土耳其中部，就到了被美国《国家地理》杂志评选为"十大地球美景"的卡帕多奇亚，这里独特的喀斯特地貌世上独此一家，凡到土耳其来的观光客，很少会不来这里一睹奇观！卡帕多奇亚的奇观不仅在地上，还在天上——每当清晨，数十只载着观光客的热气球在霞光中升起，大地千姿百态，天空色彩纷呈，那一种壮观和美丽，实在是令人神往！但神往归神往，你能否亲身体验到那种情景，还要靠运气，看天而定。天公若不作美，不适合热气球升空，你就会与那种美景失之交臂。应该说，我们这个旅游团运气不佳，一早起床准备停当在酒店大堂里等待当地气象局的消息，一个多小时后，被明确告知当天的气象条件不适合热气球升空，为安全起见，该项目只能取消。两天之后，我们听到了从卡帕多奇亚传来的消息：有一个中国旅行团不顾气象条件，坚持要乘坐热气球升空，结果在降落时为横风所袭，吊篮撞地，造成多人受伤，所幸无人丧生。当我们后来在伊斯坦布尔机场乘机回国时，看到候机室里有手上脚上打了石膏的中国游客，一问，果然就是卡帕多奇亚热气球故事中的受伤者。由此想来，我们的运气也不算差啦，如果我们是两天后到达，并坚持要升空，那么在事故中受伤的就可能是我们了。

出埃及记

现代埃及的版图基本是一个正方形——两条呈九十度的直线构成了它的西边和南边；它的北边是地中海，东边是红海。红海像一个长长的瓶子，但底部有孔，瓶中海水经过亚丁湾、阿拉伯海与印度洋相通。而西奈半岛则像一个三角形的瓶塞，堵住了红海通向地中海的瓶口。西奈半岛这个瓶塞是大自然造就的，以人类之力不可能拔掉它。但埃及人发现瓶塞左边的苏伊士湾像一道裂缝，它向北开裂得如此之深，只要稍稍加一把力，就可以把被西奈半岛堵住的瓶口凿出一条缝来，而只要细细的一条，就可以将两大水域沟通，地中海和印度洋之间船舶的往来就再也不需要耗时费力地绕过整个非洲大陆了。这条细缝就是苏伊士运河，这是发生于埃及土地上的一个人类奇迹。

埃及拥有的奇迹可不只是一条苏伊士运河，在首都开罗近旁、尼罗河三角洲开始扩散处，那些几千年前就站在那里的金字塔，让人叹为观止，也让人猜想古代的埃及人是如何造就这样的世界奇迹的。只是现在的有些埃及人却让人叹息，靠着古代遗产坑蒙拐骗，而他们的主要目标人群就是中国游客，所以当这两大文明古国的后人们在金字塔前相遇时，那情景其实是不太文明的！中国游客一到，那些散落各处的埃及人便立刻跟了上来，黏着你兜售东西那算是好的，有的无比热情，一定要给亲爱的中国朋友送点儿东西，什么红绳、纱巾之类的硬往你手中和怀里塞，你要是不慎接受了，那么下一步你不给点儿钱就别想摆脱这位友好的埃及朋友了！更有的冒充当地旅游警察，变着方儿吓你唬你诈你的钱！他们只要看你像中国人，便用汉语和你搭讪，你只要应声了，就等着烦吧！我就是被这些人缠得烦不胜烦，最后只好用一句英语"Don't trouble me！"才将其逼退。因为对欧美游客，那些埃及人的态度就要恭敬得多！

在埃及的旅游景点，大量中国游客的到来不仅带动了埃及的小贩学会用汉语兜揽生意，还刺激了人民币的流通。从开罗金字塔到卢克索帝王谷，只要见到中国人，小贩们就会蜂拥而上，嘴里念念有词："人民币，人民币，王刀勒，十块钱；兔刀勒，二十块！"在哈齐普苏特女法老神庙外的一条街上，两边全是这样的小店和小贩，我乍一看，某小贩手上的石雕小件似乎还不错，刚想鉴赏一下，就又有几个小贩围了上来，缠得你根本无法细看。当时心想，这样的东西只卖一美金两美金，或十块二十块人民币，顺手买一个可真的不贵。但是零碎美金要留着付酒店房间的小费，只好拿出整张一百人民币问："能找吗？"某小贩一把塞过小物件，抓过百元钞："能找！能找！"拉着我冲出其他小贩的包围圈进入街边他的小店中，但进店之后，哪里还肯找你钱？另外抓了几个物件放进塑料袋塞到你怀里，这就完成了这单百元生意！而外面还有其他小贩在等着你，在那样的环境里除了赶快冲出重围，你还能怎么样？回到大巴车上，从塑料袋拿出那几个物件仔细一看，哪里是什么手工石雕，不过是一些塑胶或石粉的压制品而已，就当花钱买教训吧，这些东西不值得花力气带回中国，我就把它留在了大巴车的座位底下。当这辆大巴车最后送我们到达机场，认真的司机发现了座位下的这袋遗留物，以为是客人忘了，专门跑进候机大厅将它交给领队。领队乍一看，好歹也算是有埃及特点的工艺品吧，她觉得扔了怪可惜的，就问团友中有没有愿意要的，于是就被别的团友认领了去。但他们没想到，正是这几个既没什么艺术价值也没什么经济价值的劣质工艺品，却在离开埃及时给他们惹上了麻烦。

我们这个团是在红海边的度假胜地沙姆沙伊赫小憩两天之后，走水路离开埃及进入约旦的。沙姆沙伊赫位于西奈半岛的最南头，在这里狭长的红海被西奈半岛的三角形尖端分为两岔，像一只蛞蝓伸出的两根触角：左边是苏伊士湾，右边是亚喀巴湾。亚喀巴湾顶头是从死海延伸下来的以色列和约旦的国境线。西边那一窄条是以色列，有个港口城市叫埃拉特；东边较宽阔的一片就是约旦，也有个港城就叫亚喀巴。从沙姆沙伊赫去亚喀巴，要先由两位旅游警察护送，走陆路沿亚喀巴湾北上到达海湾中部的港口城市努韦巴，在努韦巴码头出埃及海关，再登上驶往约旦亚喀巴的客货混装轮。过海关安检时，凡是认领了被我遗弃了的那几件工艺品的团友的箱子，一一被海关人员挑了出来，要求开箱检查。而要被过目的可疑物品，正是那几件被我扔掉的工艺品，虽然总价不过一百人民币，却蒙上了携带埃及文物出境的嫌疑！

在努韦巴出了海关，就算是出了埃及了。然而真正离开埃及，还得登船驶入红海——这里的红海，指的是亚喀巴湾。在努韦巴码头登船时，人和行李必须分开。人进客舱，大小旅行箱都由码头工人运进货舱。但这些行李既无登记，又无标签，除了我们这个中国旅行团外，搭船离开埃及的尚有数千当地旅客，大都是前去约旦打工的埃及人，就像中国国内出门谋生的农民工，大包小包的行李带了不少，都是这样毫无标识地往那里一扔，由码头工人搬运上船。难道不会搞乱弄丢？轮船在狭狭的亚喀巴湾里驶向约旦，两岸冷峻的山峰就像这问题一样耸立在那里：到达目的地后，我们能够安然无缺地取回自己的行李吗？

天近傍晚，轮船终于开到了亚喀巴湾的顶头，左边是以色列的埃拉特港，右边是约旦的亚喀巴港。我们在亚喀巴码头下船，一同下船的还有那数千埃及农民工。当我们被领入港口海关办理完了入境手续，再回到码头上来取行李时，看到的那一幕场景真是壮观：只见数千件行李堆放一地，数千个埃及人在那一地行李中来回翻找着属于自己的那部分行李。难道我们也要加入这样混乱的人群，满地去寻找自己的行李吗？

好在我们是船上乘客中唯一的外国人团队，出进海关时有人打过了招呼，并且也特意给负责搬运的工人付了小费，所以我们的行李被单独堆放在了一辆平板车上，使我们不用加入那群蚂蚁般忙碌的翻找大军，就可以拿到自己的行李。

虽然行李拿到了，但如何穿越那一团混乱堵在出口处的行李山和人墙走到外面去，仍是一个很大的问题！如果你不愿去挤，想等那些拥堵着的埃及农民工走完了再走，那起码得两小时之后。而如果去挤，我们这些五六十岁拖着大旅行箱的中国游客，又如何能挤得过那些身强力壮的埃及农民工？这时候好在又有海关方面的人出手相救，使我们这一小队中国人得到了特殊待遇，约旦海关人员大声呵斥并用力推搡堵在出口处的埃及人，在中间给了我们一条可以通行的干路。看着那些被迫让路的埃及农民工兄弟，我们真是不好意思，一个劲儿地说：Sorry！Sorry！Thank you！但那些埃及人都是好脾气，反倒笑着向我们点头，也说：Sorry！Sorry！Thank you！其中有一人还特别在 you 上加了重音。就这样，总算完成了我们的"出埃及记"，进入了约旦。

从高处回望海边的亚喀巴港口，忽然想起了一个经典电影《阿拉伯的劳伦斯》中的画面和场景：阿拉伯联军从背后奇袭亚喀巴港。

如果把时间拉回到整整一百年前，像今天我们这样从埃及乘船到亚喀巴港登岸是完全不可能的事！因为土耳其军以十二英寸口径大炮扼守亚喀巴湾尽头的亚喀巴港，敌方难以越雷池一步。那时阿拉伯半岛的统治者是奥斯曼土耳其帝国，"一战"中与德国结盟，对付英国一方的协约国。土军进攻埃及、围困亚丁，中东战事对驻扎在埃及的英军很不利。为摆脱困境，英国向麦加的阿拉伯人提供现金和武器，并允诺在战后建立一个以大马士革为首都的阿拉伯国家，以此来对抗土耳其奥斯曼帝国。1916 年汉志（今沙特阿拉伯）人在麦地那起义并包围了圣城麦加，宣布阿拉伯脱离奥斯曼长达四百多年的统治独立。

英军从海上无法攻克亚喀巴要塞，也就进不了亚喀巴背后的外约旦地区。而英军少尉劳伦斯竟以一己之力，从阿拉伯半岛腹地整合了原本互相对立残杀的阿拉伯部落，组成联军穿越大沙漠，从背后奇袭亚喀巴守军，夺取了这一战略要地。然后劳伦斯又穿越西奈半岛，到开罗向英国驻军总部汇报情况。1917 年 10 月，英军中东部队向土军防线发动总攻，劳伦斯率领阿拉伯游击队在敌后配合，与英军同时进攻叙利亚。1918 年 9 月，阿拉伯酋长费萨尔的军队在劳伦斯帮助下抢先进入大马士革，宣布自己为叙利亚国王。1919 年劳伦斯与费萨尔一同前往凡尔赛参加巴黎和会，帮助争取阿拉伯国家独立，但努力未果。叙利亚转归法国委任统治；费萨尔被英国安排为伊拉克国王。

劳伦斯对阿拉伯独立运动的贡献被大多数人承认和接受。但也有阿拉伯学者认为：其工作是为了使英国从奥斯曼帝国手中接管阿拉伯世界的统治权。今天巴勒斯坦地区之所以纷争不断，一个重要原因就是当年劳伦斯帮助英国人占领了耶路撒冷及周边地区，使其成为英国治理下的犹太人家园。

　　登车离开亚喀巴港时，暮色降临，海港对面属于以色列的埃拉特城，已经亮起了灯火，比起约旦这一侧，那显然要璀璨得多。以色列的先民，当初就是由摩西领着，出埃及，过红海，到约旦。而此后流落于世界各地的犹太人，又确是因为英国人控制了巴勒斯坦地区，才又回到那里重建家园的。而红海亚喀巴湾尽头的亚喀巴港，则是这段历史故事中的一个重要地点。

第 七 辑

喜马拉雅山脉长两千四百公里；乌拉尔山脉长两千五百公里；落基山脉长四千八百公里；安第斯山脉最长，八千九百公里……在世界上的著名山脉中，高加索山脉是很不起眼的，以一千两百公里的长度，斜亘在黑海和里海之间。大概是因为山北全都在广袤的俄罗斯境内，山南便被称为外高加索地区，这里挤着三个弹丸小国：格鲁吉亚、阿塞拜疆和亚美尼亚。这三个在世界地图上看起来芝麻大的小国家，精气神可都不小！而且这一地区，在地理、文化上，还有这三个小国在其互相关系上，都是很有独特之处的。试归纳之：

三个国家共着一条山脉——高加索山。

三个国家在两块大洲之间——亚洲、欧洲。

三个国家濒临两个水域——里海、黑海。

三个国家有着三种宗教——基督教、东正教、伊斯兰教。

三个国家竟有四块飞地——纳希切万、纳戈尔诺－卡拉巴赫、南奥塞梯、阿布哈兹。

唉，高加索，是一座多么纠结的山；外高加索，这是多么错综复杂的一个地区啊！

悲情亚美尼亚

亚美尼亚坐落在小高加索山脉南延的高原上，地处黑海和里海之间。可现在的一小块国土既够不到黑海，又挨不着里海；其下腹部还有一块约占国土面积五分之一的土地被切割出去了，名为纳希切万共和国，实际上就是阿塞拜疆的一块飞地。说实话，在来亚美尼亚之前，我根本就不知道世界上还有这么一个小共和国。

在外高加索三国中亚美尼亚的国土面积最小，不到三万平方公里。但在历史上，亚美尼亚可不止这么一点地盘。在公元前1世纪，亚美尼亚王国曾是当时西亚最强大的国家之一，疆域从今天的黑海、地中海一带一直绵延到埃及。但是，亚美尼亚王国的光辉太短暂了，没多久就沦为罗马帝国的一个省，成为罗马世界与波斯世界之间的缓冲地带。后来在周围帝国的互相征战倾轧下，国土越来越小，最后的一次侵夺，来自土耳其，被夺走的土地面积比留下来的国土还大。现在亚美尼亚全国划分为十个州和一个首都，但被土耳其吞并过去的却有十二个州，包括他们曾经拥有的黑海沿岸地区。更让他们痛心的是，连被亚美尼亚人视为民族圣山的亚拉拉特山，如今也被划在了土耳其境内。天好的时候，在首都埃里温可以清晰地看到海拔四千七百多米的亚拉拉特山的雪峰，从埃里温到山下的距离不过二十多公里，但是现在的亚美尼亚人却只能以目光遥望，不能去登山朝圣了。

自古以来，亚拉拉特山就是亚美尼亚人的精神象征。据《旧约·创世纪》的记载，挪亚方舟最后停泊的地方就是亚拉拉特山，而亚美尼亚人把自己当作洪水泛滥后世界上出现的第一批人种，视该山为圣山。据当地传说，亚拉拉特山下有一村庄，是挪亚建造祭坛和开辟第一个葡萄园的地方。或许是因为和《圣经》人物故事有这样的缘分，公元301年，亚美尼亚王梯里达底三世定基督教为国教，使亚美尼亚成为世界上第一个全民奉教的民族和单一宗教国家。虽然此山现在已属别国，但亚美尼亚人的亚拉拉特情结却岿然不动。按《圣经》所言，挪亚在亚拉拉特山下开始了新的生活并种植葡萄。葡萄所酿的蒸馏酒即为白兰地。亚美尼亚所产白兰地的两大品牌，一个就叫亚拉拉特，另一个叫挪亚。两个酒厂都在首都埃里温，挪亚酒厂的厂房庄严如城堡，而亚拉拉特酒厂的外观则像是一个大公园。

到了一个国家，当然要品尝一下该国的美酒。亚美尼亚这两种白兰地价格并不贵，0.5升装的也就十几美元一瓶，隔着玻璃看色泽金黄，打开后香气扑鼻，入口甘醇柔顺，几位品酒的团友一致认为，比国内上千元一瓶的人头马或轩尼诗还要好喝。而在这两种亚美尼亚白兰地中，亚拉拉特似乎更胜一筹。不过导游露丝警告我们：你们要喝就在亚美尼亚尽情地喝，带到下一站格鲁吉亚也没问题，不过请在离开格鲁吉亚之前把它喝光，否则在通过阿塞拜疆海关时，一定会被没收掉！

为什么？我们问。

"因为他们对我们不好！"露丝说，"我们和阿塞拜疆前不久打过仗，现在边境上也不太平，他们经常还向我们这边开枪。我们国家很多年轻人都参军保卫边疆，我丈夫是个军人，他也在那里。"她这么一说，我们再一问，才大致搞清了亚美尼亚和周围邻国的关系。

从地图上看，亚美尼亚与四国为邻：上面格鲁吉亚，下面伊朗，左边土耳其，右边阿塞拜疆。露丝说："我们和格鲁吉亚好，和伊朗好；我们和土耳其不好，你们知道土耳其对亚美尼亚人的大屠杀吗？他们杀掉了一百五十万亚美尼亚人！我们和阿塞拜疆也不好，他们从我们的领土上切走了纳希切万。"

打开手机地图一看，我这才注意到在亚美尼亚版图的下方确实有一道边境线切割出了这么一个纳希切万共和国。再一查：纳希切万自治共和国面积五千五百平方公里，语言是阿塞拜疆语，民族是阿塞拜疆人，99%的人信伊斯兰教。这块主要由阿塞拜疆人生活的地方，被伊朗、亚美尼亚、土耳其三国包围，但就是不与阿塞拜疆接壤。纳希切万的地理位置非常独特，处于东欧与西亚的十字路口。阿塞拜疆人信奉伊斯兰教，在历史上与信基督教的亚美尼亚人不睦甚至为敌是可以想象的。1922年纳希切万跟随亚美尼亚加入苏联成为加盟共和国。同年阿塞拜疆也加入苏联成为加盟共和国。亚美尼亚人和阿塞拜疆人同属于苏联，似乎成了这个大家庭的兄弟，但矛盾犹在，一有机会，必要阋墙！1980年代末，苏联大厦将倾，亚美尼亚人与阿塞拜疆人的矛盾激化，发生了多次地区局部战争。苏联解体之后，亚美尼亚和阿塞拜疆相继独立，纳希切万也宣布独立，但它的独立是离开亚美尼亚，并要带着此前属于亚美尼亚的土地投奔大哥阿塞拜疆。这当然为亚美尼亚所不容，也难以为国际社会所承认。纳希切万的阿塞拜疆人虽已宣布划地自治，却又隔着亚美尼亚靠不到阿塞拜疆去，只能心向往之成为一块飞地，并将曾于1918

年至 1920 年存在过的阿塞拜疆民主共和国的国旗采纳为纳希切万自治共和国的国旗。

　　如果你能身临其境地处在亚美尼亚人的位置，就能够理解他们的心情。他们和格鲁格亚人友好，毕竟基督教和东正教都是出自耶稣基督。他们和伊朗人也能和睦相处，因为历史上他们曾经是波斯的臣属，而波斯人又曾与他们的敌人奥斯曼土耳其为敌。他们的西邻是历史上有大屠杀之仇的宿敌土耳其，他们的东邻是正有裂土之恨的新仇阿塞拜疆，一个小国的四邻中有两个是敌人，而且国土和实力都比他们强大，他们的心情确实会处于一种忧愤之中。

　　相比我们刚刚离开的伊朗，感觉亚美尼亚人的悲情就写在脸上。我们的伊朗导游琪琪热情开朗，说起话来笑个不停，对自己的容颜和服饰极为讲究，每天换一套衣服，十几天里几乎不重样。到了埃里温机场见到了我们的亚美尼亚导游露丝，年纪不过三十出头，人长得也很端正，但是素面朝天，不修边幅，一条牛仔裤，一件皱皱巴巴的衬衣，行走匆匆，说话急促，眉头总是紧蹙着，难得见到开心一笑。

　　亚美尼亚人是世界上最早接受基督教的民族，埃奇米亚津教堂是亚美尼亚早期的建筑文物，又称永久灵验教堂。整座教堂用彩色凝灰岩石砌成。亚美尼亚人托拉马尼扬根据历史遗迹和自己的设想重新修建了这座教堂，使其成为三层圆顶、内部有回廊的四瓣形教堂。教堂里的气氛让人动容，几个长条案上插满了点燃的蜡烛，不断有信徒进来点上他们的蜡烛然后在烛光前闭目虔诚祈祷。这个教堂还有一个特点是它的洗礼池，由白色大理石砌成。亚美尼亚人对洗礼仪式特别看重，因而特别尊崇《圣经》人物施洗约翰。婴儿出生后不久，便要抱到教堂来进行洗礼。即便在婴儿时期没有进行洗礼，到了成年之前也必须进行。亚美尼亚人必须拥有两个证件：身份证由政府发给，洗礼证则要由教堂盖章。埃奇米亚津教堂还附设一个国家宗教博物馆，我们参观的这一天恰逢博物馆闭馆，但是导游露丝还是动用她的关系特地为我们开放了一下，使我们得见馆中珍藏。这里有三件镇馆之宝，都和《圣经》故事有直接的关系。第一件是一块挪亚方舟上的木头，被一个装饰精美的金框框起，只能看见木质的一角；第二件是一个金壳做成的手臂雕塑，据说里面有施洗约翰的手臂遗骨；第三件是一柄矛头，据说就是罗马士兵刺入耶稣肋下的那一柄长矛的矛头，因为沾了耶稣的鲜血和荣光，因而成为圣矛。从公元 301 年开始，亚美尼亚人就全民笃信耶稣，历经种种苦难，至今毫不动摇，这种民族精神让人感叹。

亚美尼亚的宗教氛围深厚又浓烈，除了教堂在城市里教化民众外，还有很多修道院在山中引人静修。埃里温东南四十公里的峡谷中的格加尔德修道院始建于 4 世纪，现在建筑物是 13 世纪所建，因其大部分建筑在岩石中凿成，也叫"岩洞教堂"。这个修道院包括一座中心教堂、两座岩洞教堂和一座王公寝陵。寝陵位于第一座岩洞教堂斜上方，四根粗壮的石柱在顶上作"井"字形交叉。中间的空窗里天光直泻，古朴而壮丽。

在离埃奇米亚津教堂不远的地方，还有一处兹瓦尔特诺茨遗址，一群石柱呈圆形排列，完全是一个罗马式神庙的样子，露丝却说这个遗址也是一个早期亚美尼亚人建的教堂。不过在亚美尼亚的山里还真有一座罗马人的神庙，坐落在一个凸出于峡谷中的半岛形山崖的顶端，地势险要，建筑壮观。可见这一地区曾是东西方各种文化的交汇地。在神庙一侧的小山头上，我在相机的长焦镜头里看着两个男孩裸着身体在蹦蹦跳跳，感到奇怪，便走上前去一探究竟——

原来在山头上有一个简易的游泳池，两个男孩正在那里戏水晒太阳。我们在伊朗旅游时，和当地民众很容易融合，他们会笑容满面地主动要求与你合影或大大方方地让你拍照。而到了亚美尼亚，都市中所见人群都匆匆而行，面容严肃，不苟言笑，让你觉得有一种距离感，也不便随意拍摄他们。但在这个小山头上简易的水池边，和这两个小男孩笑脸相对，我们又找到了人与人之间相处融洽的那种感觉，虽然语言不通，手势和表情也足以表达互相的友好。在这个古老神庙旁边的小山头上，我们给小男孩拍照并与他们合影，在他们的脸上，我们看到了亚美尼亚这个悲情民族也会有的灿烂笑容！

离开亚美尼亚前往格鲁吉亚的那一天早上，露丝带我们去看亚美尼亚的大屠杀遇难者纪念馆。大屠杀的历史背景是这样的：19世纪初俄罗斯向高加索的挺近刺激了亚美尼亚文化的复兴。1804年至1828年的两次俄伊战争均以伊朗失败告终，原被伊朗占领的东亚美尼亚并入俄罗斯，在奥斯曼帝国统治下的西亚美尼亚人的境遇也开始受到西方世界关注。1915年至1918年，正处于第一次世界大战的奥斯曼土耳其政府因为害怕西亚美尼亚人叛乱，流放了一百七十五万亚美尼亚人到美索不达米亚，途中造成大规模死亡，史称亚美尼亚大屠杀，估计死亡人数高低不等，最少的估计都有三十万之多，而最多的估计则有一百五十万亚美尼亚人死于非命。纪念馆坐落在埃里温城外的一处山坡上，地面上的主建筑分两部分：一个是由十二片向心倾斜的石墙构成的祭坛，这十二面石墙象征着亚美尼亚被土耳其夺去的十二个州的土地，祭坛正中燃着长明火，有一位身着黑衣的老妇在火焰池边默默地摆放着鲜花；另一个是一座细而尖的高塔，尖锐的塔尖直刺天际。在高塔长度的下三分之一处分为两部分，露丝解释道：这座塔较矮的这部分象征着居住在亚美尼亚国内

122

的三百万亚美尼亚人，而较高的那部分象征着移居于世界各地的亚美尼亚人。

我们在伊朗的伊斯法罕，就参观过亚美尼亚人的居住区和他们的教堂，教堂附设的博物馆里，陈列的种种文物构成了整个一部亚美尼亚宗教文化史。这一部分亚美尼亚人在萨法维王朝时期被伊朗皇帝胁迫来到伊朗定居他乡已数百年，但始终保持着自己的语言文字和宗教生活习俗。这个民族虽然弱小，但内心的凝聚力却十分强大。

亚美尼亚民族中人杰辈出，如苏联时代的许多闻名世界的人物——政治家米高扬、陆军元帅巴格拉米扬、海军元帅伊萨科夫、坦克兵主帅巴巴贾尼扬，等等。如何判断谁是亚美尼亚人呢，露丝告诉了一个方便法门：亚美尼亚人的名字大多习惯以"扬"这个音结束。尾音为"扬"的，如米高扬、卡拉扬，就是亚美尼亚人。还有苏联的音乐家哈恰图良，"良"字的尾音，也是"扬"。但拥有这么多人中翘楚的亚美尼亚民族却历经苦难，命运悲惨；在大屠杀遇难者纪念馆的平台上恰好可以远远看到他们的圣山亚拉拉特，但可望而不可即，更使人增添了一分唏嘘感。

我们是从亚美尼亚的边境城市久姆里离开这个国家进入格鲁吉亚的。在苏联时期，这个城市以列宁命名，叫列宁纳坎。随着苏联解体，亚美尼亚独立，恢复了原来的地名。虽然在这里已经看不到列宁的雕像了，可苏联留下来的集体式建筑比比皆是，显出一种萧条和凋敝感。但城市中心广场边上有始建于6世纪的教堂，还有建于17世纪的圆顶柱廊大厅，依然在述说着亚美尼亚人的宗教文明自久远以来的辉煌！

亚美尼亚首都通译为埃里温，另一种译法是耶烈万，都是音译。

我觉得耶烈万这个译法，更接近亚美尼亚人的民族性格。还有，现在的亚美尼亚失去了曾经有过的沿海水域，但它怀中还抱着一个高原湖泊塞凡湖，或许是上苍给予的一点补偿吧！

桀骜格鲁吉亚

　　我们从常常是满目荒原的伊朗，到高加索山南侧的亚美尼亚，再到位于大小高加索山脉之间的格鲁吉亚，一路风景越来越好，但是导游的水平却越来越差。伊朗的导游琪琪汉语流利，热情开朗，总是滔滔不绝地说着，并且有问必答，希望客人们能更多地了解并喜爱她的国家。亚美尼亚的导游露丝虽然汉语水平不如琪琪，热情开朗也不如琪琪，脸上似蒙着一层亚美尼亚人的忧郁，但也尽心尽职地介绍他们国家的宗教、历史和文化。在亚美尼亚和格鲁吉亚的陆路边境，我们见到了格鲁吉亚的导游安娜。安娜这个名字很美，她人也算得上漂亮，却比前一个导游露丝更不修边幅，在陪同我们的几天里，就没穿过一套漂亮的衣裳。安娜不是专职导游，本职在外交部工作，因为在格鲁吉亚汉语导游太少，临时被旅游公司请来当我们的导游。刚进入格鲁吉亚的一段公路崎岖不平坑坑洼洼，五十公里就开了两个多小时。打个比方，伊朗导游琪琪的汉语水平像平坦的高速公路，亚美尼亚导游露丝的汉语水平像多弯的山间公路，而格鲁吉亚导游安娜的汉语水平就有点儿像我们刚进入格鲁吉亚的这段公路。与她交流起来显然要比前两位导游困难得多。

　　车行格鲁吉亚，开始是一片高原牧场，有点儿像西藏的草原，沿途牧民的居所边也用牛粪块堆墙，以做冬季的燃料。世界上的人们散居各国，但在相似的自然环境下许多应对自然的举措是相似的。当进入高加索山地后，两边高峡生树，谷中涧底流水，那景色与车行国内的浙江、福建山区有些相似。但我们夜宿于一座山城的古堡酒店时，文化的差异就显现出来了，站在酒店的平台上，看到对面黑魆魆的山峰上有三个被灯光打亮的十字架，高悬于夜幕中像三颗亮星，告诉我们此身所在之处，是信奉东正教的格鲁吉亚。

从格鲁吉亚中部向西行，是它的黑海沿岸，再向南行至快到与土耳其交界处，就到了海滨城市巴统。对于巴统，中国人过去所知不多，近些年从网上传播的视频上知道了有一座会活动的雕像，就竖立在巴统的海边广场上。雕像的名字叫"走近又走远的两个人"，设计非常巧妙——用透空的不锈钢环塑造了一男一女两个人体，随着底座的运动，这对青年男女互相接近，直至合为一体；然后又逐渐分离，各处一端隔空守望。这是整个巴统乃至格鲁吉亚最著名的雕塑，原来叫作"阿里和尼诺"，创作灵感来源于格鲁吉亚作家赛义德的一部小说，讲述了穆斯林青年阿里和格鲁吉亚公主尼诺的爱情悲剧，这对恋人彼此相爱，但因为宗教信仰不同，有情人难成眷属，最终因为苏联人的入侵而惨遭分离。小说作者本不出名，小说也不是世界名著，但是雕塑作者用移动的人体来表现这个古老的主题和通俗的故事，却取得了让人瞬间动容并直击心灵的艺术效果——每晚七点的钟声敲响之后，阿里和尼诺开始移动。他们缓缓地、一点一点地向着对方靠拢，贴近后，他们亲吻、拥抱、难分难舍；但美好的时光稍纵即逝，他们慢慢地穿越对方，背向而行，渐行渐远……大约八分钟后，阿里和尼诺又重新站回自己原来的位置，一如最初的模样，安静而孤独，相爱而不能相守。中国神话故事中的

126

牛郎和织女每年一度鹊桥相会，阿里和尼诺则每天都在经历着分分合合。阿里和尼诺有他们的不幸，我们也有我们的不幸——我们来到巴统之时，恰逢这个动态雕像出了故障，不知是电力系统的问题还是机械部分的毛病，反正它不会动了，我们也就无法看到他们深情相拥又黯然分开那种让围观者为之唏嘘的动人情景了。那天下午我在雕像旁边的海滩下到黑海里去游泳，游出没多远，忽然感到胸前一阵火辣辣的刺痛，立刻反应过来是被水母螫了，赶快游回岸边一看，胸前赫然已红了一片，好在只是皮外伤；不像阿里和尼诺，外表完好，伤在心里。

巴统在历史上应该是个富庶之地，希腊神话中伊阿宋取得金羊毛的地方就是这里——城中的欧洲广场中心，一根方柱上高高地立着伊阿宋的雕像。那青铜铸的人体和面部都被锈迹覆满成了暗黑色，唯有头盔和他右手举着的金羊毛明灿夺目。广场一侧的一座豪华建筑是一个赌场，我们由此知道巴统不但是一个度假休闲的好地方，还是一座赌城，因为濒海而立，和地中海边的赌城摩纳哥竟有几分风情相似。我们的司机名叫大卫，导游安娜让我们叫他"大头"（格鲁吉亚语发音如此），"大头"人长得很粗犷，工作上行为却很细致，司机座位旁放着一把刷子，每次上车，都要把鞋底带上来的泥沙刷扫干净。那天晚上我们在海边餐厅用餐时喝了一些格鲁吉亚红酒，乘着酒兴和边上的格鲁吉亚人一同唱歌起舞，"大头"看着也高兴，主动表示要为我们增加一个项目：开车载我们游览巴统的夜景。"大头"拉着我们在沿海的景观大道从这头开到那头，绚烂的灯光、异样的建筑和一处处喷泉使巴统的夜色在我们眼中美不胜收，有颠倒放置的房屋、酒瓶形状的高楼、像"阿里和尼诺"一样会转动的雕塑，还有据说是世界上造型最潮的麦当劳，而飘动着的水幕电影更有一种梦幻的感觉，让人恍惚觉得是置身于世界上最纸醉金迷的赌城拉斯维加斯了！见大家情绪正高，似乎还不尽兴，"大头"又把车开回去从头到尾再开了一遍。第二天早上离开巴统时，"大头"又走了昨晚的巡游之路，但褪去了夜色的掩护和华灯的助阵，真实的巴统和摩纳哥、拉斯维加斯还是有差距的。

相比于司机"大头"的服务，导游安娜就显得逊色了许多。在格鲁吉亚西部城市库塔伊西，我们的行程中有两个重要的景点，一个是屹立于城边山上的巴葛拉特大教堂，另一个是坐落在附近山里的格拉特修道院，都以中世纪的建筑风格和其中美丽的宗教壁画著称。巴葛拉特大教堂建于2世纪初，为十字形圆顶建筑，用富丽的石刻装饰，被视为格鲁吉亚文化的一个里程碑，于1994年根据文化遗产遴选标准被列入了《世界遗产目录》。但是安娜告诉我们，这个世界遗产的资格又被取消了，原因是没能修旧如旧。果然，我们进入教堂看到，有几根古朴的巨大石柱在修复中竟被紫铜色的金属皮包裹了起来，修复过的内墙上也不见了景点介绍中所说的古老壁画，更有现代感的是，在教堂内的一侧竟然搭起了金属构建的平台。我问安娜为什么会这样。安娜耸耸肩道："修教堂的人觉得这样合适，他们就这么做了。"我们转到教堂的外面来看，经过岁月磨蚀的斑驳石墙的顶上，竟清一色地覆上了绿色的铁皮屋顶，无论是人字形的斜顶，还是圆锥形的拱顶，都是薄薄的绿铁皮做的，完全不合这座教堂原本的古朴气质。为什么非要用这种方式去维修古迹，以至于被取消世界遗产的资格呢？我想和安娜探讨一下这个问题，但是安娜结结巴巴的汉语却说不出个所以然来。不过巴葛拉特大教堂的位置非常好，站在教堂前的山崖草坪上，俯瞰库塔伊西老城的全景，非常养眼。

看完巴葛拉特大教堂已是下午，安娜说格拉特修道院三点关门，此时再去已来不及了，只能安排明天再去。那么下午还剩下的时间怎么安排呢？我们建议到酒店入住后自由活动，酒店就在城边，过一座桥就是老城，各人可以随意逛街观景。但安娜坚持要带大家一同去当地市场，因为行程上有这一项。我们说市场想必就在老城之中，自由活动时愿去逛市场还是看广场各人自便。但安娜说开车去市场还有挺远的路，执意要全体都乘车先去市场。看她这么坚持，大家心想那市场或许是像伊斯法罕的那种很有特色的巴札呢，那就去吧！谁知开车下山弯了几弯就到了大市场，这市场除了摆摊的是格鲁吉亚人外，和中国县城里的农贸市场没什么两样。要在这样的地方耗费一两个小时，大家都不乐意了，一致要求先到酒店住下后自由活动。司机"大头"的家就在库塔伊西，他看出了大家的不满，又主动提出说，让他这个当地人带大家见识一下他的家乡吧，于是开车带着我们看了许多旅游行程上没有安排的地方，包括一个造型非常有现代感的医院建筑，这才把安娜和我们都从这个乏善可陈的农贸市场里解救了出来。

在和安娜的几天相处中，我们发现这个格鲁吉亚导游在性格上是有些问题的，她和我们交流不畅有两方面的原因。其一是她工作于外交部，不是专职导游，敬业心不够；其实她只要稍做功课，就会发现她认为必须开车才能带大家到达的当地市场，和老城中心广场仅一街之隔，完全可以让大家在漫步老城时自由选择逛或不逛。其二是她的汉语水平有限，有些东西不是她不愿说，而是不会说，所以在行车途中她常常就那么傻傻地坐着，并不能告诉我们更多关于这个国家的信息。但她又很自信地认为自己的汉语水平已相当不错，在格鲁吉亚很难再找到比她更好的导游了。鉴于这种状况，我们的领队不得不向旅游公司反映，于是公司安排用另一个导游来替换她。两位导游交接的时候，大家用掌声欢迎了新导游尼娜，正想和安娜来一个感谢和告别（毕竟我们相处了好几天），却不见了人影——她已不辞而别了！临走前她曾对我们的领队说："你们炒掉了我这样的汉语导游，会发现是一个错误！"可见她内心受到了伤害，却仍认为自己的汉语在格鲁吉亚属于上乘水平。实际上，接替她的导游尼娜，无论在汉语水平、敬业精神还是沟通方式上，都比她要好很多。

从巴统沿着黑海岸边北行，如果不向东折向库塔伊西，继续上行就到了阿布哈兹，这块面积八千八百六十平方公里的狭长地方，北缘是高加索山和俄罗斯，南边是黑海的海岸线。阿布哈兹原是格鲁吉亚的自治共和国，但与格鲁吉亚人存在诸多宗教、文化上的差异。20世纪80年代末，正当格鲁吉亚对苏联离心离德时，阿布哈兹地区也出现分离运动。苏联领导人支持阿布哈兹的分离运动，以此牵制格鲁吉亚对苏联的脱离，这直接导致格鲁吉亚加盟共和国与苏联中央政府关系恶化。1990年10月底，在格鲁吉亚最高苏维埃选举中，绰号"街头政治家"的加姆萨胡尔季阿出任主席。第二年春天格鲁吉亚宣布独立，加姆萨胡尔季阿当选为首任总统，他提出的口号是："格鲁吉亚是格鲁吉亚人的格鲁吉亚。"阿布哈兹的"独立行径"不被容忍。1992年1月，格、阿冲突全面爆发。

苏联解体时，格鲁吉亚人虽然从苏军设在格境内的军火库得到许多军火，但"街头政治家"加姆萨胡尔季阿并非作战行家，战场的失利令格鲁吉亚人对他失望，反对派在首都第比利斯发动政变，加姆萨胡尔季阿仓皇逃到了俄罗斯境内也在闹独立的车臣地区。这一情况使得另一个格鲁吉亚人——绰号"银狐"的苏联外交部长谢瓦尔德纳泽从莫斯科回到故国来收拾残局。格鲁吉亚人希望谢瓦尔德纳泽能利用过去的威望和关系，请求美国及北约帮助格鲁吉亚维护国家统一。但谢瓦尔德纳泽知道，要阻止阿布哈兹独立，关键还得靠格鲁吉亚自己。1992年10月，格军攻进阿布哈兹首府苏呼米，双方发生激烈的巷战，几乎把苏呼米打成一片废墟，阿布哈兹的抵抗似乎已山穷水尽。但1993年一开年，阿军从国际军火贩子手里买到大批军火发起反击，战局急转直下。谢瓦尔德纳泽在电视讲话中表示，苏呼米沦陷就意味着"格鲁吉亚失去宝贵的自由"。

残酷的战斗持续到1993年夏天，最终格鲁吉亚人溃败，格军被迫从阿布哈兹全部撤出。到这场战争结束时，阿布哈兹境内的二十五万格鲁吉亚族人沦为难民，这个自称的"独立国家"事实上完全被五万名阿布哈兹人主宰。当格鲁吉亚举国为失去苏呼米而悲痛之际，被迫退位的前总统加姆萨胡尔季阿带领一支武装返回格鲁吉亚，试图推翻谢瓦尔德纳泽政权。然而，经过一个多月的战斗，弹尽粮绝的加姆萨胡尔季阿退到格鲁吉亚西部的森林地带，于1993年的最后一天开枪自尽。而原属于格鲁吉亚的阿布哈兹，事实上取得了独立地位，虽然没有得到任何国家的承认。

这场格、阿战争使格鲁吉亚的前总统从高处落地死于非命，也给无数平民带来深重灾难。有一部格鲁吉亚电影叫《金橘》，讲的就是这场战争中普通军人和平民的故事，有兴趣者不妨找来一看。

从库塔伊西我们向东走，经过一个城市叫哥里。哥里位于格鲁吉亚正中心，哥里人自豪地称自己的城市为"格鲁吉亚的心脏"。从这个"格鲁吉亚的心脏"中走出去的一个格鲁吉亚人，在20世纪相当长的一段时间里当之无愧地成为过苏联的"心脏"，这个人就是斯大林。在哥里的市中心还保留着苏联时期当局精心保留下来的斯大林故居和斯大林逝世后建成的纪念馆，不过这个纪念馆现在叫斯大林博物馆。斯大林博物馆是当地主要的旅游景点，每天都有大量游客前来买票参观。

从哥里继续往东，然后折向北上，一路盘旋升高，进入了大高加索山脉。问领队：今宵歇息何地？答曰：卡兹别克山。心想挺好，在巴统观过海，在库塔伊西看过城，现在要去看山了。但卡兹别克是一座什么样的山？行前没做功课，脑中完全没有概念，直到此刻已在向它行进的山路上，才拿出手机上网查看。不查不知道，一查吓一跳——

大高加索地区的卡兹别克山，是希腊神话中普罗米修斯被缚之山，亦是高加索山脉的第三高峰，海拔五千零三十三米，景色壮美，人迹罕至。打开手机地图看它的位置，发现它就矗立在格鲁吉亚与俄罗斯的边境上，边境的那边是北奥塞梯，全称为俄罗斯联邦北奥塞梯-阿兰共和国，2004年9月震惊世界的别斯兰绑架杀害人质事件就发生在这个地方，是一个多事之地。而与北奥塞梯隔一条国境线相对的地区就是南奥塞梯，此刻就在我们向卡兹别克山前行的山路左侧，实际上已成为另一块从格鲁吉亚版图上切割出去的"飞地"。

南奥塞梯曾为苏联时期格鲁吉亚苏维埃社会主义共和国管辖下的一个自治州。南奥塞梯自治政府与格鲁吉亚之间基本上维持和平状态。1990年苏东剧变，在格鲁吉亚决定从苏联独立时，南奥塞梯议会也于该年9月宣布成立忠于苏维埃政府的南奥塞梯苏维埃民主共和国。格鲁吉亚国会的回应是宣布取消南奥塞梯的自治地位，认为独立运动是苏联所煽动的，目的在于干预格鲁吉亚的独立。格鲁吉亚警察与当地百姓爆发冲突。1991年底冲突扩大，逾十万名南奥塞梯人逃离家园，其中大部分的人进入了北奥塞梯。1992年1月，南奥塞梯举行全民公投，宣布独立。为了避免与俄罗斯间的冲突进一步扩大，格鲁吉亚与俄罗斯、南奥塞梯三方达成停火协议，此后南奥塞梯大体维持和平状态。

格鲁吉亚在苏联解体后，向西方靠拢，接受美国的军事与经济援助，更积极要加入北大西洋公约组织；而俄罗斯为防止北约东扩，以南奥塞梯的独立问题牵制格鲁吉亚，双方冲突也因此一触即发。2008年8月7日，格鲁吉亚进攻南奥塞梯首府茨欣瓦利，四小时后宣称已经占领南奥塞梯三分之二的土地。第二天俄罗斯军队迅即越过国际边界，进入南奥塞梯与格鲁吉亚军队激战，并开始空袭格鲁吉亚控制地区，当天重新占领茨欣瓦利。格鲁吉亚人虽然桀骜不驯，敢于出手，但军事实力难以与俄罗斯抗衡，俄罗斯的军事介入迫使格鲁吉亚军队全面撤退。而南奥塞梯于此冲突中宣布实质独立，成立南奥塞梯共和国。俄罗斯宣布承认阿布哈兹和南奥塞梯独立，而格鲁吉亚因此与俄罗斯断交。这两块分离的国土成为倔强的格鲁吉亚人不得不尝的两个苦果，好在战事已经平息。到目前为止，承认南奥塞梯的只有俄罗斯、委内瑞拉和瑙鲁等几个国家。历史遗留的难题只有留给时间去解决了。

接近卡兹别克山下小镇时，天空浓云密布，并下起了小雨，此时我们最关心的是明天的天气，会否有一个晴朗的蓝天让我们一睹卡兹别克山的真容，但天气预报却是：明天有雨！我们入住的Rooms Hotel是当地最好的酒店，这个最好不仅是指酒店设施，更是指所处位置：长条形的酒店建筑坐落于山谷南侧的北山坡上，坐拥谷底小镇和对面群山，无论是从一层的大平台或每个房间的阳台上，都可将无敌美景尽收眼底，关键是不要让云幔雨幕遮挡了画面。晚上看小镇夜景，一条光带如银河落在谷底，还有一处隔空的亮点高悬于上，那是建筑于对面一座山峰顶端的圣三一教堂。

第二天早上六点半，闹钟一响，我便从床上一跃而起，拉开窗帘。哇！眼前这是怎样的一幅美景啊——天空有云，但不是浓云，只是星星点点地分布着；山谷有雾，但没有四处弥漫，只像一条薄薄的纱巾，轻柔地搭盖在还没睡醒的小镇身上，纱缝间透出的点点灯火，宛如点缀于纱巾上的亮片。小镇后面的群山已被晨曦照亮，而赫然高耸于群峰之后的那个银色雪峰，就是卡兹别克山了。

我们被这美景所震惊，连忙举起相机咔咔咔一阵猛拍，然后就是裹着厚厚的毛毯坐在阳台上呆看。在这期间，天光和云影不断变幻着色彩和姿态，谷底那条晨雾纱巾被一只无形的手悄悄抽去，满天的云丝云朵也由暗变亮、由灰变白，当旭日跃出东方山峦，卡兹别克山银亮的尖顶霎时被镀成一片金红色，感觉就像刚刚喷出的火山熔岩！我们大多数团友匆匆早餐后打车去看对面山头上的圣三一教堂，犹豫片刻，我决定还是留守在酒店平台上，从容吃早餐，尽情观山景。因为这样的美景，套用一句中国古诗："此曲只应天上有，人间能得几回闻？"

在卡兹别克看山的这个早晨成为我们格鲁吉亚之旅的高潮，此后的第比利斯风情和西格纳吉风景，都只能屈居在卡兹别克的高峰之下了。在第比利斯城东素罗拉克山下与库拉河边，有一座锡安主教座堂。在教堂前我们的第二任导游尼娜对我们讲了另一个格鲁吉亚人贝利亚的故事：贝利亚是斯大林的宠臣、秘密警察头子和大清洗的操刀手。在苏联时期当局压制宗教信仰，贝利亚曾决定要拆毁这个锡安主教座堂，当时有十位第比利斯的知名人士去见手握杀伐重权的贝利亚，冒死恳求他为格鲁吉亚人保留下这座教堂，这座教堂因此保留了下来。但那请求保留教堂的十个艺术家、科学家和知识分子，后来都死于贝利亚执行的大清洗之中。

我们在格鲁吉亚游览的最后一个城市是西格纳吉，那里的圣妮诺女修道院，是引导格鲁吉亚人皈依耶稣基督的修女圣妮诺的埋葬之地，也是格鲁吉亚的重要朝圣之地。修道院的拱顶和墙壁上绘满了宗教壁画。顺便回述一句，在库塔伊西山中的那个格拉特修道院，和城边的巴葛拉特大教堂同样壮观，但因为没有"修旧如新"，建筑内部古老的宗教壁画大都较好地保留了下来，其精美程度令人赞叹！

小城西格纳吉位于格鲁吉亚东部高加索山脉的一条支脉上，隔着一片山谷平原与高加索山主脉遥遥相望，谷中平铺着草地、田野、村庄与水泽，高加索山脉在平谷尽头横亘着，呈蓝灰色的一长条，在这蓝色的山脉顶端，缀着长长的白云绳边。将这白云绳边放在取景框的上沿，再将小镇的古城墙堞、教堂尖塔和层层叠叠的红瓦屋顶收入取景框的下沿，实在是一幅绝佳的构图。

放达阿塞拜疆

　　我们从格鲁吉亚东边的陆路口岸进入阿塞拜疆，因为有亚美尼亚导游露丝的告诫在先，于前一天晚上喝完了所带的亚拉拉特牌酒；果然在过关时有数位团友的行李遭遇了开箱检查，所幸箱中装的只是格鲁吉亚葡萄酒而非亚美尼亚白兰地，才得以顺利通过，由此切身感受到这两国之间的紧张关系。不过在阿塞拜疆关口上值勤的边防军人倒是态度友好，看我们拖着行李过关，主动上前帮助女士们提箱子。一同等待过关的阿塞拜疆人也像伊朗人一样好客健谈，当然所谓健谈，不过是蹦几个单词加上比比画画的手势而已。

　　格鲁吉亚和阿塞拜疆两国基本都在大小高加索山脉之间的山谷地区，不过两列山脉从西北向东南的延伸中距离渐宽，在里海沿岸形成了一个张开的喇叭口，阿塞拜疆就处于喇叭口和里海之间。因为向里海伸出的阿普歇伦半岛像一个鸟头，所以整片国土也就像一只展翅东飞的大鸟形状。里海地区盛产石油，阿国政府以发展石油产业为振兴国家的重点，里海油气的成功开发促进了阿塞拜疆经济和社会发展。阿塞拜疆这个词又有火的含义，使得该国当之无愧地成为一只腾飞的火鸟。

　　我们的阿塞拜疆导游名叫萨妲，瘦小精干，人长得像个新疆维吾尔族姑娘。说起阿国海关不许游客带亚美尼亚的产品过境，她说因为两国关系不好，亚美尼亚海关也不允许阿国的产品过境。她说她知道我们的亚美尼亚导游露丝，露丝也应该知道她，因为露丝在亚美尼亚带过的团，经过格鲁吉亚到阿塞拜疆，往往由她接手；而她在阿塞拜疆带过的团，经过格鲁吉亚到亚美尼亚，也常由露丝接手。虽然亚、阿两国的接壤比格、阿两国要长，但外国游客却不能直接穿越他们之间的国境线，必须经过中立于两国的格鲁吉亚周转，构成了这种奇特关系。两个女导游露丝和萨姐，隔空进行着所带旅游团的传递和交接。

阿塞拜疆民族基本形成于 11—13 世纪，经历过突厥人和蒙古人的入侵，16—18 世纪归属伊朗，所以这里的人种和风物看起来和伊朗有几分相像。20 世纪后并入俄罗斯帝国和其后的苏联，成为加盟共和国之一。1991 年于苏联解体的浪潮中成为独立共和国。

我们在阿塞拜疆的第一站是古城舍基，在城中一个 18 世纪的驿站里吃午饭。古老的驿站由石块砌成，长方形的双层廊柱建筑，中间是一个水池，颇有点儿伊斯法罕伊玛目广场缩小版的意味。从古驿站沿路上坡，山脚下是一处皇帝的夏宫。那宫殿小巧精致，又像是德黑兰格勒斯坦皇宫的缩小版，其中满壁满顶的壁画细致精美，也是浓浓的波斯风格。皇宫前有两株据说已一千多年的古树，要几人才能合抱过来，导游萨姐说这是法国梧桐，树叶形状倒很像在伊斯法罕见过的梧桐，但说是法国梧桐也许不妥，因为当这两棵老树生根于这里时，法国那块地方可能还不叫法国呢！而且这种法桐和南京的法桐完全不一样，南京的法桐长到百年以上，树干就要开始空朽了；而这两棵"法桐"树干粗壮质地紧密，看来再长一千年也依然结实。

从舍基向东开往首都巴库，就渐渐离开了高加索山地，视野开始空阔，景色又苍凉起来。从伊朗到亚美尼亚再到格鲁吉亚，感觉是从中亚沙漠进入了欧洲；从格鲁吉亚到阿塞拜疆，走出了植被覆盖的高加索山区，又感觉是从欧洲进入了中亚地区。巴库这个地名，过去在苏联时期的文学作品中看到过，感觉那就是个地处偏远的石油城，类似咱们东北的大庆。但当从荒凉野地一下子开进了巴库市区，顿时使人大跌眼镜，这个原来以为不起眼的工业小城，竟是个非常漂亮洋气的现代化大都市。车开到市中心下来去逛步行街，其风度完全不逊上海南京路，其气质胜过北京王府井。

　　巴库老城范围不大，意味却很浓。一进老城门，大多数游人都会被一个奇特的雕塑吸引停下脚步，这是一个青铜头像，除了正做沉思状的面部表情外，他的头发和脖颈全由密密麻麻交错在一起的人物形象和树枝状的风景构成。看介绍雕塑的英文铭文，这是一个叫阿里阿加·瓦希德的阿塞拜疆诗人，此前我不了解阿塞拜疆文学，也孤陋寡闻不知道这位诗人。上网查了一下，才知道这是阿塞拜疆最有名的诗人，善于用源于阿拉伯诗艺的葛泽拉诗体作诗。瓦希德是诗人的笔名，意为独一无二。大概是诗人的想象独一无二，这座诗人的头像也独一无二，满头满脑都是他作品中的人物和故事。

　　老城另一端靠在里海岸边的少女塔，是巴库最著名的古迹，就省略不说了。与少女塔并肩而立的是一座欧式古典建筑，似乎是叫老城堡酒店，酒店外墙上嵌着一幅大理石蚀刻肖像，这人一眼就认得——法国总统戴高乐，他1944年在这里住过。从这里跨过车水马龙的大道，就是海滨公园和沿岸的步行景观道。黄昏柔光下的里海波澜不兴，海面光滑如丝，凝重若油。里海实际上是一个内陆大湖，风不扬波，自然波澜不兴；海底藏油，在开采中难免有浮油溢于水面。这样的海滨，观景可以，游泳就不成了。要想游泳，得到数十公里外的无油区域才行。

在里海海滨漫步，可以看到巴库的许多造型奇特的现代建筑，有卷成地毯状的地毯博物馆，有王冠状和花瓣状的体育场馆，还有形状如三条火焰的高层建筑火焰塔，覆以全玻璃外立面，晴天看是蓝色的火焰，晨曦和晚霞中则成了红色的火苗。不过巴库市最现代、最美观、最有艺术想象力的建筑物，当属由伊拉克籍女设计师札哈·哈迪德设计的阿利耶夫文化艺术中心，这座巨大的白色建筑坐落在一片绿草如茵的坡地上，全部由无比流畅的曲线构成，从各个角度能看出种种不同的造型，实在令人叹为观止。

这个壮观又美丽的文化艺术中心以阿塞拜疆总统之名命名。总统阿利耶夫，于1996年任阿塞拜疆国家石油公司第一副总裁，1997年当选阿塞拜疆国家奥林匹克委员会主席，1999年当选"新阿塞拜疆党"副主席，2001年当选第一副主席，其后成为该党主席。2003年1月当选欧洲议会副议长，8月被任命为阿国总理，10月当选总统。2008年再次当选总统，2013年再次连任总统。这位总统的政治经历同样令人叹为观止，竟然已经连续当了十五年的总统，在世界政治舞台上能当这么长久总统的人可不多！津巴布韦的老总统穆加贝算一个，连当了三十八年。阿利耶夫治下的阿塞拜疆经济状况良好，在外高加索三国中是最富裕的。阿塞拜疆经济发展迅速，说明这位总统的作为还是可圈可点的。

说到了政治，自然绕不开阿塞拜疆和邻国亚美尼亚的冲突。有点儿讽刺意味的是，这两国的矛盾是一种"我中有你，你中有我"的特殊状况。矛盾的焦点是：你中的我想投奔于我，你不同意；而我中的你想归附于你，我也不同意。这样说有点儿像绕口令，但实际情况就是如此——

原属于亚美尼亚的纳希切万地区主要居民是阿塞拜疆人,而在阿塞拜疆境内的纳戈尔诺－卡拉巴赫地区主要居民是亚美尼亚人。这一边的阿塞拜疆人想切割纳希切万加入阿塞拜疆,亚美尼亚人视为分裂国家;而那一边的亚美尼亚人想挖出纳卡地区归附亚美尼亚,阿塞拜疆人自然也认为是卖国投敌。这种错综复杂的矛盾是历史形成的:苏联最初答应将阿塞拜疆境内的这块亚美尼亚飞地划归亚美尼亚加盟共和国,但1923年莫斯科为了争取土耳其,重新把该自治州划归信奉伊斯兰教的阿塞拜疆加盟共和国。出于血缘和宗教的关系,土耳其和伊朗都站在阿塞拜疆一边,而西方世界则比较同情信奉基督教的亚美尼亚人。

阿塞拜疆与亚美尼亚争夺纳戈尔诺－卡拉巴赫自治州的矛盾从1986年开始激化:那一年七万多名亚美尼亚人签名上书苏共中央,要求将该州划归亚美尼亚共和国,此后冲突不断,双方卷入人数均超过了百万。1988年11月和1989年9月在阿塞拜疆首府巴库举行的两次抗议亚美尼亚人要求改变纳卡地区归属的游行示威,参与者都多达五十万人,四分之一的巴库人参与了示威抗议。1989年11月,最高苏维埃通过了结束对纳戈尔诺－卡拉巴赫自治州特别管理的决议,决定把它交还给阿塞拜疆管辖。莫斯科这样做是为了迫使两个加盟共和国通过谈判解决争端,事实证明这种做法开启了更大更严重的争端。1990年1月11日巴库再次举行了大规模群众集会,两天后阿塞拜疆发生了史上最为严重的骚乱,阿塞拜疆极端民族主义者向亚美尼亚人的居住区发起攻击,针对亚美尼亚人的打、砸、抢、奸、烧、杀遍地皆是。在愈演愈烈的破坏和杀戮面前,大多数亚美尼亚人逃离巴库,造成严重的难民问题。1月16日,苏维埃最高主席团宣布在该地区实行紧急状态，并派遣陆军、海军陆战队和安全保卫部队进驻巴库，才平息了骚乱。

目前，纳戈尔诺－卡拉巴赫普遍被国际承认为阿塞拜疆的一部分，但大部分地区由"纳戈尔诺－卡拉巴赫共和国"实际统治。这个在手机地图上都没有标注的小国家，相信很多人都不知道，但它确实存在于阿塞拜疆的版图之中，历史上属于亚美尼亚，苏联时期划入阿塞拜疆，苏联解体后受亚美尼亚支持，1991 年宣布从阿塞拜疆独立，目前实际上处于独立状态，但未被任何联合国会员国承认。

"纳戈尔诺－卡拉巴赫共和国"的旗帜大部分与亚美尼亚国旗相同，红色象征为保卫国家而流的鲜血，蓝色象征对自由的热爱，橙色象征面包，指向西边的白色箭头状图案象征当前国家依然脱离亚美尼亚。据一位独自进入纳卡地区探秘的中国旅友说，那里虽然仍与阿塞拜疆对立，但现在已经感觉不到战争的氛围。有班车可以从亚美尼亚首都埃里温开到那里，可见阿塞拜疆政府并没有切断这块飞地的居民与亚美尼亚的道路联系。当地人们生活很悠闲，没有大都市匆匆忙忙赶路的人群，没有喧闹的车流，没有闹心的雾霾，让人顿生喜欢。他感叹道：其实我们有时候真不需要那么多戴着沉重枷锁的所谓繁华生活，只需要一片小小的宁静天空，就像没有战争的"纳卡"人，但这却是偌大的奢望。而由于曾经发生过激烈的民族冲突，现在的阿塞拜疆人民也格外珍惜和平宁静的生活。

我们的阿塞拜疆导游萨姐说：我们不想打仗，但是亚美尼亚人不好，是他们在我们的领土中制造事端，搞出了一个纳戈尔诺－卡拉巴赫！

我们的亚美尼亚导游露丝则说：阿塞拜疆人不好，是他们把纳希切万从我们的国土上分裂了出去，还在边境上袭击我们！

唉，国家之间的矛盾，公说公有理，婆说婆有理，到底谁有理，只有天知道！看着地图上的这两块飞地，我不禁突发奇想：纳希切万和纳戈尔诺－卡拉巴赫，两块地的面积差不多大小，一方的阿塞拜疆人想并入阿塞拜疆但中间隔着亚美尼亚；另一方的亚美尼亚人想回归亚美尼亚中间又隔着阿塞拜疆，那么能不能把这两块飞地做一个置换？让纳希切万的阿塞拜疆人搬到纳卡地区去，同时让纳卡地区的亚美尼亚人移居纳希切万，这样，亚美尼亚的现有领土完整了，阿塞拜疆的领土中间也消除了一大块不安定因素，岂不两全其美？但是，国家间的关系远不如玩玩地图拼图那么简单，异想天开可以，真要实施何其难也！

　　世界上的人有些相隔很远，那些在偏远之处发生的事情对于我们来说只是一则国际新闻，听完就过去了，不会多想。但是当你去过那个地方，吃过那里的饭，接触过那里的人，你对那里也就多了一分关心和牵挂，你会为他们祈祷平安！这或许也是旅游对人生的一种意义。

第 八 辑

哦，远方的彩虹河

　　南美大陆是遥远的，比澳洲远，比欧洲远，比非洲远，比和我们隔太平洋遥遥相对的北美大陆还要远，因为我们即便横跨了太平洋到了北美洲，还要沿着两洋之间狭窄的中美洲南下很远才能到达。记得很多年前一位诗人朋友到南美洲最北端的哥伦比亚去参加一个诗歌节，说起乘机和转机的时间那个长啊，真把人折腾得三魂丢了七魄！

　　遥远的地方，总是有一些对我们来说很稀奇的东西，物产是这样，景观是这样，文学也是这样。比如马尔克斯笔下的世界就很独特很神奇，和亚洲、欧洲、非洲甚至北美洲的作家都不一样。但是，身为哥伦比亚人的马尔克斯恐怕并不知道哥伦比亚有一条很神奇的彩虹河，因为他年轻时主要活动在首都圣菲波哥大，后来又长期侨居国外，对他来说，那条河处于一个他未必知道的荒僻之地，太遥远了！

　　世界总在不断的发现之中，马尔克斯未必知道的哥伦比亚奇观，后来的外国人知道了。许多居于首都波哥大的人未曾涉足过的远乡僻壤，外国游客慕名前去探访了。而我们这些中国人此次来哥伦比亚最重要的理由，就是要去看一看那条流淌在远方的彩虹河。因为相隔遥远，哥伦比亚人眼中的我们竟也成了奇景——在哥国街上走动时不断有当地人把手机举到我面前，开始以为是要请我为他们拍照，后来才知道他们是想与我合影，原来亚洲面孔在这里并不多见，像我这样眼睛不深鼻子不高平板浑圆的亚洲脸，成了他们少见多怪的"外国人"！

其实仅就距离而论，彩虹河离圣菲波哥大并不很远，那一地区的中心小镇马卡雷娜就在首都以南三百公里的地方。但遥远的意思有时并不仅指距离远，而是指不能便捷地到达。仅在数年之前，那里还是游击队控制的战乱地区，后来政府和游击队签了和平协议，这才使外国游客能够涉足。但载我们前往马卡雷娜的运输工具，是在网上查不到航班信息的专包小飞机，某小航空公司派专车把我们从波哥大机场拉进一个军用机场，进门时司机和航空公司的人员需要接受安检，而我们这些外国乘客和行李则全部免检通过。一小时后降落在马卡雷娜，也是个军用小机场，机场旁边就是用沙包垒着的工事，工事中守着军人，候机厅边上有一个停战后落成的和平纪念碑，环墙上密密麻麻刻着此前战争中牺牲者的名字。刚步下小飞机，就看到有个当地老汉赶了一辆骡车来到机翼下，原来是卸运行李的。而简陋的候机厅里却充满了音乐，一群当地小学生正盛装歌舞欢迎着远方来朋——对于这个偏僻小镇来说，旅游业已成为一项重要收入了。

小镇很小，无须交通工具，走路就行。街面的样子就像中国改革开放之初的乡村小镇，就连路边小店和街角屋檐下的台球桌都是一模一样的。外国游客首先要到访的地方是当地旅游局，在这里登记姓名并听旅游局的人员讲解注意事项：为了保护彩虹河的脆弱生态系统，要想游泳亲水的游客必须以纯天然的方式下水，不能涂抹任何防晒霜和防蚊剂这类化学用品。此外就是给每位外来游客的手腕上环上一圈绿色标志，以示得到了旅游许可，有团友开玩笑称其为"上环"，在中国过去实行计划生育，在这里实行的是计划旅游，外来游客的数量必须受到严格控制，人多了，恐怕小小的"彩虹河"难以承受。

出了旅游局步行不远，就到了我们入住的旅馆。小镇还在发展的初级阶段，没有星级宾馆，只有乡村旅店，有空调有卫生间就是最高档的房了，洗澡没有热水，不过地处热带，凉水也不算太冷，况且为了看到彩虹河，房间条件差、湿度大等是必须要忍受和克服的。而且店家已尽最大努力待客，前台边有咖啡和茶，供客人随取随饮。

住下，饭后，便迫不及待往彩虹河而去，而彩虹河仍在远方。

首先要渡过一条水流混浊的大河，这是哥伦比亚中部的河流，这一段叫作瓜亚贝鲁河，在梅塔省和瓜维亚雷省之间流过，再向前就叫作瓜维亚雷河了，最后注入来自委内瑞拉的奥里诺科河，全长一千多公里，水流湍急，不宜通航。所以我们渡河是乘坐一种类似独木舟的长而窄的小船。

过河，上岸，要奔彩虹河而去，而彩虹河仍在远方。

下了船转乘越野吉普车，行驶半个多小时的颠簸山路，脆弱的人已晕车呕吐。

下车，眺望，彩虹河呢，仍在远方。

于是徒步行走于热带丛林中袒露而出的一片山地上，阳光炽烈，大地蒸腾，野花繁多，杂草茂密，岩缝中时见黑乎乎的石油冒头，小径旁有一种剑麻般的植物刚刚自燃过，燃剩的茎秆也是黑乎乎的。这一段又耗时一小时多的辛苦跋涉，是接近彩虹河的前奏。好在带领我们的两个当地导游何塞和艾德文非常敬业，不但背着我们的野外午餐，还在酷热的天气里背了一大袋冰水供我们饮用。

终于，那色彩斑斓的竖琴在前方石岸中响起！开始跨过两道林叶遮蔽下的支流小溪，那水中迷彩般的水草还是绿的，只在树叶稀疏处略略泛红；当走到祖陈于阳光下的主流旁边，只见满河的深红、浅红、桃红、粉红、朱红、艳红，一簇簇，一团团，一群群，一片片，随波逐流，伏漪跃浪，在阳光下飘摇，于激流中舞蹈，风情万种，妩媚绝伦！这是何等的奇观啊：黄色河沙，蓝天镜相，黑灰石岸，绿色树影，加入以红色水草为主角的色彩交响，寻遍全世界，也只在哥伦比亚的马卡雷娜有这种妖娆的自然探戈和灿烂的拉丁桑巴！

这条原名卡诺-克里斯塔勒斯河的山中溪流，之所以成为稀世独立的彩虹河，是因为一种只生长于急流中岩石上的水中植物，叫川苔草。川苔草在中国的西南也有几种，但只是老老实实地绿着，从没有过大红大紫的妄想。而哥伦比亚的这种川苔草扒根于石上，随波于水中，除了阳光与水，不需要任何额外的营养。每年七月份左右梅塔省雨季结束，这条山中石溪浑水变清，深水变浅，明朗的阳光直透河底，便点燃了川苔草内在的情愫，从原本的绿色开始嬗变，由粉而红，由朱而紫，长长的柔茎上开满了柔嫩的细蕊，进入了一年一度的激情大爆发。彩虹河的生命基因，就是这种原本默默无闻的水中草，而几个必需的辅助成因，则是水清、流急、石底、深浅适度以使川苔草能得到充分的光照，实在是天时地利，玉汝于成。

除了色彩，在彩虹河上还布满了大大小小的瀑布和石潭，爱水的游客，只要不涂防晒霜和驱蚊剂，就可以在这些水阔草稀处游泳，从这里游向川苔草密布处的边缘，去亲近一下这位绝色美女的芳泽。但这种亲近是要付出代价的，因为不能涂抹防晒霜膏，第一天观河归来，就发现原本白皙的亚洲皮肤由粉渐红；第二天再到河边，皮肤又由红变黑。因为沐浴着哥伦比亚的骄阳，又受了彩虹河的洗礼，我们也成了激情变色的"川苔草"。

因为川苔草，这条无名山溪变成了彩虹河；因为彩虹河，世界各地的"好色之徒"来到了这个偏僻小镇马卡雷娜。

马卡雷娜也是一个美人的名字，她成为名模时才十五岁，就拥有88－60－92的傲人三围，身高1.73米，比迷上她的梅西还要高。这位马卡雷娜肌肤雪白，头发金黄，她说："当梅西第一次看到我的时候，似乎骨头都酥了。"

马卡雷娜还是一首歌的名字。这是一首连续创下十四周美国公告牌排行榜纪录的歌。演唱组合名为"河边之人"（是彩虹河边吗?)，两个歌手都是西班牙人，歌词中英文掺杂着西文：

(I am not trying to seduce you)

（我不想引诱你）

When I dance they call me Macarena

当我跳舞时，他们叫我马卡雷娜

And the boys they say que soy buena

他们那些男孩都说我很好

They all want me, they can't have me

他们都想要我，他们不能拥有我

So they all come and dance beside me

所以他们都来和我跳舞

149

Move with me, chant with me

跟我一起跳动，跟我一起唱歌

And if you're good I'll take you home with me

如果你很好，我会带你回家

Dale a tu cuerpo alegria Macarena

让你的身体快乐的马卡雷娜

Que tu cuerpo es pa'darle alegria cosa buena

你的身体是快乐的好东西给你

Dale a tu cuerpo alegria, Macarena

让你的身体快乐的马卡雷娜

Hey, Macarena

嘿，马卡雷娜

让我们从音乐回到文学，再说说哥伦比亚的马尔克斯吧。马尔克斯七岁开始读《一千零一夜》，又从外祖母那里接受了民间文学的熏陶。在童年的马尔克斯的心灵里，他的故乡是人鬼交混、充满着幽灵的奇异世界，这成了他创作的重要源泉。马尔克斯生前应该没到过马卡雷娜，也没见过这条在那个年代还在深山中默默流淌的彩虹河。如果彩虹河也流入过他的童年，那么他的小说在魔幻之外，或许会更多一层瑰丽的色彩！

哥斯达黎加的雨季

有几个中美洲国家的名字在中文里实在不登大雅之堂：什么尼加拉瓜——好像人家是瓜田菜地；什么厄瓜多尔——似乎人家坏瓜很多；什么危地马拉——简直就要悬崖勒马了！为啥不用好点儿的字儿给人家翻呢？可这一个小国的名字却翻得很漂亮很洋气：哥斯达黎加——联想一下，哥德堡、斯德哥尔摩、布达佩斯、巴黎、加拿大，哪一个字儿都不差！其实人家这国的西班牙文原意就很好，当年哥伦布行船至此看见此地，说了一句——Costa Rica，那意思是富饶的海岸啊，于是就此得名。

从泱泱大国的眼光看去，这个国家就是一个蕞尔小邦，比它上边相邻的尼加拉瓜小，比它下面的邻国已经很迷你的巴拿马还要小差不多一半。不过钻石虽小，光芒却亮，大航海家的眼光不会错，这一片富饶海岸后来又得了个绰号：中美洲的瑞士。虽然工业基础和瑞士还是没法比，但它左依太平洋右靠大西洋的海洋风范，又是山国瑞士没法比的。它还像瑞士一样宣布成为永久中立国，根据1983年宪法，连军队都不要了！这小国还有一点很牛的是：仅占世界陆地面积的0.03%，却拥有全球近4%的物种，是世界上生物物种最丰富的国家之一，26%的国土为国家公园，包括十一块湿地、

151

两个生物保护区和三处世界自然遗产。因此成为一个很不错的旅游目的地。

我们此次中美洲之旅要探访两个"哥"（哥斯达黎加和哥伦比亚），要骑两匹"马"（巴拿马、巴哈马），还要去镶一颗"牙"（牙买加）。王羲之《兰亭序》中有一句："趣舍万殊，静躁不同。"于人如此，于国也是如此。虽然哥斯达黎加这小"哥"和哥伦比亚这大"哥"二者只隔着一匹巴拿"马"的距离，但气候上还真是静躁不同。为了看到彩虹河一年一度的色彩爆发，我们必须赶哥伦比亚的旱季（7—11月）；而大"哥"国的旱季却是小"哥"国的雨季（4—12月），据说在雨季天天都要下一场雨。

我们到达圣何塞的这天破例没下雨，晚上星斗满天。第二天早晨阳光明媚，驱车到达著名的铁皮教堂时阳光不仅明媚，而且灿烂得几乎辉煌！

我问导游安妮：现在到底是雨季还是旱季？安妮说：在哥斯达黎加，雨季和旱季的区别是要看树上有没有叶子，你看铁皮教堂边上的那棵大金树，现在枝繁叶茂，所以是雨季。我问：到了旱季，树叶就全落了吗？回答说：是的。我说：一个旱季树木都光秃秃的，那多乏味啊！安妮说：不会呀，进入旱季虽然树上的叶子都脱落了，但替代的却是满树繁花，一轮轮一茬茬开个不断。你看教堂边的这棵大金树，到了旱季就是一片金黄；而我们一路行车沿途所见的那些草原橡树，则会开满粉红色的花朵。所以，真要见识哥斯达黎加的美景，应该旱季来才好！

顺便说一下哥斯达黎加的这个铁皮教堂。在没见到实物之前望文生义，铁皮教堂应该只是个用铁皮搭建的简陋乡村小教堂，其实非也。铁皮教堂是一座具有相当规模的地区教堂，红墙上嵌着哥特式白窗，窗子镶着彩色玻璃，一对哥特式尖顶塔楼直耸向天，是一座像模像样的天主教堂。近观细摩它的墙壁，才发现没有石缝只有铆钉，确实是一座铁质的建筑，只不过并非薄薄的铁皮，而是厚厚的铁板！原来这座铁教堂的前身屡遭地震毁坏，当地教士和信徒们不服这个气，立志要建一座震不塌的教堂，于是向远在欧洲的比利时订货，建筑材料全部为铁。这些铁板铁构件远渡重洋运到码头后，全靠牛车和人力搬运到这里，再由铆钉组合成一个整体，牢牢矗立于此，再也不怕地震来毁坏了。

离开阳光下的铁皮教堂，车子开进了山区，就此进入了哥国的雨季。先是淡淡的雾浮在山谷间，随着山路盘旋，轻雾变浓，浓雾变雨，旅程就变得湿漉漉的了。中午时分在一个驿站饭店进餐，下车时还只是牛毛细雨，上菜时忽然大雨倾盆，原本无墙的餐厅大棚立马就有了悬瀑的水墙，那一顿饭如在水帘洞中进行。好在阵雨来得快走得也快，当我们清空餐盘，天上的雨盆也倒空了，不碍登车续行。下午入住阿雷纳火山下的马诺亚度假村，度假村漂亮得像一个植物园，每座小房都在热带花草树木的掩映之中，出门就可远眺阿雷纳火山，只是火山的尖顶被遮在一片雨雾之中。

"阿雷纳火山附近的小路和山头都是观看火山的最佳地点。火山间断地喷发，在上空造成很大的火山灰雾和巨大的轰鸣声，更是几十公里外都能见到。到了晚上，火山的景观更加壮观，岩浆卷着被高温熔化的山石向坡下翻滚，形成了非常诡异却又无比灿烂的"焰火"，通常至少延绵五公里远，为中美洲著名的奇观之一。"——可惜这一段描写早已成了昨日情景，作为火山的阿雷纳已经沉寂多年，岩浆滚过的山坡早已被植被覆盖。不过这座休眠的火山并未完全睡死，沉梦中仍有些许热腾腾的意识流在向外泄漏，这就是一条条从火山上流下来的温泉河。

温泉这东西对我们来说一点儿也不稀罕，南京东郊的汤山有，江北的汤泉有，安徽的黄山有，东北的五大连池有，我们曾在日本的温泉中泡过汤，在土耳其的温泉中沐过浴，在冰岛的蓝湖中洗过澡，也在匈牙利黑维斯的温泉湖中游过泳，那可是世界上最大的温泉池，池面有四万七千多平方米。但所有那些温泉，在哥斯达黎加阿雷纳火山下的特巴康温泉面前全都黯然失色，因为别处的温泉只是一个个泉眼，从地下汩汩地冒出；而特巴康温泉却是一整条河流，从火山上直接泻下，在热带雨林间蜿蜒流淌，潭潭瀑瀑，层层叠叠。入浴者踏进的不是一个个温泉池，而是一条流动的热水河，你可以逆着河水从下泡到上，也可以顺着溪水从上泡到下，每一层级有不同的温度，每一段落有各异的风景……这样一种泡温泉的体验，是走遍世界各地都没有体验过的。

享受过温泉河，睡了一个好觉后，第二天希望能一睹阿雷纳火山的真容，但雨季的云雾把火山山峰包裹得紧紧的，我们只能用想象力去勾画那看不见的山尖。前面说过哥斯达黎加的生物多样性，许多在亚洲、非洲、欧洲见不到的稀有生灵这里都有，离开阿雷纳火山去太平洋边安东尼奥国家公园的途中，中午在餐厅打尖时，抬头看树上有树懒在酣睡，低头瞧桌下有鬣蜥在爬行，忽又有一点艳红从眼前滑过，那是黑头红臀的唐纳雀。我正举着长焦镜头追"打"这只俏丽的鸟儿，突然下起了雨，连忙把相机藏进怀里避雨，可那雨忽又停了，云散天开，周围一片欢呼："阿雷纳！阿雷纳！"原来一直不肯露脸的火山在云缝中冒了一下头，似乎是特意给我们这些远方来客送个行。

回首都圣何塞的路上一路又是云云雾雾雨雨，到了圣何塞却是晴朗的黄昏。第二天上午在圣何塞看市容，依然阳光灿烂，宛若旱季；快到中午时驱车去看和平瀑布公园，刚刚离开中央平原进入山区，便又一头扎入了雨季，谷底铺雾，半山腾云，山头落雨。看着那浓云密雾急雨疏雨间的峰峰谷谷，仿佛行进在国内云南的大山之间，但植被比云南更厚更密更苍更翠。那云雾山间一片片矮树，似是茶园，却非茶园，那是哥斯达黎加农业经济的一大支柱——咖啡园。中国人都知道，高山上的云雾茶是茶中上品；到了哥国才知道，高山上云雾中产出的咖啡也是上品，星巴克的一个大咖啡园和咖啡工厂就在这一片云雨之中。

在瀑布公园，不仅雨没停，反而越下越大了，临时买一件宽大的雨衣穿上，一边淋雨一边观赏那些大嘴犀鸟、细嘴蜂鸟、斑斓蝴蝶和斑斓豹猫……最后走到公园以之命名的那个瀑布前时，山也落水，天也落水，瀑也飞溅，雨也飞溅，云也迷蒙，雾也迷蒙，谁让你赶上了人家的雨季呢，整个感觉就是一片湿漉漉！

可归途中当汽车驶出山区，下到中央平原时，只见远处的圣何塞又是在一片灿烂的斜阳之下。难道这又进入旱季了吗？路边树上密密的树叶告诉我们：非也。如果是旱季，树上的叶子就全都落了，取而代之的是一派繁花。

于是我努力想象哥斯达黎加旱季的模样：那高大的金树一片辉煌，那连绵的草原橡树姹紫嫣红，随着山路起起伏伏，一直绵延到视线的尽头。不知下一次，我们能否赶在旱季，进入这梦幻般的美景？

海上有蓝山

　　对 20 世纪 80 年代初的中国人来说，牙买加还是个很陌生的名字，但是未闻其名，却已见其国了——那时候有一部很风靡的墨西哥电影叫《冰酷的心》，片中有一段在瀑布中谈恋爱的场景令人印象深刻，那美丽的瀑布并不在墨西哥，而是在牙买加。

　　这瀑布的名字叫邓恩河瀑布，在这条河的末端，河水从八十多米高的瀑顶泻入海平面。说是泻入，倒也不是如其他瀑布那样垂直地泻落，而是以四十五度的斜角，分成许多个层级的小瀑布连续滚落，八十多米的瀑高，加上层层滚落的距离，增加到了一百八十多米的流程，这也就给了观瀑者可以从海滩上的瀑布末端逆着水流攀着石头爬到瀑布顶上的乐趣。那天游邓恩河瀑布，我身体有些不适，觉得还是不下水为好，就沿着瀑布边的台阶走，一路为在水中攀爬瀑布的旅友们拍照。但等走到瀑布中段，看旅友们在瀑布中玩得太开心，我终于忍不住又下到海边，逆着激流一路爬到瀑顶。结果回到酒店就开始发烧，自嘲之，叫作牙买加感冒。

　　邓恩河瀑布所在的地方叫八条河，在牙买加岛北部海岸线的中间。沿海岸线向西，是该国重要旅游城市蒙特哥贝。贝，即英文海湾的发音。蒙特哥湾那里有一个海边潟湖，从山溪流入的淡水和从海里侵入的海水融合成某种微妙的平衡，再加上湖底厚而细腻的淤泥的养护，使得水中大量生有某种微生物。这种微生物喜欢宁静，害怕惊扰，一旦水中有些意外的动静，它们的应激反应就是立刻发出幽幽的蓝光，动静越大，发光越亮。于是这潟湖以蓝光得名，成了各国游客于入暮后前来观"光"之处。

湖边码头专门有船载客游湖，待进入那种微生物主要聚集的水域，船尾螺旋桨便搅动起一波一波的微蓝。但真正的"赏光"，还是在游船停稳之后，由游人和湖水亲密互动而形成。这里所说的游人，不光是游览之人，还得是游泳之人，从船舷下水，挥臂蹬腿间，顿时蓝光泛起，一团团一片片将你包裹在其间。划臂越猛，蹬腿越用力，蓝光越亮。当你踢腾累了，翻身仰躺在平静的湖面上，手脚轻轻地保持平衡，大蓝褪去，小蓝隐约，而一片墨蓝的天空中，银河漫漶，繁星闪闪，那不就是另一个蓝光潟湖吗？其实蓝光潟湖的最美妙之处，不在于游人入水，而在于泳人出浴。人在水中游，虽然搅动起片片蓝光，但那蓝光是混沌的，就像你看银河，只能看见迷蒙的光带，看不清星星的颗粒。而当你从蕴含着光的湖水中出来，踏着舷梯上船时，身上的湖水向下滑落，却把一个个细小的光点滞留在你身的身上、臂上、腿上，水落得快，亮点消失得慢，在那一个瞬间，你满身晶莹，成了一个奇妙的星星人！

当然，真正使牙买加这个小小岛国扬名于世的，不是这潟湖中的蓝光，而是四海皆知的蓝山。牙买加东部蓝山山脉最高峰海拔二千二百五十六米，可以说是咖啡界的圣山，首都金斯敦，就在蓝山下面。

从蒙特哥湾驱车到八条河，又从八条河驱车到金斯敦，一路上，我们听导游小左，也是旅游公司的老总小左，谈他来牙买加谋生的经历。小左的家在天府之国的四川，中学毕业后就被同学拉来了牙国闯荡。牙岛得天独厚，也可称天府之岛。在牙买加，老百姓吃个海鲜是不成问题的，在我们所住酒店的自助餐厅，大龙虾肉是可以当馒头吃的。牙岛风调雨顺，果产丰富，就算人民慵懒，也无饥饿之虞。牙买加的一种国菜乍一看就像中国的鸡蛋炒咸鱼，但那黄黄的鸡蛋并非母鸡所下，而是生于树上，名叫阿基果。此果红彤彤，形如莲雾，生时有毒，不能食用。等到成熟，外皮裂开，里面包着的黄黄的果肉将形如龙眼核的果核推出，这时候阿基果肉就可以吃了。据牙国人说，博尔特之所以能跑那么快，和好几种这样的牙国特食不无关系。牙买加丰富的果产不但让人充分享受，让动物也可以果腹无忧。牙买加有一种蝙蝠以水果为主食，所以叫牙买加果蝠，在我们参观的一个有大量果蝠居住的溶洞中，地上铺满了像杏核一样的果核，全都是它们吃剩落下的。

牙买加人性格乐天，吃饱了早饭就不愁晚餐，因心宽而体胖的人，特别是胖女士特别多。说实话，只要去过美国，对胖人就见惯不怪了；但到了牙买加，还是会有"惊肥"之感，不但因为相比美国这里的胖是大巫比小巫，而且牙买加女人的艳丽常常是依附于肥胖之上的。这种肥胖，不动的时候，非常臃肿，让你感觉如树的骨架应该根本挂不住如山的脂肪，但人家偏偏就挂住了！而且一旦跳起舞来，静止时重如泰山的身体顿时变得轻如鸿毛，仿佛全要脱骨飞去！住在蒙特哥贝酒店的那一晚，我们就见识了那精彩的一幕——

酒店有一个歌舞团，演员也是员工，白天做接待、服务等工作，晚上为客人们演出。演出是一种什么水平呢？完全不亚于专业的巴西桑巴舞表演。几年前在里约热内卢，我们看一场桑巴舞表演的票价是每人一百美元，最精彩的部分只是四个桑巴舞女，而舞女最"动人"的部分则是那激情四射的"电臀"，事后我们开玩笑，花一百美刀看了四个桑巴美臀，平均每个二十五美刀！而在蒙特哥贝酒店里的演出完全免费，台上靓男美女的激情电臀有十几个之多，而且在群舞之后，每一个舞者都出列单舞，展示其看家本领，比起仅仅是前后抖左右晃的巴西桑巴，牙买加的舞蹈多了很多独门绝技，用文字难以确切描述。只说一下谢幕时的奇观吧！舞台前沿有七八个超胖级的牙买加女士，浑身的肉本来都摊在椅子上，甚至还从圈椅中挤了出来，台上男演员为调动她们的情绪，一个跟头翻到了台下，对她们施以拥抱和亲吻，顿时这些胖女士们难以置信地蹦了起来，着了魔一样随之起舞。她们那样臃肿的躯体当然不可能翻跟斗打把式，但那丰腰肥臀粗臂壮腿，全都像长了翅膀，失了分量，在激情的雷鬼音乐中蜂舞蝶飞，无限轻狂！

当然，一个国家的人里不可能全都心无忧烦、乐天好善，爱偷善盗的歹徒也是有的，来牙国做生意的华人遭到抢劫的事时有发生，小左现身说法，他自己就遭遇过好几次。一路上，小左指给我们看路边那些华人开的大小超市，有的超市设有铁栏，戒备森严，就是为了防抢。更有些专营批发的中国店，门内设有一个有中隔的转盘，买货人的钱放在一边，店主要出的货放在另一边，转盘一转，一边收钱，一边收货，谢绝进入，以免被抢。而那些抢匪和小偷，只要不伤人命，跑到教堂里去忏悔一下就可以放下心理负担，下一回该偷还偷，该抢还抢。

一路说着，车就越过了牙买加岛中央的山脉，进入了首都金斯敦。金斯敦有一所达芳大宅，是个博物馆，兼卖冰激凌。这种达芳冰激凌据说享有世界声誉，我们前去品尝了，果然名副其实。达芳冰激凌有好多种口味，最受欢迎的一种，自然是蓝山咖啡味的。我们在来牙买加之前，已经到过了哥斯达黎加、哥伦比亚和巴拿马，全都是盛产咖啡的国家。在哥斯达黎加买了据说获过两次世界级奖项的高山咖啡，在哥伦比亚买了在当地享有盛誉的胡安咖啡，在巴拿马买了最为当地人称道的巴拿马咖啡，现在到了牙买加，自然要买遐迩闻名的蓝山咖啡了。

在蓝山上的咖啡园，我们见识了咖啡种植与生产的过程。咖啡豆由青变红，表示成熟了，只有红了的咖啡果才可以采摘。我从一枝青豆中找了一粒红的放进嘴里，果皮中的浆汁是微微的甜味，可惜果肉太薄，要不然也是可以当水果吃的。褪掉果肉的果核，去掉外皮，里面是分成两瓣的淡黄色果仁，要经过天然日晒，使其变成白色，再经烤制，烘焙成或深或浅的咖啡豆，不同的色泽造成了不同的口味。在我们此行带回的四种咖啡中，究竟哪一国的咖啡最香呢，只有回国后仔细品尝比较了才好说。但是用家里现有最简单的全自动咖啡机，恐怕很难曲尽其妙；当务之急，是另买一款可以与这些著名咖啡身份相配的半自动咖啡机，将粗放的机械制作改为精细的手工操作，认真研磨，用心萃取，才能对得起这些以香味给人提神的精灵。

巴拿马重，巴哈马轻

中美洲和加勒比海国家的名称挺有趣，不同国名中相同发音的概率很高；从汉译名称来看，就是不同国名中含有相同字儿的概率很高。做个文字游戏，这是马拉多纳的弟弟——马拉多瓜，即国家名称中"马"字很多，"拉"字很多，"多"字很多，"瓜"字也很多，互相沾着亲又带着故。

与"马"有关的是：巴拿马、巴哈马、危地马拉、马提尼克；

与"拉"有关的是：危地马拉、洪都拉斯、尼加拉瓜、瓜达拉哈拉；

与"多"有关的是：萨尔瓦多、波多黎各、多米尼加、巴巴多斯、厄瓜多尔，还有多巴哥；

与"瓜"有关的是：尼加拉瓜、安提瓜、瓜德罗普、瓜达拉哈拉，还有厄瓜多尔。

从名字上看，"亲缘"最近的，要算巴拿马和巴哈马，三个字中有两个字相同。不过，巴拿马和巴哈马虽然地域相近——都在加勒比海地区；规模相近——都是很小的国家；但差异之处却也是很大的。

这"两兄弟"一个紧凑，一个散漫。一个像一只 S 形的金带钩，紧紧勾连起两块大陆；一个像一把撒出去的碎珠玉，隐现于大洋的波涛之中。巴拿马国土面积只有七万多平方公里，而巴哈马的面积连巴拿马的五分之一都不到，却将自己的一捧国土撒在长达一千二百多公里、宽不到一百公里的大西洋海面上，形成两千多个珊瑚礁、浅滩和七百多个岛屿。只有三十个岛屿有人居住。

巴拿马勤勉辛劳，割开自己的身体成为运河，每日不停地迎送着两大洋来往的大船巨轮。

巴哈马闲适慵懒，无论是本地居民还是外来游客，全年只知道躺在温暖的沙滩上玩水晒太阳。

巴拿马是个地峡，是北美大陆和南美大陆间最窄的地方，只有不到百公里的一条陆地隔开了两个大洋，当然自古以来居住在这里的印第安原住民并不知道这个地理上的秘密。发现这个秘密的人，是英国航海家德雷克。现在的人知道德雷克，是因为有一条以他的名字命名的海峡，地处南美大陆最南端的合恩角和南极半岛之间，但德雷克海峡却有点儿名不副实，虽然德雷克继麦哲伦之后率舰队也完成了环球航行，但他并没有敢通过后来以他命名的那条风急浪高的海峡，而走了麦哲伦海峡的老路。但在此前的 1572 年，他奉伊丽莎白女王之命，率船在大西洋上攻击西班牙的船只和土地，来到了巴拿马这个地方，攻克了西班牙人的城堡。然后他登上海岸边的一座山岗，在巴拿马地峡的另一侧，望见了太平洋，那是一个令他心情激动的时刻。正因为他在这个地方看见了大西洋外的另一个大洋，才使他在八年后完成了环球航行。而当人类由此知道地球上的两大洋原来只由一道狭窄的巴拿马地峡所隔开外，凿穿地峡连通大洋的梦想，便如一粒种子落地开始萌发了！

最初想实现这个梦想的是法国人。因为在此之前的 1869 年，法国人已经成功地开凿了亚洲与非洲之间的苏伊士运河，河长一百九十公里，沟通了地中海与印度洋。无论从国力还是工程技术方面来说，凿通最窄处只有八十公里的巴拿马地峡似乎是不成问题的，况且地峡中间还有宽达数十公里的加通湖可以利用，真正需要开凿的长度其实并没有多少。但实际上巴拿马运河的开凿远比苏伊士运河困难。苏伊士运河虽然长度是巴拿马运河的两倍多，但那里是平坦的沙漠地带和尼罗河低洼三角洲，开挖容易，并且苏伊士运河首尾水位相同，是条无闸名渠，几近直线。而巴拿马地峡为石质山地，虽有加通湖可以利用以减少渠道长度，但加通湖的水平面高于两侧海平面二十六米，不设船闸就无法通行。在这两个难点之外，还有被法国人忽视的第三个难点更加致命，这就是疾病。有一种病以巴拿马命名，又称香蕉萎蔫病，是由一种孢霉真菌引致的毁灭性病害，可导致大片香蕉死亡。但另有一种"巴拿马病"即黄热病，感染的是人而不是香蕉。由法国人主持的第一次巴拿马运河的修建，就是止步于这种"巴拿马病"之前，由小小蚊子引起的热带疾患把法国人打趴在了巴拿马地峡上，运河工程有疾而终！

　　接手法国人的未竟事业来开凿巴拿马运河的是美国人。但是打败了法国人的黄热病还挡在巴拿马地峡上。不过此时人类对黄热病的认识已有了进展，知道其完全可以预防，而最重要的预防措施就是控制蚊子。正是因为大力灭蚊，巴拿马运河才得以开凿成功。美国与巴拿马于 1903 年签订条约，以一千万美元的代价，获得单独开凿运河的权利和对宽 16.1 公里的运河区的永久租借权。运河 1904 年开工，十年后的 1914 年，巴拿马运河通航，沟通了太平洋和大西洋，也使自身成为南北美洲的分界线。运河全长八十二公里，宽一百五十二到三百零四米，两端各有三级船闸。

到巴拿马，运河船闸是必须要看的地方。巴拿马城郊十几公里处，就是运河太平洋进出口的船闸，名叫米拉弗洛雷斯锁。米拉弗洛雷斯这把锁每天上午向大西洋方向打开，供太平洋一侧的船舶驶入；每天下午向太平洋方向打开，供大西洋方向的来船驶出。而在大西洋一侧的另一处锁钥之地叫加通船闸。开合两边船闸的钥匙是什么呢？是加通湖的水，海平面以上二十六米高的湖水通过重力流入船闸，经人工控制或升或降，分三个层级将巨大的船舶抬升到湖面或放落到海平面。因为每一次开锁关锁，都会损失部分加通湖里的淡水，所以巴拿马运河的船只通行是有节制的，平均每天数十艘而已。

　　米拉弗洛雷斯船闸和加通船闸是两把老锁了，打开时只能通过十万吨以下的船舶。2007 年扩建运河的工程开始，到 2016 年扩建完工，在原有的老船闸边新辟了更宽更深的两个新船闸，可供二十万吨的巨轮通过。巨轮过闸的情景既庄重又轻盈，既粗犷又细腻。重的是吨位，粗的是船体；细的是船舶入闸的动作，轻的是船闸两边的牵引车对巨轮的引导。因为船与船闸的关系恰如一条线刚刚能穿过针孔，但庞大的巨轮可不是柔软的细线，一旦与船闸发生碰擦，后果便不堪设想。所以，要引导一条小山一般的巨轮通过只比它宽几米的甬道，绝对是一种举重若轻、细致入微的活儿，为此，向走捷径通过运河的过往船只收取通行费，也就是合情合理的了，而巴拿马国每年收取的过路费是一个天文数字。

　　前面写到美国与巴拿马于 1903 年签订条约，以一千万美元的代价，获得单独开凿运河的权利和对运河区的永久租借权。那么你会问：既然这权利是美国花钱买下的，运河的收益也应该属于美国呀！不错，这运河经营和获利的权利原来确实是美国的。但在 1977 年，美利坚合众国的总统卡特先生和巴拿马签署了"托里霍斯－卡特条约",规定运河在1999年移交给巴拿马;到了1999年,美国人便将这条原来拥有永久权利的运河交还给了巴拿马。

说完了运河,再说说巴拿马城。巴拿马城位于运河进入太平洋的巴拿马湾口,分为古城、老城和新城。古城已是废墟,有一个博物馆可供人凭吊。老城是一个小小的半岛,从老城背靠着的国旗山上俯瞰下去,有一圈筑于海上的高架公路将它环起,如美人颈前的一圈项链。美人的面部朝向浩瀚的太平洋,她的右肩处是横跨于运河与海湾衔接处的中美洲大桥,把被运河切开的南北美大陆又连接了起来。她的右手臂向前伸出,顶端由海堤连着的那个巴掌大的小岛叫情人岛,岛上的自然博物馆由五颜六色不规则的块状屋顶构成,是个很有名的建筑。从情人岛上回望海岸,老城很像是一个袖珍的哈瓦那,虽然有点儿陈旧,但远不像哈瓦那老城那样破败。而老城边上的新城,海边高楼群林立,其间不乏造型奇特的现代风格建筑,乍一看,像香港,像上海,也像新加坡。

而巴哈马呢,和巴拿马之间隔着一个古巴岛,和古巴一样与美国的佛罗里达州隔海相望。因为距离近,数十万古巴人利用各种简陋的自造船只漂往佛罗里达,以至佛罗里达顶端的迈阿密有小古巴之称。巴哈马虽小,却是一个富裕的国家,只有美国人来此度假,没有巴哈马人偷渡去美国。

拿骚在巴哈马群岛中只是一个很小的岛屿,但因为处于群岛的中心位置,就成了首都。岛小地窄人稀,建不起高楼群,不但没法和巴拿马新城比,就是和巴拿马老城比,也只能算是一个小村镇,老城里几乎没有高楼,一些数层高的建筑也都是殖民时期的遗存。有情调的是,该国的议会、法院和一些政府建筑,既不高大也不庄严，外墙竟然都是粉红色的，算是一种巴哈马式的罗曼蒂克吧！而这个群岛之国真正浪漫的地方，是它无比清澈的湛蓝海水和那一片让人惊艳的粉红沙滩！

那片粉红沙滩是在哈勃岛上，从拿骚去要坐两个多小时的船。靠岸后，开上已在码头上准备好的高尔夫车，就可以巡游哈勃岛并去往粉红沙滩。踏上沙滩之前，先让你惊艳的是从树丛和房屋间透出的那片海的颜色，远蓝近绿，蓝绿相间、相离又相融。海蓝的尽头是天蓝，天蓝中嵌着块块云团；海绿的近端是粉滩，粉滩上支着朵朵彩伞。这片沙滩绵延有三公里长，我们到达的时间是午后，阳光正烈，直射的强光下沙滩的颜色似乎并不太粉，起码不像某些P过了的照片那样粉；但定睛看来，在黄白相间的沙色中，特别是当海水拂过沙滩退去之后，那沙滩确实呈一种羞妍的淡粉色；而如果是早晨或傍晚，当霞光和夕照中含有玫红或姹紫时，这沙滩的颜色一定是相当娇媚的桃花粉了！据说这粉沙的成因，是由附近海域中大量粉色珊瑚的碎屑被海浪推来所形成。在粉红沙滩上躺着观海或入浪戏水，确实比别处多了一份浪漫，而且加勒比海的水在这里呈现出的那种纯净和透明，是我在其他海域都不曾见到过的。

说巴拿马重，一是说它重要，以其锁钥位置衔连南北两大陆，沟通东西两大洋；二是说它持重，每天每月每年被它负载而过的货物何止亿万吨。

说巴哈马轻，一是说它的轻松，靠着得天独厚的加勒比海风光，就可以风光度日；二是说它的轻薄，这轻薄并不含轻慢的意思，而是指它的国土不过是散布在海平面上的岛礁，最厚处也不过海拔几十米高，统统加在一块儿恐怕也没有多重。而巴拿马运河一百多年来的总运载量，恐怕已经要超过巴哈马那薄薄一层国土的分量了吧？

第 九 辑

智利之南：边城蓬塔

　　2015 年的南极之行，我是从阿根廷小城乌斯怀亚出发的。乌斯怀亚是南美洲最南端的城市，却不是南美洲最南端的地方。乌斯怀亚所在的火地岛主岛分属阿根廷、智利两国。乌斯怀亚面临比格尔海峡，海峡对面的群岛屿和海域，还有南美洲最南端的海岬合恩角，都属于智利。

　　火地岛所在的那一大片区域被早期的欧洲探险家们叫作巴塔哥尼亚，意为"大脚"。而火地岛又真像是一只大脚，由一条垂直的国界线一分为二，脚背和脚尖属于阿根廷，脚跟和脚踝则归智利所有。那一次从阿根廷最南端的港口登船，却使我对更南端的智利产生了浓厚的兴趣，心想着日后有机会一定要到智利一游。四年以后，我果真来到了智利最南端的城市、与火地岛隔麦哲伦海峡相望的蓬塔阿雷纳斯。

　　火地岛的上部、下方和中间有三条海峡，分别与航海史上的三位著名人物有关。

　　火地岛上部的海峡呈不规则的 S 形，五百年前的 1519 年，麦哲伦开始了他的环球航行，一年后在南纬 50 度 50 分处的大西洋岸绕进了这条未知航道，一个多月的时间里，他率舰队在这个弯弯绕且有众多分岔的迷宫海峡里左冲右突上下求索，终于找准路径通过了最窄处只有两英里宽的魔瓶之颈，成功地进入了一片全新的大洋。那大洋被他称为太平洋，他身后的海峡便被命名为麦哲伦海峡。

火地群岛下方合恩角之南，与南极半岛遥遥相对的那片宽阔海峡，就是风急浪高的德雷克海峡。在麦哲伦环球航行五十八年之后，英国海军将领德雷克率舰队来到了南美洲的最南端，但是合恩角前的狂风巨浪使他并没有敢越过那道后来以他命名的德雷克海峡，而是走了麦哲伦开辟的安全航道，完成了史上第二次环球航行。

在曲折的麦哲伦海峡和壮阔的德雷克海峡之间，还有一条平直纤细的比格尔海峡连通两洋，因达尔文所乘坐的那条方帆双桅船"比格尔"号而得名。1831—1836 年，达尔文参加了英国海军对太平洋沿岸的勘探考察，这海峡是他所到的最南端，他考察的最北端则在靠近赤道线的加拉帕戈斯群岛，正是这次考察经历使他酝酿出了进化论的思想。而我们此行中去南极的那部分团友，既往返了德雷克海峡和比格尔海峡，又要渡过麦哲伦海峡来到智利的蓬塔阿雷纳斯与我们会合，然后我们将沿着狭长的智利国土一路北上，最终到达距南美西海岸一千公里外的加拉帕戈斯群岛完成旅行计划，这算不算是和麦哲伦、德雷克和达尔文这三位伟大人物都有了一种隔世之缘？

2 月 21 日是我们两部分团友会合的日子。一批团友从南极乘船返回，清晨在乌斯怀亚靠岸，然后乘坐大巴车向北纵穿火地岛，要在麦哲伦海峡的东端最窄处以轮渡过峡，再开到蓬塔阿雷纳斯。而我们则是上午从首都圣地亚哥飞赴蓬塔阿雷纳斯，比他们先到达这个麦哲伦海峡西侧的港口城市。从圣地亚哥飞来，三个多小时的航程，飞机沿着智利狭长国土上狭长的安第斯山脉一路向南。刚起飞不久，只见许多乘客纷纷站起，争向左侧舷窗外看，原来是有一座活火山正在喷发。我坐在右侧窗边，不能跑过去看火山奇观，便安心看我这一侧的风景。我知道飞机前行的右边就是智利的太平洋沿岸，但海岸线远在云团雾块之外，而机腹下安第斯山的峰峦却历历在目。和上一次飞越秘鲁那一段中部安第斯山不同，那一段安第斯山裸露的山脊显得肌肉结块、青筋凸显；而这一次看到的南部安第斯山则是冰封雪掩，在山谷间孕育着许多条泛出蓝光的冰川。其间有一处火山形状如船，凸出于中间的圆形火山口就像是巨轮的烟囱，却被千年冰雪压灭了锅炉中的动力之火，只能像挪亚方舟一样搁浅在高山之巅。

飞机飞出群山后开始降低高度，机翼下看到一大片水域，我知道那就是麦哲伦海峡，岸边一处房屋聚集处，就是蓬塔阿雷纳斯了。从飞机上看下去，城市就像一小堆儿童玩的积木；但进入市区，却发现该城比乌斯怀亚的规模要大很多。景观虽不如乌斯怀亚那么小巧精致，却另有一番舒展和大气，城中东一条、西一处、南一块、北一片地散布着许多城市公园，公园里大树夹道，树围可一人、两人甚至三人合抱。在这个长年大风呼啸的地方，那些树木粗壮得令人惊讶，那些树冠也漂亮得令人惊讶，像一个个硕大的圆脑袋上长满了浓厚茂密的深绿色头发，似乎连小鸟都很难飞进去！公园里和街头上有许多雕塑和雕像，最重要的当然是麦哲伦的雕像，还有海边站在船形石雕上的先驱者铜塑群像。那天下午和傍晚，我们几个先到的旅友在市里和海峡边漫步，顶着大风观景，是一种别样的体验。谁知道东北端的麦哲伦海峡入口处的风还要大得多，竟吹得轮渡不能开航，硬是把要前来蓬塔的那批团友堵在渡口四个小时，待风稍息后渡过海峡再开到蓬塔，已是半夜时分了。

这场呼啸在智利最南端、鼓荡在麦哲伦海峡里的长风啊，吹得我们好新奇好兴奋，却吹得他们好疲劳好辛苦！

百内啊百内

在手机地图上模拟从圣地亚哥到蓬塔阿雷纳斯的飞行线路，可以看到在向南一千公里之后，智利狭长的国土在蒙特港的下面结束了完整的条状，开始碎裂成一系列岛屿。南安第斯群峰就像一根仰天长锯的锯齿，而那一片群岛则像是被锯下来散落在太平洋沿岸的碎屑，一路碎到火地岛。除最北边的一个大岛奇洛埃岛还有人群聚居之外，那一条两千公里的细碎岛链和半岛基本上是无人居住的荒僻之地，不过却有科尔科瓦多、马格达莱纳岛、圣拉斐尔潟湖、贝尔纳多奥伊金斯、阿尔韦托德阿戈斯蒂尼等一系列国家公园从北到南一直延续到比格尔海峡边，其中更有大名鼎鼎的百内国家公园，那是我们将要前去朝山拜圣之所在！

我们两路团友在蓬塔阿雷纳斯会合之后，便驱车前往西北面二百多公里的小城纳塔雷斯港。这个小城名之为港，是因为靠在一个不大不小的湖边，湖形如八爪章鱼，其中七条弯弯曲曲的爪须都胡乱伸向周围的巴塔哥尼亚荒原，如同七根长短粗细不同的盲肠。唯有一根爪须经过了种种曲折之后竟然通向了大海，在它的终端，向南可以接上麦哲伦海峡的太平洋出口，向北可以在一片碎岛间穿行向上，通往智利的大陆港口蒙特港。导游说纳塔雷斯是希望的意思，据说当年麦哲伦麾下的一位船长不知怎么进到这个湖里，却怎么也找不到通向大海的水道，在八爪章鱼形的迷宫里转来转去近乎绝望，所幸最后还是找到了入海的通途，可见天无绝人之路！但对于今天从世界各地来到这里的游客们来说，纳塔雷斯的意义不在于港，而在于它是通向百内国家公园的门户。站在纳塔雷斯港的岸边，可以隔湖远眺到百内国家公园的雪山。那一天早上旭日初升，霞光投向湖对面的远山，岩石山体被镀成金色，山体上的雪峰则被染成粉红，而山峰上方的云层则灰中透红，红里裹灰，加上未落的圆月高悬其上，还没走进百内，远远地就已被百内的气势和美丽给震撼了！

我是在一本旅友写的南美游记上知道百内国家公园的，一下子就被它独特的个性给迷住了：这里山峰倔立，冰川横陈，大风劲吹，天候多变。它像珠穆朗玛峰一样傲立在世界边缘，却又不像珠峰那样完全拒绝普通游客的接近；它雄压泰山、险超华山、奇竞黄山，却没有中国游客惯见的那种登山石阶可以让你安步登山、从容览秀。这个国家公园面积巨大，却只在外围和边缘修了一点点道路，真正想亲近百内、近观山景，唯一的法门就是不辞辛苦的徒步，而徒步路线，有需走四五天的 W 形路线和需走十天的大环线之别。

百内国家公园的中心是两座高耸的山峰，坐南向北看去，左边是大百内山，右边是百内角峰。两山高度相似，却形状相异。大百内山是一座雪山，宽平凹陷的上部积满冰雪，白色冰雪和盘旋于山顶的白色云雾几乎浑成一体，很难分清哪儿是雪上之云，哪儿是云下之雪。而百内角峰被大自然的造化从中间一分为二，中间是刀劈之裂谷，两峰呈锐利之尖角，直刺苍天。虽于雪线之上，却因其山尖锐利积不住冰雪。同样高度的云层，常常遮得住大百内山的山顶，却总被百内角峰所刺破。那角峰又由两种颜色的岩石构成，下部山基黝黑，中间山腰灰白，上面的峰端则是更深的黝黑，而角峰尖端的那一点，若被阳光耀亮，就像一把巨型冲天玻璃刀上的金刚石，划破青天刃不残！徒步路线的那个 W 形，就是将大百内山和百内角峰嵌入 W 字母的两个 V 形之中，让不怕吃苦的人沿着山脚行走，去仰观山峰的雄姿和山坳深处的奇景。而我们这群旅友年龄偏大，时间有限，很难完成那种高强度的转山行走，只能驱车大半天绕着步行路线的外围走马观花，远远地瞻仰这两座神山的姿容，即便这样，也是一种前所未有的体验。

百内国家公园不仅有黑色高山、白色冰川，还有蓝色湖泊。其中一湖蓝中显灰，那灰色是由湖水尽头的巨大冰川融水所带来，冰川的名字就叫灰冰川。这灰冰川也有说头，在百内山下能看到它的部分只是更大冰川的一根细足，这片冰川巨大的身躯横亘在百内群峰西侧并浩浩荡荡地向北伸展，绵延百公里之后越过智利边境进入阿根廷的卡拉法特地区。冰川前锋五公里阔、七十多米高，每天以三十厘米速度向前推进，不时发生轰然崩塌，形成了陆地冰川最壮丽的奇景，那是另一个可以和智利百内国家公园相媲美的世界级景观——阿根廷莫雷诺大冰川。

智利之北：阿塔卡马

从智利南部飞往中部的圣地亚哥，机腹下的安第斯山冰封雪盖。而从圣地亚哥再飞往智利北部，山峦上覆盖的冰雪变成了云团。快到北部城市卡拉马（当地人发音为"嘎拉马"）时，山峦变成了荒原，云雾也不见了，可以看到呈大片不规则圆形的铜矿矿坑，和矿坑边上采矿工人居住的小城镇。除此以外便是戈壁荒滩和荒滩上一条条的干河床。智利北部的这一大片干旱荒野，名叫阿塔卡马。

卡拉马是一个矿区城市，对旅游者来说没什么好看的，所以下了飞机就乘车驶向我们的旅游住宿地圣佩德罗·阿塔卡马。圣佩德罗是名，阿塔卡马是姓，全称的意思就是阿塔卡马的圣佩德罗市。说是市，其实就是一个小镇；说是镇，其实就是一个大村子，外观就像新疆吐鲁番的维吾尔族村庄。不过吐鲁番是盆地，这里却是海拔三千多米的高原，在街面上抬起头来，从土房顶上面就可以看到远处海拔五千多米的圆锥形积雪火山。整个小镇几乎见不到砖石砌建的楼房，全是干打垒的土墙平房，由土墙土房构成的酒店房与房之间绿树成荫，还有泳池花坛，别有一番风味。小镇上的一切都是为旅游者服务的，中心的广场公园有一圈高大的树木掩映着，是这一片戈壁绿洲的中心。傍晚时分，一些游客坐在长椅上休憩，一群女游客在一位舞蹈教练的带领下跳起了广场舞，舞者有胖有瘦，舞姿有笨有俏，但肯定不是中国大妈式的广场舞，姑且称之为拉美小姨与狗同乐广场舞吧。广场舞有狗什么事呢？还真有，这里的狗狗们毫无原则地见人都亲，见到有人跳舞，它们也挤进来凑热闹，真叫一个人模狗样。

阿塔卡马地区原来是南美洲乃至世界上最重要的硝石矿区，但当硝石这一重要军火原料可以用人工合成物代替之后，当地的经济迅速萧条了。但是上帝关上了一扇门，又给打开了一扇窗，这里除了硝石和盐以外什么都不产的荒僻与苍凉，竟成了世界各地的旅游者们不远万里不辞辛苦前来观看和体验的风景，于是阿塔卡马又有了生机。

到智利的阿塔卡马来旅游，就像到中国的西藏去一样，高海拔是一个考验。旅游大本营圣佩德罗本身就已经有海拔三千多米，而塔狄欧间歇热喷泉所在之处的海拔已接近五千米。那天我们四点钟就起床，吃了抗高反的药，把此行所带的厚薄衣服全都穿在了身上，在凌晨的黑暗中驱车两小时，从荒原中的小镇开到了高高的火山脚下，虽缩在车中，还是一个个冻得瑟瑟发抖。没有高反的还好，有高反的头晕、气促加恶心，一时自问为什么非要大老远跑到这里来花钱买罪受？好不容易开到了地方，打开车门，面前一片迷雾，混混沌沌。薄幕般的大雾是从天上降下来的，浓团般的水雾是从地下的间歇热泉里冲出来的，迷迷糊糊地去看那些泉眼，不过是咕噜咕噜冒些热气，既没有美国黄石公园的老忠实泉喷得那么高，也没有冰岛的间歇泉喷得那么猛，一时间不禁有些失望，觉得还不如躲到车子里去避避风寒。走回车子旁边，见导游和司机已经在车子边上布好了简易的餐桌，桌上已摆好了早餐：面包、黄油、果酱、温泉里煮的鸡蛋，还有热咖啡、可可和红茶。原来这是当地旅行社的标配服务。忽然间大雾之幕被一手拉开，朝阳倏地就跳上山头，刚才混沌一片的地方顿时天清气朗，圆锥形的积雪火山近在咫尺，而满地的温泉泉眼全都变得清澈明丽，以各种姿态和节奏喷珠吐玉，对这个景观的感受立马就不一样了，转瞬间仿佛从地狱进入了仙界！

当然阿塔卡马最著名的景观还是月亮谷。月亮谷之所以成为一个景观就因为在常规的意义上它根本就不是一个景观。这里没有花，没有草，没有树，没有水，没有建筑，没有飞鸟，没有走兽，甚至没有爬虫，没有人迹（除了游客）。它本是荒山野谷里的一个露天盐矿，被废弃了以后就更加空寂荒凉，荒凉得简直就像月球表面！但就是因为它像极了月球表面，摇身变成了著名景观，因为普通人去不了月球表面，却可以到这里来体味月球表面的空寂荒凉，看那些奇形怪状寸草不生的裸岩硬土，和岩壁与土墙上渗出来的层层盐渍。当你陷在月亮谷中某处，抬眼四顾除了荒蛮岩壁啥也看不到时，感觉是被扔到了月球上的某个环形山里。

阿塔卡马高原可能是世界上离水最远的地方，举目望去最近的水迹就是那圆锥形火山上面的积雪。这样一个干旱的荒漠地区仿佛和海洋没有任何瓜葛，但是，它的归属恰恰与海洋有着直接的关系。

请你缩放一下手机地图看看：阿塔卡马地区左濒太平洋，上面与秘鲁相接，右邻玻利维亚。阿塔卡马不但右边的火山另一侧就是玻利维亚，而且在一百多年前，整个阿塔卡马地区，从现在的智、玻边界一直到太平洋边的港口城市安托法加斯塔和托科皮亚，都是玻利维亚的领土。但是，怎么后来就划进智利的版图了呢？这当然有历史故事可说。这个故事，为了方便中国读者理解，可以称为《太平洋另一边的"甲午战争"》。

太平洋另一边的"甲午战争"

　　几年前去过秘鲁首都利马，车子从市区中央大道开过时，秘鲁导游指着一个街心广场说："这是格劳广场，纪念的是秘鲁和智利打过的一场海战，那个雕像就是为国捐躯的海军将军格劳。"有人问："打赢了打输了？"回答是："输了。"于是无人再问，导游也没有再说下去。那时对我们这些匆匆一过的中国游客来说，太平洋另一边的两个小国之间打了一仗，输赢跟我们有什么关系？谁会关心呢？

　　这一次到智利来旅游，最后一站是智利北方与玻利维亚接壤的阿塔卡马地区，智利导游再一次说起了智利与秘鲁之间的那一场海战，因为战争就是因阿塔卡马地区而引起。战争的结果是玻利维亚战败，将原先拥有的阿塔卡马割让给了智利，从此失去了海岸线和出海口，变成南美洲除巴拉圭外的另一个内陆国家。而帮着玻利维亚打仗的秘鲁也战败了，将南部的塔克纳和阿里卡两省也割让给了智利，形成了智利、玻利维亚和秘鲁三国版图的现状。

　　我们的旅行计划是由阿塔卡马进入玻利维亚，没有想到这块地方原来就是玻利维亚的。这都是因为那一场原先不关心的海战，现在却不能不关心了！再想一想，在太平洋的亚洲海岸，于差不多的时代的 1894 年也发生过一场黄海海战，与战争有关的也是三个国

179

家：战事因朝鲜而引起，清国、日本大打出手，结果清国战败，大量赔款并割让台湾。那一场战争因在中华纪年的甲午年间，被称为"甲午战争"，成为中国人记忆中忘不了的痛！亚洲大国有战败割地之痛，美洲小国就没有？本着同病相怜的感觉，我也觉得有必要了解一下在太平洋另一边南美洲岸的这场战争。

1879—1883 年发生于智利与玻利维亚、秘鲁的三国战争，因争夺硝石矿产地阿塔卡马而引起，史称"硝石战争"。原先智、玻两国以南纬 24 度线为界，约定 23 度到 25 度线之间一切矿产品收益由两国平分。智利和英国合资的硝石公司同玻利维亚签约，取得在这一地区的开采权。后来玻利维亚政府出于筹措军费的需要，先单方面增税，后没收了智英合资的矿业公司的资产。于是智利在英国支持下出兵占领了玻利维亚港口安托法加斯塔，向玻利维亚和其军事盟国秘鲁宣战。

战事虽因陆地引起，决胜因素却在海上，因为玻利维亚没有一支像样的海军，这场因玻国引起的战事就成了智利与秘鲁两国在海上的对决，更准确地说，成了两国海军铁甲战舰之间的较量与搏杀。这与太平洋另一边清、日之间的海战何其相似！不同之处在于，清、日两国实力相当的铁甲舰队集中于黄海大东沟一战就定了胜负，而秘鲁海军的独立支撑的铁甲战舰"胡阿斯卡"号和以"海军上将科克伦"号铁甲战舰为首的智利海军英勇周旋了半年时间才光荣谢幕。秘鲁首都利马城中为此战而建的格劳广场，完全是一种虽败犹荣的纪念。

在甲午战争中，北洋水师没落的凄怆和"致远"舰长邓世昌撞沉"吉野"的悲壮，已深刻在中国人的记忆中。而在智利与秘鲁之间的太平洋海战中，双方都不乏邓世昌式的英雄，最有代表性的是智利军舰"埃斯美拉达"号的少校舰长普拉特和秘鲁海军"胡阿斯卡"号的少将舰长米格尔·格劳。两国海上的第一场激战，就发生在这两艘军舰和这两位舰长之间。

"埃斯美拉达"是一艘陈旧的木制舰船，排水量六百五十吨；而"胡阿斯卡"的排水量和火力都远远超过对手，并且覆有4.5英寸厚的铁甲。强弱对比悬殊，胜负也就没有了悬念。但就在"埃斯美拉达"将被击沉之时，舰上人员仍在英勇奋战，连在装甲司令塔中观战的格劳都为敌人的勇气感到钦佩。这位有绅士风度的舰长认为继续屠杀已经没有意义，决定以自己的大舰撞沉敌方小舰来结束战斗、减少伤亡，但这却给了年轻的普拉特舰长跳上敌舰决一死战的机会。就像《三国演义》长坂坡之战中曹操对赵云心生敬佩一样，格劳舰长也希望能生擒这位值得尊重的对手，可惜普拉特舰长中弹身亡，格劳舰长只能给他以死后的尊重，并尽力营救军舰沉没后落水的智利士兵。

英勇殉国的普拉特舰长成为智利的国家英雄。而在战损后仅剩了一艘铁甲舰"胡阿斯卡"号的秘鲁海军，米格尔·格劳舰长也成了支撑危局的战争栋梁。在长达半年的时间里，格劳指挥"胡阿斯卡"号击沉、击伤、俘获智利舰船二十余艘，却尽量不伤害敌方船员的生命，不但功勋卓著，而且仁心昭耀。但终究独木难撑，被智利海军抓住了围攻的机会，就像后来英国海军围攻德国战舰"俾斯麦"号那样，"胡阿斯卡"号也遭遇了被它击沉的"埃斯美拉达"号相同的命运，秘鲁的格劳少将也像智利的普拉特少校一样英勇战死、壮烈殉国，时年四十五岁。而普拉特少校牺牲时年仅三十一岁。

随着秘鲁海军的覆没，智利完全掌握了制海权，最终依靠海上优势赢得了陆上的战争。1881年1月智利军队进攻利马，秘鲁守军弃城奔逃。1883年10月秘鲁与智利签订《安孔条约》结束了这场南太平洋战争，秘鲁割让两省土地。玻利维亚则因战败丧失了安第斯山脉与太平洋沿岸之间的全部领土，从此变成了一个没有出海口的内陆国家。真是早知今日，何必当初！

回顾和对比太平洋两边的这两场战争，都是一个国家将与其有关的另两个国家拖入战争，该国固然受损，也害它的盟国战败割地。而秘鲁割出的两省已覆水难收了。玻利维亚虽然百年来一直有着恢复出海口的愿望并为此而不懈努力，可智利又怎么肯轻易放弃已经得到的阿塔卡马呢？虽然硝石对现在的世界已不重要了，但智利的铜矿也是主要集中于这块干旱的高原，国之重地，安可轻让？2013年，玻利维亚将智利告上国际法庭，要求智利同玻利维亚展开有诚意的谈判，尽快达成实质性的协议，让玻利维亚拥有永久性的太平洋出海口。而智利就海牙国际法院是否有权审理此案提出异议。

孙子云："兵者，国之大事，生死之地，存亡之道，不可不察也！"诚哉斯言。任何国家，在发动战争之前，都应慎之又慎啊！

大美之境在无路之处

我们在智利北部最后的游历，是以阿塔卡马的圣佩德罗为每天的出发地，去看高山湖泊、地热间歇喷泉和月亮谷……只要是在没有遮挡的地方，抬头就可以仰望东边那一条火山群，就像在西藏的冈底斯山脉遥望喜马拉雅群峰一样。不过山形不同，喜马拉雅是带状群峰；而这里突显的却是几个积雪的锥形火山，最大、最近、最典型的就是那座海拔五千九百二十米的塞雷卡布火山，几天的行程，都是在以它为中心的西边半径里转。最后一天要离境进入玻利维亚，面包车一路向上，直开到塞雷卡布火山的脚下，海拔四千六百米的地方，智利的边境站就在这里。出了还算像样的智利海关，继续向前，就看到了塞雷卡布火山的另一面，当然还是圆锥形的。送我们的面包车又开了一程，看到前方山脚下一片平滩上停了几十辆越野车，原来这是玻利维亚方面前来接过境游客的。从这里开始，我们将四人一辆换乘越野车，由越野车将把我们一直送到号称"天空之镜"的乌尤尼大盐湖，并由越野车载我们完成在乌尤尼的行程。

在这偏远的高山地带手机没有信号，要和从未谋过面的玻利维亚导游碰面，全靠在人群和车群里互相寻找。好在这种接头不需打暗号，明着询问就好，一会儿领队就带来了玻利维亚的导游，一个长得泼泼辣辣的胖姑娘，自我介绍名叫"新房子"，因为她的梦想就是通过工作买到一套新房子。还有配合导游的汉语翻译，名叫卡洛斯的黑黑的玻利维亚小伙，小伙的肤色黑得完全不亚于真正的黑人，黑人的黑中有一种棕色，而卡洛斯的黑中却含着铁灰色，当是一种安第斯高原黑吧。我们在"新房子"和卡洛斯的安排下把行李放上了各自要乘坐的越野车，再由他们帮着办好了入境手续。和智利的海关比，玻利维亚的海关就太简陋了——一个砖砌的小房子而已，连电脑都不通，完全由手工操作，工作人员翻看一沓纸质资料，然后收钱、盖章！

为什么要换越野车？因为从这边境开始，一直要到乌尤尼附近才能开上正规的公路，此前数百公里的路程全都没有路，只有荒山野地，所以必须越野，才能出行！到了玻利维亚这一边，同一座火山有了不同的名字，从塞雷卡布变成了利甘嘎布。和塞雷卡布西侧那一片倾斜的山地不同，利甘嘎布这一边，在四周的山峰之间，常常是一片开阔的高山大坂接着另一块高山大坂，大坂呈中间高四面低的弧面，宽可数公里，大坂上处处无路却又处处可以是路，全看司机把车往哪里开。我们一行共五辆陆地巡洋舰，后四辆必须紧跟头车亦步亦趋。因为没有地图上的路，也就没有 GPS 可指路，而头车的司机却成竹在胸，在天苍苍野茫茫的群山里稳稳妥妥地开过一个大坂又一个大坂。领队好奇地问他如何认路，路在何方？领头司机指指前头又指指两边，说路都在四周的山上标着呢，看到了某一座山，就知道车应该向哪一边行。一路有山当路标，无路之处也就有了路。

一路上，司机看山，是为了行路。而我们看山，则是要阅尽人间未见过的奇观异景，玻利维亚边境的这片无人无路的高原山区，实在是世间罕有的大美之境！

最先入眼的是雪火山下的两个水面，一湖乳白，一湖碧绿，两湖间有细流相穿，不过从白湖中流出的玉液进入了绿湖就变成了翡翠。而从湖边远眺，有一座山形酷似一只展翅欲飞的安第斯山鹰。我指给翻译卡洛斯看，他也惊讶于如此惟妙惟肖，以前看山只是山，以后则看山如见鹰了。

从白、绿两湖下行，前方一山，上部白雪下露出黑岩，下部赭石中透出暗红淡紫，而山廓之上天空蔚蓝，山廓之下戈壁灰黄，那种旷世独立的孤傲姿态，有一种塞尚画作的沉静之美。

下面一片荒原被称作达利沙漠，不知是达利把这一片沙漠画进了他的画中，还是来往此处的司机和游人在这里看出了达利画作的意境？不过这海拔四千四百米的沙漠并非毫无生命迹象，居然也有高山羊驼在这里生存。

接下来在一片棕灰的山下是一大片灰绿的湖水，看过白湖绿湖，本已不奇。奇的是在湖边有两个温泉池，泡在温泉中看山看湖看苍茫四野，这种景象和感受别处可没有。

在温泉边的客栈吃了午餐，司机把车开到了一个海拔近五千米的地方，这里堪称地狱之谷，满是恐怖的景象：地面像刚被火烧过，坑坑洼洼中积着灰白、浅褐和暗红的泥浆，还有几个洞穴在喷烟吐雾，仿佛下面的魔鬼还没有平息胸中的怒气！

再走就看到了一片彩色湖，湖面平摊在积雪的山峰下，在高处远远看去，红一道，绿一道，黄一道，青一道，赭一道。待车开近了，才发现湖中并非全都是水，有些是草甸、泥沼和沙砾的颜色。

而远处山脚下又飘起一片白色，我们以为是一个火山热泉喷出的雾气，导游却说不是，那是地面上的硼砂被风吹起来成了白烟。待绕过了彩色湖面，近至红色的地带，才看出那才真正是一片湖水，红色是由水中的矿物质和浮游植物形成。红湖里有成千上万的火烈鸟在群栖觅食，它们白色羽毛的边缘，也都泛出艳丽的鲜红。

　　离了红湖再向前，在四面环山的沙砾大坂上，忽然出现了一群怪石阵，巨大的石头被风蚀成各种各样的蘑菇状——口蘑、平菇、鸡枞、牛肝菌……或群集，或独立，在呼啸的大风中秀着姿态。最让我们兴奋的是在怪石阵间的沙砾上坐着一只小狐狸，安安详详地看着人们。你走近一些，它并不理会；你走得过于近了，它才退后一些，再卧下静观着人们，不知是否期待这些过路的人们会给它留下些食谱之外的点心。

　　再走下去，日头就偏西了，前方的山影颜色变暗，但落日斜射的沙砾大坂却变得金黄，头车的车辙也被夕照刻出了两道阴影。在头车拉出的烟尘中，忽见远处山根下有几间小房子；开得近些，看出原来小房子不是几间，而是一溜；再开近些，看到那溜房子的角上竟是一个圆弧形的漂亮餐厅，原来这就是我们今夜的住地奥霍贝蒂斯了。这个高原荒野上的独家酒店坐落在前不着村后不着店的地方，是专为从边境上下来、一天之内开不到有人烟之处的游客们准备的。这里不通电线电缆，电力全靠柴油机组提供，须在规定的时间段完成洗澡与充电，晚十点之后，有限的电力就只维持简单照明了。

　　这一天我们走过的最高海拔是四千九百米，越野车从高往低开了一天，心想此地的海拔应该已降到了三千多了，可以让有高反和

186

怕高反的人松一口气。谁知道团友用苹果手机上的测高软件看了一下高度，天哪，还在海拔四千六百米！为了夜里不至于缺氧难眠，保险的办法还是再吞下一粒抗高反的药。

第二天继续行车越野，依然是无路无人之境的天地大美，沿途奇观美景，已无须描述了。

只有天空乌有泥

　　乌尤尼是玻利维亚波托西省的一个城镇，地处寒冷多风的高原，海拔三千六百多米，一百多年前，是玻国的一个铁路枢纽、采矿和贸易中心。但现在的乌尤尼小城边，当年的铁路枢纽已成为一个火车头的坟场，从工业生产的动力沦落为供人参观的遗址，那种破败与苍凉，倒是另有一种让旅游者青睐的颓废美。既然铁路枢纽已经荒废，那么要靠铁路运输来支持的采矿业基本也衰落了。铁路废弃，矿业衰落，地远且偏，贸易中心也就无从谈起，乌尤尼完全就是个不起眼的小镇，没高楼，无大厦，街面脏乱差。但是全球各地的游客，却纷至沓来，只因这里有一个奇观——天空之镜，近年来已经暴得世界级的大名。

　　从手机卫星图上俯瞰玻利维亚和秘鲁这一块地区，在安第斯山东侧有两大片湖区，上面一片呈黑色的是玻利维亚与秘鲁交界处的的的喀喀湖，下面一片呈白色的就是乌尤尼大盐沼，面积约十万平方公里，比的的喀喀湖还要大，超过许多小国的版图了。我们从智利与玻利维亚的边境走向这里，穿越了数百公里无人无路的野旷之域，直到乌尤尼小镇附近才上了公路，进入了有人居住的寻常之地。但是在盐沼边的盐酒店住下后，天气晴好，领队和导游不想让我们

188

错过乌尤尼的落日，越野车马不停蹄地向盐沼里进发，一下子又进入了另一种空阔之境。

游客进入乌尤尼，必须乘越野车，步行是无法深入的。而开车进入盐沼，有一个专门的入口，就像一个海边的码头，所有船只从这里出海，也从这里归港。从车上看地面，这里已没有地面，只有水面，水不深，没过下面的盐壳一二十公分而已；但因盐湖面积广大，向前看去就如船行海面。车子慢慢开进，离岸越来越远，直到湖岸在身后隐去，而前方、左边和右边的湖岸都成为一条隐隐约约的地平线，才停了下来，排成队列，让游客们下车。旅行社已为每位客人准备好了合脚的长靴，以体验在"天空之镜"上行走的特异感受。

但是乌尤尼并不等于"天空之镜"，只是在一年中特有的一小段时间才呈现出"天空之镜"的奇景，必须是在雨季，而且是在雨水恰好淹没盐壳的那一段时间。即便是在这段时间，乌尤尼大盐沼也并非到处都是"天空之镜"，因为十万平方公里大盐沼不可能像海平面那么平。偏高的地方，雨水没不过盐壳，镜面便失去了天然的玻璃；偏低的地方，积水没过盐壳过深，风吹涟漪起，又破坏了天然的镜面。只有在盐沼相对平展之处，雨水刚刚没过盐壳只几公分，放眼望去一片水平，风吹脚踏又泛不起波澜，盐壳如镜底反光之水银，薄水如镜面透光之玻璃，这才形成"天空之镜"的镜面。而导游和司机必须把我们带到脚下积水深浅合适、四面看去又水天空阔的地方，我们才能当一回"天空之镜"的镜中人！

今年雨季水量偏大，盐壳上的积水约有十公分厚，水面容易产生波动，我们必须小心行走，尽量不惹起涟漪，才能保证"镜面"

的完整与平滑。好在傍晚时分，并没有讨厌的风来"吹皱一池春水"，地平线已隐在水天相衔之处，即便有一线遥山远岸，也在浮动的晚霞中恍若蜃景。渐渐夕阳西下，云霞霓彩愈艳愈浓，天映水面，水映天空，以地平一线分割，水上天下，天下水上，相映相合。而人在这天地大镜之中，正影似倒，倒影似正，恍惚之间，有庄周大梦之惑，不知人为蝶还是蝶为人？以景为梦还是此幻为真？今年雨大水深，有坏处也有好处。坏处是大家如果都动，就会使"镜面"破碎；好处是若只稍稍一抬脚，就使光滑的"镜面"略起微澜，晃而不碎，颤而不破，反而增添了几分灵动和妩媚！

第二天我们又有两次进入盐湖，天不亮就起来看"天空之镜"的日出，虽也绚丽，但比起昨晚的落霞已是小巫见大巫了。回酒店早餐后再次驱车深入盐沼，驶向另外一个方向，这里盐壳基本不被积水淹没，是一片无边无际的白色旷野。在某些地方，白色盐壳上有裂隙与孔洞，地底下竟有淡水源源不断地涌出，但流到表面时，也已成为咸咸的盐卤了。中午时分，我们就在这片盐原上午餐，旅行社带来的厨师在雪白的盐面上摆好了雪白的餐桌餐椅，还支起防晒的太阳伞。午餐的菜式也很丰富，有酒有肉有水果，但与这独处于天地之间的进餐环境相比，吃什么已经不那么重要了。饭后是乌尤尼盐沼上经典的游戏时间，女导游"新房子"准备了一堆拍照用的道具，有玩具恐龙啊、酒瓶酒杯啊，等等等等，并奋不顾身地趴在地上——不，是趴在盐上为大家拍照。因为天地空旷没有任何参照物，于是在照片上玩具恐龙变成了庞然大物，正要吞食我们这些小小的人类。此外人可以站在酒瓶盖上跳舞、一个巨人将一群小人踩在脚下或托于手上这样的奇葩照片就一张又一张地出笼了，大家玩得不亦乐乎。

　　哦，乌尤尼，乌有泥，这地名真的是名副其实：只有天空，没有大地，如果大地指的是泥土的话。在乌尤尼这个地方，不但没有寸土，而且纤尘不染！

大碗拉巴斯

　　有人说，玻利维亚是南美洲的西藏高原，此言不谬。这个国家平均海拔高度在三千米以上。自打我们从智利边境进入这个国家之后，就一直在海拔四五千米之间打滚。到了乌尤尼盐沼，好不容易降到海拔三千八。从乌尤尼飞往首都拉巴斯，机场的海拔高度又到了四千二，这应该是世界上海拔最高的首都机场了。拉巴斯城的高度比机场要低些，但也在海拔三千六以上，当之无愧是世界上最高的首都。在这个高原国家旅行，见到了边境无人区的无敌风景和乌尤尼盐沼的无边境界，应该已经没有什么景物再能让我们惊讶了，但是当我们第一眼望见拉巴斯时，还是惊讶得"啊呀呀！"地合不拢嘴。

　　从机场乘车出来，沿着盘山道下行了一段路，在一个观景台边上停住了。地导说，先让你们看一眼我们的拉巴斯吧！这个观景台居高临下，是路边的一溜陡崖。站上去，向下一看，不由得你不惊叫出声：天哪，一个城市、一国之都，怎么会是这副模样呢！

　　但拉巴斯就是这副模样！世界上再也没有另一个城市能够长成这副模样！准确地说，你眼前的不是一个城市，而是一个硕大无比的大碗，一个放在玻利维亚这个高台之上的朝天大碗，环绕它周围

192

的山地是大碗的碗沿，我们就是站在某处碗沿上向大碗里俯瞰。这只大碗仿佛被宇宙大神刚用来喝过黏粥，然后又顺手撒进了一大把细碎的藜麦，密密麻麻地沾满了碗壁，就是拉巴斯城这个大凹陷里满坡满谷的房子！这些房子大多是火柴盒式的民居，红砖砌成，简陋的薄顶，有些连窗玻璃都还没有装，座座相衔，片片相连，挤得几乎看不见城市里的道路。只在大碗的最底部，才有一些较为像样的高楼站在那里，相对于沾满碗壁的细藜麦粒儿，算是大粒的花生、大豆和玉米粒吧！我用手机拍下这只"大碗"里的景象，随手发给一个微信朋友。朋友立刻回问：贫民之窟？我回道：这是玻国之都，王公巨贾亦居其中。

　　一眼望去，拉巴斯确实是一座平民之城甚至是一座贫民之窟，恐怕没有一个都城，会把它最普通最平凡最不加修饰的样子一碗端给你。当然深入下去，就不尽然了。乘车沿着碗壁绕下去，车窗外的道路和城市房屋一边向天上倾斜，另一边向低地滑落。沿途经过嘈杂的市场和拥挤的居住区，如果满街走着的不是肤色黧黑的当地男人和穿着大花裙子下盘肥大的印加妇女，还有街边门店上方挂着的那些奇奇怪怪的当地商品，诸如小羊驼、木乃伊那样的东西，感觉就和开进了中国某个杂乱拥挤的县城一样，只是更加杂乱拥挤。但是当车开到大碗的碗底，顿时就不一样了——下面的碗底和上面的碗沿有七八百米的高差，如果你不向四面碗沿上看的话，会觉得一下子进入了另一个城市：这里有装饰精美的教堂，有风格雅致的洋楼，有平坦宽阔的大街，有竖着雕像的花园，有四面围着古老建筑的广场，当然还有总统府、议会大厦、国家银行、外国使馆……毕竟这是玻利维亚的首都啊！虽然该国还有另一个立法首都叫苏克雷，但实际上代表着首都的那些高大上的国家级建筑就聚集在这只大碗的底部，并且总统大人平时也与民同住在这只内容丰富的大碗里。

来到了中心广场，一边是议会，一边是总统府。议会门额上的大钟有些怪异，时针分针都是逆时针方向旋转，那意思大概是反着转也一样可以正确地指示时间。总统府像其他国家的总统府一样有士兵站岗，导游却指着总统府后面的一幢数十层高的方形玻璃幕墙大厦说，总统就住在那座高楼里面，那才是真正的总统府邸。我想总统大概是嫌老总统府旧了，才搬进了现代写字楼式的摩天大厦。而议会也有喜新厌旧的意思，老式议会楼的后面，也有一幢四方形的高层建筑正在建造。这个以南美独立战争的英雄玻利瓦尔命名的国家，大概已经厌倦了原来殖民风格的老式房屋。但是老城里最受游客青睐的一条街，却还完整地保留着殖民时期的风情，名字就叫殖民街。

我们来到拉巴斯的这一天，正好赶上了当地的狂欢节，但是这里狂欢节的风格与巴西里约的狂欢节大不一样。里约的狂欢节，美女们盛装舞蹈争奇斗艳，尽显生命激情与青春风流。而拉巴斯的狂欢节虽也盛装，但不性感，在街上游行的狂欢者们一个个戴着妖魔鬼怪的面具，手里拿着喷雾罐互相乱喷。我虽然想凑热闹，却不敢贸然汇入街上人流，怕被喷湿了相机的镜头，只能躲在路边远观热闹。而冒险体验狂欢的几位旅友，一个个被那些"妖精魔怪"们喷得满头满脸都是黏糊糊的白沫，形同落汤鸡和落魄鬼，这算哪门子狂欢节？原来这里的狂欢节，其实是传统的泼水节。自从有了又轻便又便宜的充气喷雾罐，谁还愿意拎着水桶端着水盆上街互泼呢？于是就演变成了现在这样的狂喷节！

拉巴斯狂欢节的水平，我不敢恭维。但是对于拉巴斯的缆车，我却要竖一下大拇指。拉巴斯居民众多，如果是个平地上的大都市，必然要修地铁来解决交通问题。可拉巴斯却是山地高台上的一只大碗，没法建地铁。不过拉巴斯却有十条缆车线路，交叉分布在市区各处，形成"空铁"交通网，便于市民出行，也便于旅游者观光。在"空铁"线的高点，可以看到不远处有雪峰高出"大碗"的边缘，就像是竖在大碗外面的火炬冰激凌。

为何不叫"爱夸多"？

我一直觉得在中文译出的外国名字中，有一些美化大国和歧视小国的意思。比如美国叫美利坚，英国叫英吉利，法国叫法兰西；而 Guatemala 本可以翻成郭特马拉，字面上却译成了危地马拉——让人感觉这地方十分危险，非要用马给拉住。同样，Ecuador 可以翻成爱夸多，却被翻成了厄瓜多尔。厄运之瓜当头，望文生义就不是什么好地方。由此及彼，厄国的基多，一个赤道线上的小国首都，想必也和高大上不沾边儿。

但是错了。到了厄瓜多尔，才知道这个不大的南美国家是出乎意料的好。而首都基多，完全不是想象中不起眼的小国之城，把它和许多欧洲大都市来比一比，不但毫不逊色，而且多有过之！

就说基多的气候吧，就是许多欧洲名都比不了的。基多就在赤道线上，和非洲国家加蓬、刚果、卢旺达、乌干达等处于同一纬度。提起那些国家，脑中立刻就会浮现出一幅"赤日炎炎似火烧"的画面，而非洲的赤道带也确实是自然环境较为严酷的地方。但基多不一样，虽然也在赤道线上，却因三千米的海拔而远离酷热，年平均温度摄氏 15 度，无寒无暑，不是四季如春，而是四季皆春。既然四季皆春，自然适合花卉生长，所以玫瑰种植成了基多的一个美丽产业。我们驱车出城二三十公里，去看了一个玫瑰庄园，一路青山翠谷，山坡牛羊，上有雪峰，下有溪流，恍惚间感觉是到了瑞士。那个玫瑰庄园在基多不算是很大的，但已足够让我们开眼——生产车间里，工人们正在处理刚刚采摘下来的新鲜玫瑰，红、绿、橙、黄、蓝、粉、黛……各色皆有；男工去刺，女工分拣，一扎扎一束束，包装停当，进入冷库静置一段时间，次日就会出现在美欧的市场上了。玫瑰王国中最艳丽的公主"蓝色妖姬"，就是出自基多。

一个城市的气候日日皆春虽然舒适，没冬没夏也未免乏味。不过这种单调，在厄瓜多尔完全可以得到弥补。它的国土西濒太平洋，中部有安第斯高山，东部是亚马孙雨林，自然各有气候。到过基多的秦晖教授在文章里写道："基多城里固然日日春光，但往西几十公里的山下平原就能领略炎炎夏日，往城边的皮钦查山爬上一千米就进入了凛冽寒冬，再往上，那就是冰雪火山了。"

基多之美不仅在气候，更在历史文化的积淀。基多的赤道纪念碑公园和旁边不远处真正位于赤道精确位置上的赤道文化风情园，那是旅游者的必到之处，也是介绍基多城的必说之处，就不必赘言了。还是说一说基多的教堂吧。南美洲人大多信奉天主教，厄瓜多尔亦然。基多老城里有天主教堂四十多座，如果算上新城区，有八十多座教堂。老城中心有一条街名叫七个十字架街，在不同路段的街头立有七个十字架，每个十字架后面，就是一座大教堂，或金碧辉煌，或古色古香，或雕刻精致，或美轮美奂……随便把哪一个教堂放到欧洲的名城里都不会丢份儿！更让人惊讶的是那座国家誓言大教堂，一眼看去，就像是把西班牙旧都托莱多的那座大教堂给搬了过来！这座基多城里最大的教堂建于 19 世纪，已有一百多年历史了，但同巴塞罗那的那座圣家族大教堂一样，还没有最后竣工，仍是一个现在进行时。为了筹集建设的经费，大教堂下面临街的门面房都租出去成了小商店。与此相同，坐落在市中心广场上的总统府，也把临街的门面房都租了出去，用收来的租金以补贴总统府的开支。这些漂亮的建筑显得基多的城市面貌非常大气，但并不意味着政府或教会能够大手大脚地花钱。

观赏基多市容的最佳位置是在面包山。基多像拉巴斯一样，也处于山间盆地之中，面包山则凸出于盆地中央。从面包山上望下去，铺满在倾斜山坡上的房屋和拉巴斯有几分相像，但房屋的样式和质地，要比拉巴斯强得多了！站在拉巴斯那只大碗的边上向下望就像一个大贫民窟，而站在面包山上俯瞰基多，则是一个颇具风情的美丽山城。夜晚从山上向下看，基多城的灯火在两山间铺展开去，宛如璀璨的银河。与银河不同的是，繁杂的星尘中有一条条一格格明亮而规则的光带，那是城市的街道。星河中最明亮的地方，就是凸耸于城市屋群之上的国家誓言大教堂，被灯光打亮的两座高塔，就像一对双子星座。

首都是国家的形象。如果你来过基多，爱上了基多，那么厄瓜多尔在你心中的发音就不会再是"饿寡多"，而是"爱夸多"！

太平洋上的"桃花源记"

中国人的精神世界中有一个《桃花源记》。桃花源的本质是遗落世外，悠然自处。所以偶然一现，再难寻觅。设若被世人找到，那怡然桃花鲜美芳草必成枯木劫灰矣！所以桃花源只能存在于诗人的想象之中。

但是在现实世界中还真有一处"桃花源"，浮于太平洋上，距南美洲西海岸一千公里，跨赤道两侧，属厄瓜多尔，这就是加拉帕戈斯群岛。这个岛也像桃花源"不知有汉，无论魏晋"一样，不知罗马帝国和奥斯曼王朝，只在岛上悠然自得地度过自己的时光。而伟大的生物学家达尔文，就是发现了这个西方世界的"桃花源"，并写下了科学领域的"桃花源记"的那个人。

我早就惦记着太平洋上的两个岛，一个是智利的复活节岛，一个就是厄瓜多尔的加拉帕戈斯群岛。但如果二中选一的话，我选后者。因为前者以石像著称，而后者以动物闻名，相比呆立的石像，我更愿意去看动物。加拉帕戈斯岛上的动物最有名的是陆龟，这种动物在其他大陆上早已绝迹，只在这个与世隔绝的群岛上保留了下来。次有名的动物是加拉帕戈斯地雀，因为它们的存在和演化给达尔文"物种不是不可改变的"理论提供了证据，所以也被称为"达尔文雀"。其中有两种非常聪明，会用仙人掌的刺去把蛴螬扎出来吃。

加拉帕戈斯有十六个岛屿和许多小岛礁岩，居民最多和游客最方便去的是圣克鲁斯岛。我们从基多乘飞机先飞到圣克鲁斯岛边上的一个小岛，由机场所在的小岛渡过窄窄的一道海峡到圣克鲁斯，再穿越整个岛到达另一端的达尔文镇，这是岛民聚居地和游客的落脚点，达尔文研究中心也在这里。途中在毒苹果庄园吃午饭，大大小小的陆龟到处都有。所谓毒苹果是一种树上结的果子，对人有毒，却是陆龟的最爱，或许是果中的毒素能让生活单调的陆龟们感到神经兴奋吧？

加拉帕戈斯群岛与大陆隔绝，没有人类涉足的时候，各个岛上的陆龟种群也相互隔绝，演化出不同的形象特征。人类到来以后，把各个岛上的陆龟都带到了圣克鲁斯。别的陆龟都有同种陆龟可结伴侣，唯有一只名叫乔治的陆龟找不到同种的配偶，科学家们为它的婚事忙了一生，到了它还是孤老而终，所以名为"孤独的乔治"。乔治死后科学家们花重金将它的遗体保存了起来，放入玻璃柜中让人参观。我们也去看了，把瞻仰它遗容的那个恒温恒湿的房子戏称为"孤独乔治纪念堂"！

相对于呆头呆脑的陆龟，我更喜欢海里的大龟，穿上脚蹼，戴上防水镜，咬着呼吸管，在清澈的海水中和硕大的绿海龟一同遨游，是我加拉帕戈斯群岛之行最大的快乐！第一次浮潜，是在赛莫瓦岛。那个小岛是绿海龟的产卵地，我们先上岛跋涉，看见沙滩上有昨夜海龟爬过的足迹，树荫下还有两个姑娘是保护海龟的志愿者，在岛上风餐露宿已经两个月了。登岛巡视之后，便是下海，第一次口含呼吸管浮潜还不太适应，一头扎进海里，开始几分钟只看到一片沙底，心想这比在埃及沙姆沙耶赫潜水看鱼差远了，那里珊瑚艳丽，彩鱼斑斓！而这里啥也没有。但不一会儿就跟着浮潜的同伴找到了窍门，原来要往礁石处去，鱼儿们都在礁石边活动。加拉帕戈斯是由火山喷发所形成，所以礁石都是黑乎乎的火山岩，远不如红海里的珊瑚礁漂亮。但是，鱼来了，开始是一条条，后来是一群群。在红海珊瑚断崖边生活的大都是半尺以下的彩色小丑鱼，而这里却有很多一两尺长的大鱼，那些鱼也不怕你，只是在你的手快要碰到它们时才轻轻躲开。

再过一会儿，竟然出现了一只绿海龟，龟甲直径约有一米，简直太棒了！立刻游过去，和另一个水性好的潜友一左一右紧紧跟随，到了亦步亦趋的地步。它游我游，它停我停，只是它啃吃礁石上的海藻我们不能同吃而已。大海龟悠然自得，旁若无人，游得近时我和海龟之间真正是前胸贴后背啊，这种感受，宛若神仙！人伴龟游，不忍离去，时间概念早已丢在脑后，正在恍惚我是海龟或海龟是我时，潜友提示应该返回了。潜友先撤，我又依依不舍地伴游一程，直到想起同伴们应该担心了，才忍痛割爱，游向归途。但这时已沿着礁岩游了很远，在水面上抬起头来已经看不见刚才下水的那片沙岸。而海风忽起，波浪变大，将我推上礁石。戴着呼吸管和潜水镜看鱼看龟甚好，但要游回岸上却不免累赘，一时不慎，喝了几口海水。恰好这时载我们上岛的冲锋舟及时赶到，我拽着舟边的绳索回到岸边。同伴们见到我时惊恐甫定，说：久寻你不见，怕是被那只雌海龟给拐入深海了！

第二天又去南广场岛去看高大茂盛的仙人掌树和陆地蜥蜴。陆地蜥蜴长逾半米，几乎每棵仙人掌树下都趴着一只。它们浑身鳞片，黄褐相间，因不断蜕皮而斑斑驳驳，乍看形象丑陋。但是，这丑陋的东西怎么一下子就改变了众人的成见呢？原来，导游用一块石头击落了一只仙人掌的叶片——在这个孤悬大洋中的群岛上，动植物都按着达尔文发现的规律演化着，陆地蜥蜴以仙人掌叶片为食，而仙人掌树为了保护自己的叶片便渐渐长高，使得陆地蜥蜴要吃到最鲜嫩肥美的叶片并非易事。现在，忽然有一片肥厚多汁的"大松饼"从天而降，本来宛如静物的陆地蜥蜴立刻扑过来，先用笨笨的指爪三下两下抹去叶片上的刺丛，然后张开嘴巴大快朵颐。人吃美食的时候是最可爱的，陆地蜥蜴吃相憨憨，自然也成了大家眼中的萌宝！

从南广场岛归航时，我们在圣克鲁斯岛风平浪静的海峡边再次浮潜，这一次除了饱餐鱼群秀色外，又有两只鳐鲼翩翩游来，大的和昨日所见的绿海龟差不多大，另一条（准确地说是另一片）略小，不知是夫妻双双还是母子同行？它们也如海龟那样视人为无物，你看你的，我游我的。而我们浮潜于海面，目光被其牵着，鱼转我转，鱼行我行，又是一番优哉游哉，游哉优哉！

达尔文镇海滨有一小渔档，一头海狮和一只海鬣蜥竟然长居此处，视档为家，而几只鹈鹕也俨然常客，不把自己当外人。按岛上的规矩人是不可以随便喂野生动物的，但渔档老板说，这一只海狮从小就在这里混，早已被他视为家犬。每当宰切大鱼时，剔除的碎块中最好的部分总是扔给它，而它也会讨好地给主人来个亲吻。鹈鹕的待遇就差一等，它们口水拉拉（鹈鹕真的会淌口水）地站在一边看海狮先吃好的，然后老板和伙计看它们的馋样心生怜意，也扔几块鱼杂碎给它们，它们便毫不谦让地互相争抢。其实鹈鹕捕鱼的本领是很高超的，不知为何还是愿意到渔档来讨食吃。最不受待见的是那形象猥琐的海鬣蜥——海鬣蜥原本吃素，潜入水下以礁石上的海藻为食；但这一只海鬣蜥却近朱者赤，专爱偷吃本地大红头鱼的碎鳞落甲，有时候连偷吃要低调都忘了，众目睽睽之下就爬到刚上市的新鲜大红鱼身上大啃起来，老板娘看不下去拎起它的尾巴就给扔到一边！每当渔船靠岸给渔档上货，不但海狮、鹈鹕、海鬣蜥这些食客一准到场，就连挺着大红胸囊的军舰鸟和长着蓝色鸭蹼的蓝脚鲣鸟等也从天上赶来，趁人不备施以空袭，那场面别提多热闹！

有这么一个好的渔档，不好好利用一下岂不太亏？于是我们的领队决定明早来买鱼，亲自下厨烧一大锅鱼粥来满足一下大家的中国胃！

第二天我和妻也起了个早，早餐后匆匆赶往那个渔档，只见前方街上美女领队和另两个旅友已经手提大红鱼往回走了，红鱼红颜映红霞，一下子让我想起了当兵时唱过的那首《打靶归来》，改词唱之：

> 日出东海红霞飞，旅友买鱼把店归，
> 手拎红鱼映彩霞，愉快的心情满街飞！
> 米烧拿米烧，拿烧米多来，
> 不烧一锅好鱼粥实在亏！

待我俩走到渔档，恰好又上了新渔货——三箱长得怪头怪脑的大龙虾，在国内从没见过。这种龙虾没有大螯和长须，所以一点儿也不张牙舞爪，反而老老实实地把足爪都缩在腹下，动也不动，紫咕隆咚的就像一坨坨大红薯。龙虾箱子边上有两个渔政官员，正在很耐心地一只一只给这些怪异龙虾量长度称重量，大概不达标的会责令放回海里。我们抑不住自己的好奇心，掏出二十美元买了两大只，沉甸甸地拎回酒店厨房，那里领队和几位善烹调的团友正忙着切鱼片煮鱼粥，见又有新食材到来，更是开心，只是不知如何处理。还是酒店大厨肯帮忙，手拍厨刀咔咔咔地剖开龙虾，告诉我们那金色的虾黄可以用柠檬汁浇一下生吃，于是几人分而食之，味道果然鲜美。为保险起见，龙虾肉没做刺身，而是切块以葱姜炒之。炒好龙虾，煮成鱼粥，为示谢意，也给大厨盛了一份请他尝尝，但大厨喝了一口鱼粥，皱起眉头道："味道太浓啦，你们中国人怎么会放那么多香料！"原来他还享受不了这中国味道！那一顿午餐除了酒店大厨做的煎鳕鱼，还有我们自制的鱼片粥和炒龙虾，另一团友又贡献了三瓶智利红酒，大家吃得心满又意足！

离开圣克鲁斯岛的最后一晚，我们再次去海滨栈桥散步。桥下水中，一大群黄色鳐鱼如秋天落叶漂来漂去，还有星鲀如落果浮于水面，又有小鲨鱼穿行其间，以其体形和速度足以去击杀鳐鱼和鲀鱼，但鲨鱼们只有戏耍之心，并无攻击之意。再看桥栏上，鹈鹕静立；长椅下，海狮酣睡。我坐上长椅，脱下凉鞋，一双人脚和一双海狮脚鳍就并排放在那儿。在这个太平洋中的"桃花源"里，仅我们所见，人与人，鸟兽与人，鸟兽与鸟兽，还有鱼与鱼，都相处和睦，其乐融融。这是写《桃花源记》的陶渊明老先生想不出的情景吧！

第 十 辑

感受欧洲，是从法兰克福开始的。降落之前从舷窗看下去，机场边是大片大片绿色的林带，像厚厚的地毯，而城市则错落在林带之间。法兰克福是欧洲最大的空港，空港竟被林带环绕，这一眼望下去就印象深刻。可以想象欧洲的森林曾经在大地上延绵不绝，所以意大利作家卡尔维诺才会写出《树上的男爵》这样的小说。书中主人公年轻时候从家里的窗口爬到树上以后，一辈子双脚再也没有落过地，人在各个城镇村落间来往全都像猴子一样在树上攀行，这样的描写虽然荒诞，但显然是有着某种环境依据的。而在国内各大城市飞来飞去，起飞降落时舷窗外所见大都是水泥森林和被迅速扩张的城市扫荡的土地。什么时候我们那些像伤口般裸露的土地也能被绿毯般的林带覆盖呢？

欧洲的英文单词是 Europe，习惯的音译是欧罗巴，其实更接近的音译应为优柔泊。就像佛罗伦萨，徐志摩译成翡冷翠，更接近意大利语的发音也更有诗情画意。我用一个优字，表现其环境之优美、生活之优越、文化之优秀；用一个柔字，可见自然气候之柔和，社会气候也是柔和的，没有那么多剑拔弩张的冲突；再用一个泊字，可见欧洲人生活方式之悠闲淡泊，最常见的生活场景是坐在路边喝咖啡，或躺在水边晒太阳。另外欧洲的城市里到处是河流水泊，人与人，人与鸟，都在水边和谐共处，这将是我们在欧洲之行中不断得到加深的印象。

代尔夫特像一只梨

　　我舅舅居住在荷兰小城代尔夫特，那里是我认识的第一个欧洲城市。小城 1075 年建立，1246 年设市，到现在也有千年历史了，在 16 世纪和 17 世纪是著名的荷兰白釉蓝彩瓷器制造和贸易的中心，那种瓷有一个专有名词，就叫"代尔夫特蓝"。这个小城是我悠游欧洲的落脚地和出发地，没有外出的时候，就在代尔夫特城里城外漫步，看房子，看人，看河，看鸟，在街头的海鲜摊上吃炸鱼和生鱼，在小城的大超市和小商店里买东西。

　　小城美丽、典雅、清洁、安宁。我在海牙的皇家博物馆中看到一幅 17 世纪代尔夫特的风景画，画的是小城有着双塔塔楼的东城门，如今隔河站在东城门前，风景依旧，仿佛就站在那幅画前，只是城门上的塔楼稍稍有点儿倾斜了，还有就是河岸边多了一些房子而已。

　　小城中河道纵横，街临河沿，房依水筑。人们在河边喝咖啡，饮啤酒，晒太阳；水鸟在水中筑巢，孵蛋，带小禽。如果说城中的小河代表着宁静，城边的大河则显示着动感。那条叫作斯希的河流其实是一条大运河，它既是划艇爱好者的练习场，也是大小货船的来往通途。河是运动的河，河上的桥也是运动的桥。为了方便人们

207

和车辆进城出城，河上相隔不远就有一座桥；为了方便船只通行，每一座桥都是活动的。跨河的桥面或者是由电动吊臂控制着抬起放下，或者是由电动旋盘控制着水平横移，无论是向上举起还是水平横移，桥面都要做九十度的运动，这也相当于一个水陆十字路口的红绿灯：船来了，人车停；没船时，人车行。最让我感到诧异的是，在一个平移活动桥边等待船只通过时，只见长臂般的桥面以转盘为轴向左移动，就像一记力贯千钧的横摆拳，在长臂挥去的方向，有一只黑水鸡正在那里安详地孵蛋，眼看着那巨大的桥体就要将它和它的窝捣为覆巢，那只黑水鸡却安之若素，一动不动，直到那条钢铁巨臂在离它只有一米处戛然停下。原来它对这一套已经见惯不怪了，既然人这种动物不会伤害它，那么人造的东西肯定也不会。荷兰的桥是美丽的，荷兰电影大师伊文斯正是以一部纪录片《桥》闻名于世的。

从地图上看代尔夫特老城，像一只长长的鸭梨。梨把儿朝向西北，顺这个方向前行十五公里就是海牙。梨座朝向东南，沿这个方向前行三十公里就是鹿特丹。梨形的老城左边的边缘是铁路线，上行通往海牙，下行通往鹿特丹；画出这只梨子右边线条的则是那一条大运河，运河也像铁路一样，上行通向海牙，下行通往鹿特丹。在老城梨形的边线之内，有三条纵向的河、七条横向的河，纵向的长些，横向的短些。沿河两岸，是街道、商铺和城中民宅，其中散布着几个供人们喝咖啡、闲坐的小广场。小城的中心是一个较大的广场，广场西边是市政厅，广场东边是大教堂。这个处于梨核位置的中心广场名字就叫"市场"（Market），具有双重功能：平时它是广场，供旅游者在这里驻足观景；而在每星期特定的日子，它则成为市场，方便小城和周围的居民们前来购买生活必需品——蔬菜、水果、肉类、海鲜、奶酪、服装、日用杂品……林林总总。在市场日前一天的晚上，货车拉来帐篷和货架，原本空旷的广场上顿时摊棚林立。第二天一早，市场开张，市政厅和大教堂之间便熙熙攘攘，人流如潮来赶小城的集市，在集市上买到的东西想必比平时在商店里买到的更加价廉物美。

在代尔夫特逗留期间，正好赶上了一年一度的女王节。这一天家家户户都可以把用不着的旧东西放到门前摆摊来卖，更准确地说这是一个全国跳蚤市场日，大家全都挤到一起，互买互卖，在讨价还价中其乐融融。有一个十岁左右的小男孩无货可卖，居然卖起了他的创意：他用彩色纸板做了一个轮盘赌的赌台，用什么来当赌盘中的滚球呢？创意正在这里：一只西瓜虫。当寻开心的赌客们分别押好注后，他投入那只缩成球状的西瓜虫，然后等那小虫伸展开来爬行，它爬到哪一格停下，押那一格的赌客便成了赢家。其实前来下注的人谁又在乎几个小钱的输赢，大家不过是赞助一下这个小创意而已，说不定这个卖创意的小男孩，将来会有一番大成就呢！自得其乐，与人为乐，大家全就都乐在其中。

瓷盘上的城堡

有一个说法：在欧洲淘中国古董要比在国内便宜和放心得多。我们并非古董爱好者，也缺乏鉴别古董的眼力，所以古董级别的东西，不敢乱买。但无事找乐逛逛二手店淘点儿好玩的旧东西还是可以的。

在代尔夫特逛二手店时，最得意的一单买卖是挑到了六件可心的东西，那是在一个专为慈善筹款的二手店，店里东西堆得满满当当，林林总总什么都有，关键在于你用眼力去发现。那六件东西是：两个造型拙朴的石雕小兽，一为河马，一为犀牛；一个印度的木制香盒，嵌有铜质的日月星辰，并做成方舟状，将河马、犀牛等小动物放上，便是一只挪亚方舟；一只金花镶边的瓷画盘，绘的图是从德国科隆到美因兹的游览示意图，盘上一条莱茵河贯穿其中，河两边每个城市和景点都历历在目，这正是几年前我们乘船走过的路线，当然要买下；一块手刻彩绘的木版画；还有一个代尔夫特蓝的小瓷挂盘。六样东西，六欧元，平均每件只一欧元！

六欧元淘到的六件宝中，有一件东西值得专门一说。这是一个代尔夫特蓝的小瓷挂盘，盘上画的是一幅造型奇怪的图形，像是一个小的城镇，或是一个大的城堡。说像小镇，是因为椭圆形的城圈内有七条纵街、四条横街，中央还有一个有高塔的教堂；说像城堡，是因为在椭圆形的城围上伸出了六个三角形的突出部，像一只头尾伸出四脚张开的乌龟，而那由七条纵街四条横街隔出的街区就像是龟壳上的甲片。瓷盘下方有两个词，一个是 Naarden，另一个是 Vesting。查了一下荷兰文，Vesting 的意思是城堡，那么 Naarden 可能就是它的地名了。不知这样一个城堡在世界上是实有其地，或者仅仅是画盘子的人想象出来的作品？

闲览画册时，看到有一本荷兰航拍图片集，那上面有蛛网状的阿姆斯特丹，有海牙，有鹿特丹，也有梨形的代尔夫特，翻到某一页，忽然怔住了：这不就是那个乌龟形状的城堡吗？七条纵街，四条横街，边缘有六个伸出去的乌龟脚爪，中间是一个有着高塔的教堂！再看地名，Naarden（纳尔登），原来真的有这个地方啊！

这是一个建于数百年前的军事要塞，位置在阿姆斯特丹的东边二十公里处。挂盘上的乌龟样图形只是它的内层防御圈，从航拍图上看，这只六脚乌龟是趴在一片水域当中，城围上的六个突出部其实是六个炮台。在六个炮台外缘的水面上，是六个心形或三角形的小岛，如果也架有炮，就又是六个独立的炮台，可以和城围上的六个炮台互为支撑。在六个内城炮台和六个小岛炮台之外，水域又由一圈外城围起，这道外城由十二个角状突出呈星形放射状，如果每个突出角上都设炮的话，不但可以正面朝外射击进攻的敌军，而且可以互相消除相邻炮台的射击死角，而在这圈十二角突出的外层防线之外，是防止敌军抵近的护城河。这样一个三陆两水层层设防的要塞真是让人叹为观止！在没有巨炮和导弹的时代，只要有充足的弹药，多少敌军围攻也难以越雷池一步。而要塞的中心，却是一个有街有巷有教堂的小城市，任凭敌军困万千重，都可以我自岿然不动，在城中过着平常日子。如果能够时空穿越，真希望在战争年代来造访这个奇妙的地方，那就可以看到：在炮台上值守的军人换岗之后，一转身就可以从战斗的火线走回安宁的城市，在街头咖啡馆喝一杯热咖啡，到教堂里去做一个祷告，然后回到自家的床上睡一个好觉。

战争年代早已过去，但完美的要塞依然完美。我们沿公路穿过水域从乌龟头处进入城中。小城安宁，少见行人。顺着纵街走到小城中心就是那座有着高塔的教堂。教堂肃穆，里面的管风琴正在嗡嗡地奏响，有一种"鸟鸣山更幽"的意境。

小城的街上不但有咖啡馆，还有好几家卖古董的二手店。我们来到这个小城，缘起在二手店淘到的小瓷盘，在这里又碰到二手店，岂有不光顾之理？老板健谈，问我们是怎么知道这个地方的？我们告之来由，并出示"路条"——那个地图瓷盘。老板大笑，请我们继续淘。于是又淘到了好几件"宝"，其中有一对极薄的彩绘小瓷碗，碗底有中文题款：藏春亭，三宝造。看起来像是清朝的东西，反正不贵，买的是一乐，就当它是清朝的吧！

欧洲的心脏

    有一种说法把比利时说成欧洲的中心，因为欧盟的总部设在那里。也有一张欧洲地图把德国南部的菲森称为欧洲的心脏，我想是因为它正处在欧洲大陆的地理中心。但在我的心目中，偏于菲森左下方的那个小国瑞士，才是欧洲的心脏。紧挨着它的法国和德国是欧洲的左右肺叶。瑞士的人口一半讲德语，一半讲法语，可以视为这个心脏中一半流的是静脉血，另一半流的是动脉血。

    比喻当然是跛足的，但我把瑞士比作欧洲的心脏，还有其他的理由：第一，它小而紧凑，但非常重要。从这块土地上走出来的两个人物加尔文和卢梭，对欧洲人的精神走向起到了决定性的作用，从而极大地影响到了欧洲的政治格局；第二，从经济上讲，如果欧洲发达的工商业是靠金钱的流动来维持的话，那么以银行为国家命脉的瑞士恰好是吸纳和输出资金流的金融中心；第三，心脏是被身体保护得最好的地方，其他部位可以受损再生，但心脏不能负伤，所以在两次世界大战的战火之中，欧洲的其他地方全都伤痕累累，血流成河，唯独中立的瑞士以弹丸之地却保持着一份珍贵的和平。并且此后被维持世界和平的国际组织联合国和国际奥委会选中作为它们许多机构的所在地，成为一个政治中心。有了这几个理由，瑞士作为欧洲的心脏，应该就是实至名归的了吧。而伯尔尼作为瑞士的首都，自然也就是瑞士的心脏了。

开车进伯尔尼是一种很特别的感受：开着开着，上了一座大铁桥，桥的左右不远处还有别的桥，桥下的阿尔河水陷在深深的峡谷中，那水呈现出一种深沉的绿。过了桥，就是瑞士的心脏——首都伯尔尼的老城区了。不经意地开车观景，忽然又开到了一座大铁桥上，下面又是深深的峡谷和河水，居然一下子就穿老城区而过了，这个袖珍之国的首都真的是很袖珍！

伯尔尼老城区古色古香，进入其中会有回到了中世纪的感觉。它的形状就像一个横放的字母 U，开口朝西，圆底朝东。这个城市的基座不是泥土，而是岩石。从北面雪山上流下来的阿尔河流到了这里，碰上了这块大石头，只能顺着它走并且围绕着它流过去，就像上帝用笔在这里画了一道弯，勾出了这个城市 U 形的轮廓。大概是因为上帝写得比较用力，这个 U 形的河谷也就陷得很深。后来人们为了交通的方便，在这个 U 形的河谷上建了一些桥梁，有用高高的桥墩支撑起来与城市地面齐平的大桥，以便通车；也有放低身段仅仅高于河面的桥，用于步行。大大小小的桥梁共有八座，把 U 字形的老城区和周边的地方连接了起来。这个 U 字形的半岛也像是一只袋子，基本上就把伯尔尼的主要东西装在了里面，而位于 U 字形开口处的一组建筑就是伯尔尼的中心火车站。

我们住的旅馆位置处在 U 字形的中间偏上，从这里走到火车站也就是十分钟的路，而这段距离也差不多正好是 U 字形的宽度，这样形象地一说，你就知道伯尔尼老城有多大了。瑞士是个弹丸小国，它不能以大立身，只能以小存世，于是选择了钟表作为自己精神和物质的象征，小而精确，小而精致，以小为美，以至于连它的首都都小巧精致得如同一只手表。你简直可以把在某些弧形街道上错落排列着的房子，看成是表中的一组齿轮。

这样小巧紧凑的一个城市，是完全可以用脚步来丈量的。但刚刚上街，就下起了大雨，好在伯尔尼的许多建筑都有雨廊，从一条条雨廊下走不了多一会儿，就已经把 U 字形的区域走掉了一小半。等到雨过天晴，从拦腰穿过 U 字形的一座大桥上走过去，欣赏着谷底清澈湍急的河水和沿着河谷错落而建的那些漂亮的建筑；蓦然抬首，看到在街道峡谷的两壁之间，赫然出现了一道彩虹，又粗、又大、又艳丽，赤橙黄绿青蓝紫，七色俱全，悬浮在透彻的碧空里，仿佛再往前走就能碰上你的额头。我一下子对刚才的那阵大雨充满了感激，因为是它把久违了的彩虹送到了我们眼前。

小王子的故乡

　　在里昂市最高处的小山上，有一座非常精美的伏维埃圣母教堂，在那里可俯瞰市景，看罗纳河穿城而过。和巴黎一样，里昂城区没有很高的楼。在巴黎老城只有一座蒙帕纳斯大厦像个傻大个不小心站错了地方显得有些煞风景；在里昂城区也只有一座高楼高出于众建筑之上，不过那不太像一座大厦，而像一座大谷仓。其实如果用现在中国人只有高楼大厦林立之地才算大城市的观念来看，说里昂是个大村庄也是可以的。

　　但里昂毕竟是法国仅次于巴黎的大都市，它的丝织业一度世界闻名。为了纪念这个一度世界有名的丝织工业，里昂市为它保留了一块立体的大壁毯——《丝织工人之墙》。这块大壁毯，其实是一幅一千二百平方米的大壁画。这么大的一幅壁画哪个博物馆能挂得下呢？只能挂在大街上一座六层楼房上供人观赏。事实上，这幅壁画把那座大楼当成了画布，既把画画满了大楼的一整片外立面，又把这一座楼完全画进了画里。站在马路对面看这座楼，左边是正常的临街红砖楼面，底层有门，上面每层有窗，上面有顶；右边也像是正常的临街楼面，底层开有店面橱窗，上面也是每层有窗，不过窗间的墙面爬满了各种各样的藤叶植物，就像是丝毯织成。再看楼的

216

中央，一条阶梯街道层层向上又节节向里延伸进去，宛如罗马城里西班牙广场前面的那个著名台阶。这条曲折向上的台阶街道，经过一座六层楼，再经过一个筑在半山的观景平台，又经过两座三层和四层的楼房，最后隐没于山顶上一座巨型建筑之前。那层层台阶上有人上山，有人下山，应该都是当年的丝织工人吧。但是当你想走进那条台阶路去体验一下当年丝织工人的生活，一定会被坚硬的墙壁碰痛了鼻子——那不过是画在楼房外墙上的壁画而已。

对我来说，里昂最重要的人有两个：一个虚构出的小孩，一个真实存在过的大人。那个小孩子是童话小说《小王子》中的主人公，那个大人则是《小王子》的作者圣埃克絮佩里。在里昂市中心的广场上，国王骑着骏马站立在阳光之下，而圣埃克絮佩里则坐在树荫下的一根石柱上，手托着下巴在静静思考。

有许多长大了的人不再读童话，有许多故作高深的作家也羞于写童话，但是我要说，许许多多为讨好成年人而写的大部头作品，在几本薄薄的童话书面前形同废纸，这几本童话书是王尔德的《快乐王子》、约翰·巴里的《彼得·潘》，还有就是圣埃克絮佩里的《小王子》。在语言的华丽优美方面，王尔德是无与伦比的；在想象力的自由飞翔方面，约翰·巴里是无与伦比的；而在语言的优美和想象的自由这两方面，圣埃克絮佩里都是无与伦比的！

圣埃克絮佩里生于1900年，1922年在军队获得飞行员证书，20世纪30年代任试飞员、法国空军武官及《巴黎晚报》记者，1939年任侦察机飞行员，1944年在北非执行一次飞行任务时失踪。他从飞行生活中既发现了英雄行为的源泉，也找到了一种新的文学主题，写下了《南方信使》《夜航》《人们的世界》等几部小说。但他最重要的作品，是写于他生命消失前一年的《小王子》。许多读过《小王子》的人会认为他就像约翰·巴里笔下那个永远长不大的小飞侠彼得·潘。他确实是小飞侠的继承人，只不过把自由飞翔的范围从地球扩大到了奇异的星际空间，他笔下的那一颗颗行星，远比宇宙中真实的星星瑰丽迷人。对全世界喜爱小王子的人来说，他就是那个小王子，不肯长大，永远不会长大。他的心因纯美而透彻，因至善而博大。

圣埃克絮佩里的迷人，不仅在于他诗意的生，还在于他奇异的死。在他四十四岁那一年七月的最后一天，他驾着飞机离开基地所在的科西嘉岛，从此人机双失，再也不见踪影，就像小王子回到了他的星球上。据说数年前在科西嘉附近海域找到了一架飞机残骸，被证实就是他驾驶的那一架，但是没有发现他的尸体。我想，像他这样的人，是可以只有灵魂而没有尸体的。在夜晚，当你仰望星空，会想象他在哪一颗星星上，像小王子一样照顾着他的小绵羊和玫瑰花。

要想知道他在法国人心目中的位置，可以从这两件事中看出：一是在欧元面世之前，五十法郎的钞票上印的是他的头像；二是里昂的飞机场就叫作圣埃克絮佩里机场。

香榭丽舍，善哉丽哉

对于全世界的文化人来说，巴黎是一个艺术的圣地。首先要去的地方当然是凯旋门，这座从拿破仑时代建造起来用以纪念战胜凯旋的建筑，坐落之处是一个广场，四周有十二条道路交会于这个广场，或者说有十二条道路从这个中心广场辐射出去。从上往下俯视，广场如星，道路则像散射出去的星光，于是这个广场就叫作夏尔·戴高乐星形广场。广场上的凯旋门是纪念拿破仑的，广场却用戴高乐来命名，可见这两个人物在法国人心中的位置。

站在凯旋门下向外面的那条主要大道望去，数公里外又是一座凯旋门，不过那是一个新潮的凯旋门——拉德芳斯新区的现代建筑，一个比老凯旋门更高更大的方形建筑，中间的大方洞可以看成一个门。和巴黎老城区的古色古香相比，拉德芳斯门后面是一个新型的巴黎，所有的建筑都是现代乃至后现代风格的，建筑的外立面不是传统的石头，而是色彩斑斓的玻璃幕墙，幕墙之间互相映衬着，形成一组光与影的游戏。

站在星形广场上向里面的大道望去，两公里之外又是一个著名的广场，那就是比星形广场更古老的、竖立着古埃及方尖碑的、可以视为巴黎心脏的协和广场。协和广场后面是杜伊勒里公园，公园后面就是全世界艺术家们的朝圣之地卢浮宫。而连接着协和广场和星形广场的这条大道，就是可以称为世界第一大道的香榭丽舍。

香榭丽舍，这个美丽的名字不知道是谁翻译的，四个方块汉字，花都第一街上的色、香、味、形，还有那盎然的生机和款款的诗意，全都包含在其中了。其实香榭丽舍这个名字是由两个词组成的，一个是 Champs，一个是 Elysées，完全音译，应该是：山姆斯，爱丽舍。法语的发音把前一词后面的 S 和后一词前面的 E 连读在了一起，就成了"山姆塞丽西"，用汉语翻译时，山姆二字可以合为一个香字，于是就成了"香塞丽西"。但香塞丽西显然不够典雅，那么，稍加改动，变成"香榭丽舍"，于是翻译的三要素——信、达、雅，全都有了。不过，翻译有时候还能够翻转出一种趣味，要是我，就把"山姆塞丽西"翻成："善哉丽哉！"在意译上可以与"香榭丽舍"比美，在音译上似乎还更接近一点。

即便是像巴黎这样的欧洲大都市，只要你愿意行走，完全可以用脚步丈量这个浪漫之都。路线设计得当，从一个景点到另一个景点，每两点之间都不会超过两站路。当然，大部分游客都不会有这么多的闲暇用来步行，那么，巴黎还给你提供了一样绝佳的交通方式，那就是乘地铁。

在雨果的时代，他好像说过，巴黎有两个世界：地面上的是街道，地面下的是下水道。巴黎的下水道不仅宽大，而且四通八达，在那里面发生过许多故事，因而是小说家喜欢的地方。而现今的巴黎，却有着三重世界：地面上是街道，地面下是下水道和地铁。巴黎的地铁密如蛛网，不是几条线，而是数十条线，其中好些条线路又从中段分出支线，通向不同的端点。这些地铁有的是一百年前就开始运营的，线路和车都老得掉了牙，但还在被现代的巴黎人使用着；而有的则摩登到了完全不需人来驾驶，就是一列两头空空的电动平板车。刚拿到地铁地图时一眼望去，只见各种颜色的线路交织在一起，错综复杂。但是坐过几回，再拿一张巴黎地面的地图和它参照起来看，把地面上的地点和地铁站的站名对应起来，就会发现这张密密麻麻的蛛网其实有条有理，你只要认定你要去的目标和搞清楚换乘点就行了。

坐车要买票，这是天经地义的。为了防止乘客逃票，经营方自然会派人查票。在德国和荷兰坐火车时，几乎每次都碰到工作人员查票。查票员彬彬有礼并且通情达理，有一次我们买的是普通等级的车，却堂而皇之地坐上了高等级的车，查票的女士见我们并非故意占便宜，只说下次不可以，并未为难我们。朋友告诉我们，在巴黎乘地铁如果逃票，被抓住会被重罚，可我们在巴黎来来回回坐了八九天地铁，在车厢里见惯了唱歌拉琴卖艺的，却从未见到一个查票的。由此可见法国人对艺术的热爱，也可见法国人对工作的疏懒。走出地铁时，看到一个卖艺的人正在引吭高歌那首普契尼的咏叹调《今夜无人入睡》，但我觉得那歌词应该改成："今天无人查票！"

珍珠项链莱茵河

说莱茵河是一条珍珠项链，是因为它串起了沿岸的那一个个美丽的城市：杜伊斯堡、杜塞尔多夫、科隆、波恩、科布伦茨、宾根、威斯巴登、美因茨、曼海姆……珍珠太多，在一篇文章中难以细数，就只说科隆、波恩、科布伦茨和美因茨这四颗吧。

旅游者到科隆最主要的目的就是看科隆大教堂。科隆的火车站就在大教堂的边上，这给了游客极大的方便。而大教堂和火车站又都在莱茵河的边上，从火车站伸出的大铁桥就从大教堂的旁边跨过莱茵河，这又给了游客观赏莱茵河的景色以莫大的方便，出了火车站就可以看大教堂，出了大教堂又可以看莱茵河，在大铁桥上，莱茵河风光尽收眼底，科隆这个城市的主要印象也就留在心里了：一条河，一个城，一座大铁桥，一个大教堂。从河对面回头望，大教堂和大铁桥仿佛成为一个整体：石砌的尖塔是高高的一竖，钢铸的铁桥是长长的一横，塔楼指向天际，桥梁跨越波涛，一个象征着信仰，一个代表着生活。而把这两者紧密地联结在一起的，就是火车站。

波恩呢，老城区不大，不急不忙半天就把主要的景点看完了。剩下的时间就是闲逛，在莱茵河边看水，在大草坪上看人，坐在老市政厅广场上听一群唱诗班模样的男女青年们唱歌，他们一边唱着一边向广场上的人们散发着宣传基督教的小册子。他们充实而快乐地唱着，音符是艺术，歌词是宗教，头顶是阳光，阳光下鸽群觅食，人群休憩，在这样的星期天，歌者是幸福的，听者也是愉快的。波恩给人的总体印象是：平和而朴素，除了波恩大学主楼上的金饰显得雍容华贵外，这个城市看不出曾经当过联邦德国的首都。也许，像波恩这样的城市，就像一个自信的学者，是不需要穿戴什么过于鲜亮的衣冠来为自己长脸的吧。

科布伦茨，一个安宁优雅的小城，位于从卢森堡流来的摩泽尔河汇入莱茵河的夹角处，这个夹角，就是著名的德国之角。如果在科布伦茨登上 KD 公司的游轮，向上游的美因茨驶去，就是莱茵河水上游览的经典路段，大约百公里的沿河两岸，山上坐落着数十座风格各异的古城堡，而古城堡到河边的斜面则由大片葡萄园覆盖着。不说古城堡，简单的文字描绘不出古城堡的形象；也不说葡萄园，了解葡萄园最好的方式是品尝它出产的酒。但是却不能不说一说莱茵河的水，河水丰沛、干净，甚至可以说清澈，在船与岸之间映照着两岸的风光，让人心旷神怡。

但是莱茵河也曾经有过污染严重的时候，因为它是一条跨国界的河流，当流经的数国都对它采取不够负责任的态度时，它的污染就是不可避免的。莱茵河水的由浊变清，是与欧洲趋同的步伐一致的。只有当沿河各国价值观趋同时，才能建立起有效的协同机制，加强各国政府之间、部门之间和各地方政府之间的治污协作。为此瑞士、法国、德国、卢森堡和荷兰在巴塞尔成立了莱茵河防治污染委员会，商议对策，互通信息，协调整个流域的治理行动。第一是定点管理和减排，沿岸国各城市污水的减排指标在登记表上一目了然，地面溢出物对河水表层的污染通通登记入册，并规划出相应的治理措施；第二是建立减少慢性污染的预警和报警系统；第三是共同落实整治措施和资金的投入。如果不是这样，那么装饰莱茵河的那一串珍珠，也就成为一颗颗啃噬莱茵河的牙齿了吧。

乘游轮游览莱茵河，上午在科布伦茨上船，到达美因茨是傍晚，游轮靠码头时，夕阳把它的光辉斜斜地洒向城市，数个教堂塔楼高出斑驳的城市屋顶，便被镀上一层神圣的金色。

那几个鹤立鸡群的尖顶，一个是圣马丁大教堂，一个是圣史蒂芬大教堂，还有一个是选帝侯宫。关于教堂，没有什么可多说的，欧洲任何一个城市的主要景观都是教堂，主题一致，风格各异而已。关于选帝侯宫，倒值得多写几笔。选帝侯是德国历史上的一种特殊现象。这个词被用于指代那些拥有选举德意志国王和神圣罗马帝国皇帝的权力的诸侯。1356 年，卢森堡王朝的查理四世皇帝在纽伦堡制定了著名的宪章金玺诏书，正式确认大封建诸侯选举皇帝的合法性，确立了帝国的七个选帝侯，美因茨大主教就是其中之一。中国人对此会大感诧异：皇帝也可以选举么？

欧洲有些皇帝确实是由选举产生的，这或许就是我们应该了解欧洲的理由之一。

慕尼黑的黑色、白色和彩色

傍晚时分，坐在慕尼黑国家剧院前面的广场上看一道风景。

那一道风景其实是人，是男男女女老老少少高高矮矮胖胖瘦瘦的慕尼黑人，男的西装笔挺，女的长裙曳地，双双对对三三两两地往那个由罗马柱撑起的端庄气派的建筑里走。今晚那里面上演的是歌剧《托斯卡》。坐在那儿闲看闲想，却有一些感慨涌上心来。歌剧《托斯卡》中最有名的咏叹调是《为艺术，为爱情》，慕尼黑人像托斯卡一样爱艺术、爱生活，但也像托斯卡一样有着浓重的悲剧色彩。因为提起慕尼黑，你不可能不想到两个黑色的事件。

一个是1938年的《慕尼黑协定》：英国首相张伯伦、法国总理达拉第以及德国、意大利的法西斯元首希特勒、墨索里尼在慕尼黑举行四国首脑会议，上演了一出出卖捷克的政治丑剧。这个协定的签订不但没有换来张伯伦所宣扬的"时代的和平"，反而急剧加速了第二次世界大战的爆发。另一个是发生于1972年第二十届奥运会时的慕尼黑惨案：五名巴勒斯坦"黑九月"分子突然袭击了奥运村，抓住九名以色列运动员和两名以色列保安人员作为人质，最后杀害了他们。德国人在这一恐怖袭击事件中倾尽全力试图解救人质，可惜未能成功。

但在黑色的耻辱和遗憾之外，慕尼黑也有一对圣洁的儿女可以引为自豪：他们是舒和兄妹。哥哥汉斯二十四岁，妹妹索菲二十二岁，1943年2月，他们在慕尼黑大学散发反纳粹传单，被盖世太保处死。舒和兄妹的信仰是：纳粹这样的暴政没有理由在我们这个星球上存在。在他们的传单中，预言了当今欧洲统一的基本原则："新欧洲的基础是：言论的自由，信仰的自由，保护国民不受国家暴力的任意欺凌。"六十年之后，在法国前总统吉斯卡尔·德斯坦主持起草的《欧洲宪章》中，可以一字不差地找到这些话。

于历史上的黑白分明之外，现今的慕尼黑是彩色的，圆盘状的老城就是一个调色盘，调色盘的把手就是老城区入口的卡尔广场。由一圈圆环路包围起来的老城区实在不大，从西头的卡尔门走到东头的伊萨尔门，大概半个小时就可以了。当然，那只是快步穿越所需的时间，如果认真地游览再加上一些品味情调的流连，那时间就不好算了。因为仅这一小段路就串起了两个广场——弗劳恩广场和玛丽亚广场，四个教堂——米夏埃尔教堂、弗劳恩教堂、彼得教堂和圣灵教堂。而且四个教堂风格各异：米夏埃尔教堂高耸肃穆，弗劳恩教堂雕刻得华丽到了烦琐的程度，彼得教堂小巧端庄，而圣灵教堂则精致漂亮。在这一条大街的南北两侧，由环路围起来的圆圈里，又坐落着统帅堂、王宫、王子宫、王宫花园、国家剧院、市政厅、宫廷啤酒厂、音乐厅广场、市博物馆、德国渔猎博物馆、阿萨姆教堂，等等。夸张一点说，慕尼黑是一个用艺术品当砖建起来的城市，街边的房屋是立在书架上的图书，脚下的路面是五线谱，随便一阵风吹起来的都是音符。

说随便一阵风吹起来的都是音符，还真不是夸张。从卡尔门到伊萨尔门之间的这条大街，可以说就是一条卖艺者之路；而中间的弗劳恩和玛丽亚两个广场，就是两个露天大舞台。上午从这条大街由西向东走，不时穿过街边单个卖艺者们用小号或长笛营造起的声音区域。而到了弗劳恩广场上，就有较具规模的表演团队摆开了场子……傍晚，又从伊萨尔门由东向西经过这个广场，这时候广场上的人比上午更多，出摊的演出者也比上午更多，首先听到和看到的是一个室内乐队，却堂而皇之地在露天广场的中心演奏，不但小提琴、中提琴、大提琴像各种兵器排列于阵中，就连三角钢琴也装上轮子推了出来，威风凛凛，活像一辆装甲车，这种街头演出的阵势在国内可是见不到的。只见主奏的小提琴手激情勃发，琴弓飞扬，头发飞扬，神采更是飞扬得不可一世！虽然不时有观众上前投下半个、一个乃至三五个欧元，但我想他从中得到的快感，是远胜于地上那一堆硬币和钞票的。正所谓醉翁之意不在酒，而卖艺者之乐不在钱，在乎与围观者共鸣于天地之间耳！

西班牙的"太行山"和"长城"

西班牙的土地和欧洲其他国度的青山绿水丰饶田野不太一样，刚出首都马德里就是一片干旱的荒原，恍惚是行走在中国新疆的某个地方，这或许正是西班牙相比于温润的中西欧国家多了一份干燥、热烈和野性的原因。出马德里百公里后，车子离开了高速公路，进入一条山间公路。一入山间，车窗外颜色由黄转绿，风景大异。开到高处停车观景，前面是层层叠叠的山峦，下面是苍苍碧碧的峡谷，峡谷中是凝如翡翠的水潭，心情又开始恍惚，觉得是开进了中国的某个大山里。远处山崖上岩石层叠的纹路和质感，分明像是壁立千仞的太行山。西国自驾游，第一站竟像开回了国内，这种感觉，前所未有。而作为当日的目的地的那个山中小镇阿尔布拉辛，想必就在那层峦叠嶂的"太行山"中吧！

但是这条通往小镇的山中公路，却让我们越开越觉心慌！心慌的原因在于油。从马德里到阿尔布拉辛二百七十公里，出发时车上的油表显示还可以开二百八十公里，刚够开到目的地。可是自从进入这条山间公路，看到前方不时有山鹰低旋，路边常有小兽奔跑，却再也没见到一个加油站。于是心情和血压便随着山路的升高和降低而忐忐忑忑、起起落落。上坡时不敢乱轰油门，下坡时尽量少踩刹车，那才叫个心神不宁！阿弥陀佛，上帝保佑，就在油表上的数字快要归零之时，车子过了一个山坳，我们看到了前面山峰上高高耸立的城墙和城堡，那是山中小镇阿尔布拉辛的标志，谢天谢地，我们到了！

　　旅馆是在网上订好的，给车加完油去找这个旅馆，却怎么也找不着。但 GPS 显示，目的地就在附近！我们心中诧异：这条路我们已经来来回回开了好几趟了，怎么就没有发现有个旅馆呢？于是放慢了车速，愈加留心，还是没看到有什么旅馆，不过发现公路边有一条极为狭窄的乡村路，窄到甚至开不进一辆车去，窄路的尽头只有几间极为简陋的村屋，充其量也就是农村里的马厩或谷仓，难道这就是在网上颇受好评的卡塞隆德拉芳特旅馆？但除此之外，附近看不到其他房屋，也只好先开下去探一番究竟。因为小路实在太窄，只能先扳倒越野车的两只大耳朵（后视镜），然后一人在前指挥，驱车慢进。这条小路两边用片石垒起，在视觉上显得特别窄，真正把车开下去，其实还是可以通过的。小路尽头，是一座农舍样的建筑，古旧拙朴，却并不简陋，农舍门前有阶梯转折而下，这座建筑的实际部分远比我们在公路上看见的简陋屋顶要大许多，原来正是粗陋的片石屋顶蒙蔽了我们，让我们远看觉得像个马厩，其实是一家很有特色的乡村旅馆。这座房子的前身是一个水磨坊，房屋依山势而建，有好几个梯级，山溪水沿级而下，冲动设在其间的水磨。水磨坊现在虽已扩建改造成为旅馆，但原先的水磨和溪水流过的渠道都还保留着，上面用玻璃覆盖，成为走廊上透明的地板，里面有灯光照着，让客人看见潺潺山溪之水无声地从脚下流过，成为这家旅馆中的一个独特的景观。旅馆的房间古香古色，门窗和梁柱，室内的橱、柜、桌、椅、床，全都是有年头的老木头制品，配以手工锻打出的铁器饰件。

住下来后进镇逛街时才知道，铁器饰件是这个山中小镇的一大特色，镇里每家每户的门头和窗棂，老木头上都镶嵌着各种各样的锻铁或铸铁饰件。阿尔布拉辛是一个地地道道的山镇，所有房屋都高低错落地建在山上。房子的大小式样虽各有不同，但几乎都是赭红色的：淡赭色的石墙，深赭色的瓦顶。唯有教堂钟楼的塔顶是用蓝白相间的琉璃瓦。在这一片赭红色之上，那艳丽的蓝白色尖顶格外醒目，像从高天上撕下来的一片蓝天白云。

而在比教堂塔顶更高的山脊上，赫然耸立着一道长城！没错，那确实是一道长城，是古代留下的军事建筑，虽然没有北京八达岭的长城那么长，但也把这个山中小镇环绕在了它的防护之下。这一天我们开行的路虽然不远，但先是穿过了西班牙的"太行山"，然后夜宿在西班牙的"八达岭"下。这个西班牙大山深处的小镇似乎没有多少中国游客来访，但绝非和中国毫无关系。拾级而上走进一家店里，迎面摆设着一对硕大的象牙雕刻，一根上刻的是虎牢关三英战吕布，另一根上刻的是猛张飞喝断当阳桥！

吉罗纳的香味

　　吉罗纳离巴塞罗那一百公里，驱车前往，一路上是起伏的丘陵地带，路两边是美丽的乡村风景。我们住的旅馆坐落在吉罗纳城边的小山上，居高临下，小镇风光尽收眼底。

　　吉罗纳处于四条河流的交汇之处，穿城而过的这条小河叫欧尼亚尔，把小城分成左右两半。右边是偏现代化一点的商业区，左边则是保留着中世纪风貌的旧城区，那部很有名的法国电影《香水》，有不少外景就拍摄于这里。吉罗纳虽然被河流分为两半，实际上还是一个整体，小小一个镇，竟有十一座桥梁将左右岸紧密地缝在一起，而从这些桥下流过的小河，与其说是交通的障碍，不如说是为这个小镇增添风韵的长长的镜子。在这些连接两岸的桥梁中，有一座特别值得一提：这是一座铁构镂空框架的红色桥梁，从远处看，就像是一座袖珍的埃菲尔铁塔被放倒在了欧尼亚尔河上，卡在河两岸的房子中间。是埃菲尔铁塔吗？没错，这座桥的设计者就是那位设计了巴黎埃菲尔铁塔的人——居斯塔夫·埃菲尔。铁桥建成的时间是1877年，比1889年建成的巴黎埃菲尔铁塔早了十二年。走到埃菲尔铁桥中间俯视河流，两边彩色的房子的倒影映在河中，一阵微风吹过，整条河面便都铺满了五颜六色的马赛克。

傍晚的漫步路线是从小镇一端的加泰罗尼亚广场走过古老的石桥，沿着河边看对岸老城区的风景，再经过埃菲尔铁桥，在独立广场的廊沿下寻找旅游书上介绍的某一家特色餐馆。宽大廊沿下的地面由黑白两色瓷砖铺成，像国际象棋的棋盘，如果圈出八八六十四个格子，再摆上棋子，就可以成为车、马、士兵交战的战场。这个独立广场的得名确实与战争有关，是为纪念当年西班牙人反抗法国入侵而赢得独立所建。继续沿右岸步行，行不多远就看到了在河对岸高台上岸然端坐着的吉罗纳大教堂，这已是小镇的另一端了。

　　一个很小的城镇，有一个很大的教堂，应该足够了吧？不，吉罗纳的居民除了这座吉罗纳大教堂外，就在比肩之处还有另一座罗马式与哥特式混合的圣费立乌教堂，体量也不小，而且那哥特式的尖顶比大教堂的塔楼还要高。在一本介绍吉罗纳的旅游书中，我看到一张照片：置于圣费立乌教堂那哥特式尖顶之前的是一个由八根石柱撑起的穆斯林式拱顶，心想这小镇中莫非还有一座伊斯兰清真寺不成？看了介绍，才知道那是一个建于 12 世纪的阿拉伯式澡堂，在两座庄严肃穆的大教堂之间，给吉罗纳小镇透出了一股世俗生活的氤氲之气。但为了找到这个人间的澡堂，却费了不少周折，因为照片给人的错觉，看起来澡堂的拱顶和教堂的塔顶差不多高，可向高处寻找，怎么也找不到。后来钻进大教堂边上的一条幽静的小巷，才发现澡堂原来深藏其中。原来澡堂上的那个拱顶其实很矮，只不过是被摄影者用仰角和教堂高高的塔顶拍在了一起。

　　黄昏天色渐暗，沿着河左岸穿过吉罗纳小巷密布的老城，街头飘着一阵香气，当然不会是电影《香水》中那个异人制造的夺魂香水，而是路边一家甜点店散发出的气味。甜点店的橱窗里摆着一种奇怪的甜点，就像是从要拆迁的旧房子上敲下来的石灰水泥块，出于好奇买了一块尝尝，味道虽然不似水泥石灰，但也谈不上美味。其味不美，其貌甚丑，却是这家店的主打产品，不知其中道理何在？不过这家店的另一款橙味巧克力，倒是香甜可口。在老城区街头的露天餐桌上喝着啤酒，看着暮色渐浓，街灯亮起，然后在暮色与街灯混合的朦胧光晕中散步走回山上的旅店，回头望时，一轮明月已将小镇的屋顶都镀成了银色。

第二天又逛了半天，想开车离开时，却发现我们的车因为停错了位置被警察拖走了。街边一个正在喝咖啡的老者看见我们站在那里抓瞎，上来热心相助。只见他拦住一个刚好路过的中年绅士，从我们身前捧起一团空气，然后移到那中年绅士的面前放下——虽然我们听不懂西班牙语，但那肢体语言是明确无误的：这几个外国人遇到难处了，作为吉罗纳人，你得帮他们！那中年绅士倒会说一点英语，请我们等他片刻。十分钟后，他开来了自己的车，请我们上车，把我们载到数公里外当地交警的停车场，看我们找到车子，办完领车手续，他完成了老者的托付，才放心与我们告别。

后视镜中吉罗纳渐渐远去，但其香味却在车中久久不散。

罗马假日

把罗马和电影这两个词放在一起，你立刻就会想起经典的老电影：《罗马假日》。其实格里高利·派克和奥黛丽·赫本演的只是一个温馨的小故事，但是因为发生在罗马，再加上两位演员特有的魅力，竟使得这部片子意味无穷。我们是在 6 月 2 日走进罗马的，这可是一个真正的罗马假日——意大利国庆节。

清晨进入这座永恒之都，首先驻足之处就是西班牙广场。这个地方因为太出名了，平常游人满满，想照张相都找不到空地方。但今天不知道是否是因为国庆节的关系，一向热闹的西班牙广场居然难得的清静。沿着台阶向下走去，发现这片台阶的格局有点儿像南京中山陵那一片大台阶。台阶下行的尽头是破船喷泉，《罗马假日》中奥黛丽·赫本就是从城里街道出来，走过了破船喷泉，坐在西班牙广场的台阶上吃冰激凌的。

电影中镜头推向西班牙广场的路径和我们进入西班牙广场的方向完全相反。摄影机跟着赫本演的公主从派克演的记者住的公寓中出来，走上大街，在街头理发店将长发剪短，然后走过著名的许愿池，拐过一个弯，就到了破船喷泉的街口，画面中的西班牙广场就在喷泉后面沿阶向上，最高处耸立着两座漂亮的塔楼——这是罗马最经典的美景之一。

第一次来罗马，要看的都是经典中的经典：西班牙广场、许愿池、四河喷泉……四河喷泉四个角上的雕像，代表着欧非美亚四大洲上的四条大河，雕像从四边向中心倾斜而上，中心的底部是空的，而上方则是一个伸向天际的方尖碑。

据说巴黎的埃菲尔铁塔就是从罗马的四河喷泉雕像得到启发，想想埃菲尔铁塔，大致形状也确实如此，只不过那塔是钢铁做的，四只脚叉开得更大，中间的塔身伸得更高，而整个形状也更抽象而已。但是赫本公主和派克记者邂逅的地方不是在新潮的铁塔之下，而是在古老的石柱之间。他们在罗马的街巷之中流连，在四河喷泉的广场上徜徉，两人的足迹渐渐就变成了一条爱情小河上的浪花！

第一个转折是那个真实之口的雕像。派克大哥玩了一个善意的恶作剧来逗公主开心，假装被雕像之口咬住了右手！善良的公主情急之下，先是奋不顾身地帮他拔手，然后是看到手被咬掉的惊惧，再然后是发现手还完好如初的惊喜，一下子扑入派克怀里。如今我们来到这里，也把手放进那个雕像之口拍张照，但那一个经典的场景，却再也不会在别人身上重演了！

第二个转折是在圣天使城堡下面的台伯河边。我伫立桥上，看看河边城堡，又看看城堡下的河边，圣天使城堡是罗马建筑中的老演员了，在多部电影中都出过镜，较近的就有《达·芬奇密码》和《天使与魔鬼》，但只要看过当年《罗马假日》中圣天使城堡下面河边船上的那场舞会，它的其他出镜都相形见绌了。在那一场戏中，深宫中长大却渴望了解民间风情的公主，她的自由精神得到了最大程度的发挥，不但拒绝跟随王室派来的便衣警卫回去，而且为了解救她的朋友抢起吉他打翻了便衣，甚至跟随落水的朋友跳入河中。

当他们互相依偎着爬上河岸，浑身尽湿的两人情不自禁地深情一吻，完成了从友谊到爱情的升华。这就是在那一个"罗马假日"里发生的动人故事。

现在来说我们的这个罗马假日吧。这一天走在罗马的街道上，不时看到有拉着彩烟的飞机在天上飞过，彩烟的颜色正是意大利国旗的那几种颜色。而当置身于万神殿之中，从它巨大圆拱正中的那个直径九米天窗望出去，恰好有一架于空中警戒的直升机悬停在那个圆形天窗的中央，那情景真是奇妙。而当下午沿着帝国大道走向圆形剧场时，我看到大道两旁为上午国庆阅兵式而搭建的观礼台座席正在拆除。回国以后我在网上看到一个旅友写的博文和照片：他这一天和我们同在罗马，没有导游领路，也没有贵宾卡和请柬，居然误打误撞坐上了人家国庆阅兵的观礼席，观看了意大利风格的阅兵式，其中一个场景和《罗马假日》中的开片场景完全一样——狙击兵管乐团奏着乐跑步通过检阅台！

亚得里亚水，利古里亚风

　　意大利的版图像一条膝盖以下一脚踏进了地中海的小腿，而且穿的是高跟鞋。这条小腿的后面，是亚得里亚海；小腿的前面，是利古里亚海。意大利著名城市中，只威尼斯和博洛尼亚在亚得里亚海这一边；而那不勒斯、罗马、佛罗伦萨、比萨还有热那亚，都在利古里亚海那一边。热那亚和威尼斯，就是意大利这条美丽小腿前面的膝盖和后面的膝窝。

　　到威尼斯的时候是一个多云的天气，天上一层层的云浓浓淡淡，把云层下海水的层次也衬托得丰富起来，这是比大晴天更好的风景。有的时候一块蓝天从云层中透出，像少女笑得灿烂的脸，而那向旁边飞开去的云彩，则像是被风吹起的头发，并且是被焗过的，依然有深有浅。威尼斯是水城，建在水上，用贡多拉小船作市内交通，靠航海贸易在世界上建立起自己的地位。这个城市在一片水的包围中却时常显出它阳刚的一面，比如在基督教被迫害的年代，威尼斯人敢于将圣马可的遗体从君士坦丁堡运回自己的城市；比如它的城徽就是一只抱着福音书的雄狮。

　　回国后我在央视电影频道上看到过一部好像叫《威尼斯女人》的电影，女主人公是一个高级交际花，周旋于威尼斯的权贵和富豪之间，可是当一次瘟疫过后，罗马教廷的宗教审判所在威尼斯开庭，要把这个女人作为引起这场瘟疫的女巫处死。关键时刻，她的一个很有身份的情人勇敢地站了出来，为她辩污，承认自己与她有染，并且希望与她有染的其他男人们也站出来挽救她的生命。于是许多有钱有权有地位的绅士一个个地站了出来，承认与她有染，并且认为这个风流的女人其实是有恩惠于威尼斯的男人们的，威尼斯的男人们不能看着这个女人被当作女巫处死而无动于衷。这部电影极大地加强了我对威尼斯这个城市的好感，它的女人敢于蝶狂蜂舞，而它的男人则敢作敢当。

如果说威尼斯是梦幻之水，那么佛罗伦萨就是诗意之石，因为那里有太多美丽的石头：有米开朗琪罗用白色云石雕出的大卫；有用红色、绿色和白色三种石料建起的圣母百花大教堂，而这三种颜色恰是意大利国旗的颜色；佛罗伦萨还是诗人但丁的故乡，他的《神曲》可以看成欧洲文艺复兴的基石。意大利语就因《神曲》而定型，所以佛罗伦萨语据说就是意大利人的普通话。

从佛罗伦萨沿着阿诺河走向利古里亚海边，另一座名城就是比萨。用一句中国成语来形容，那就是倾城倾国——因为它有那座著名的斜塔。全世界各地的游客来到比萨，不看别的，就只为看一看斜塔。不过比萨之有名，不仅因为斜塔，还因为大科学家伽利略，据说他让一大一小两个铁球从斜塔上落下，用以证明万有引力。如果没有这个故事，斜塔的名气也许还不会有这么大。

从比萨沿着湛蓝的利古里亚海向西开行，就越来越开进了亚热带的风情，经过热那亚、萨沃纳，再经过摩纳哥，在前面等着你的就是法国城市尼斯。尼斯的字母拼法是 Nice，与英文中的"美好"同意。美好二字，颠倒一下，就是好美。把好字拆开，就是女子美。

尼斯既美好，又好美，特别是在它的海滩上，你可以看到众多的美女只穿一条丁字裤，在阳光下尽情地展露着女性的人体美。当一群嘻嘻哈哈的少女和少妇光着上身从你面前跑过，你似乎能感觉到她们跳动着的乳房，正在利古里亚温暖的海风中自由呼吸。

第十一辑

阿根廷探戈

　　轮船离开南乔治亚岛，在四边望去空无一物的南大西洋上开了四天，第五天凌晨天蒙蒙亮时，海平线上终于出现了一片人间灯火，心想，终于要靠岸了，前方那一条海平面上闪烁着的灯带，应该就是此次航行的终点——阿根廷首都布宜诺斯艾利斯了吧？

　　谁知还不是，那片灯光海岸是乌拉圭首都蒙得维的亚。南美洲东缘大致呈斜角的海岸线在乌拉圭这儿稍微凸出了一点点，蒙得维的亚就在乌拉圭海岸线凸出来的最南端，它的西面，是乌拉圭河和阿根廷的拉普拉塔共同形成的那个喇叭形出海口，喇叭口向东偏南。所以我们的船由南朝北开向这个宽阔的河口，在还没有转弯时，首先撞见的就是蒙得维的亚的这片灯火，要碰头拐弯，折向西再开一百多公里，驶入喇叭口的窄处，那才到达布宜诺斯艾利斯。而这碰头拐弯驶进河口的动作，恰像跳探戈时右脚上步之后，左脚向侧面深深地滑进一个长步！

　　到了阿根廷，要看的东西很多，但是最想看的，还是探戈。虽然在上海的大剧院和南京的保利剧院都看过来自阿根廷的探戈舞蹈团的表演，但感觉那已经不够原汁原味，就像一块阿根廷牛肉，做成了符合国际口位的牛排大餐，放在正规舞台这样的制式餐盘里端出来，熟是熟透了，但少了一点带血水的弹性和鲜活。所以在布宜诺斯艾利斯，非常想看一场当地的正宗探戈。

既然讲到正宗，当然要去寻找探戈舞的出生地。这个出生地，就是社会下层民众集居的博卡区。如果把布宜诺斯艾利斯比作上海的话，那么博卡区就是上海话中的"下只脚"，而探戈，就是由"下只脚"的男男女女跳的一种快速、肉感的阿根廷民间舞米隆加舞演变而来，也可能受到古巴哈巴涅拉舞的影响。此种舞蹈虽然出身不高贵，原是由卖浆引车之流、下层社会的情女欲男甚至是嫖男妓女于街头巷尾跳来取乐，或者当作互相援交的前奏曲来进行。但是20世纪初，探戈舞开始为社会公众所接受，到1915年已风靡了欧洲上层社会。知名作曲家所作的第一批探戈舞曲问世，大都活泼欢快。可是到1920年，曲调却变得伤感忧郁，舞步也随音乐深沉起来。

如今，作为探戈出生地博卡区，已经成了一个外来游客必去的重要旅游目的地。进入博卡区，你首先会被那里强烈的色彩弄花了眼！街巷两边的二三层楼房结构简单，样式简陋，显然不能和城里高尚街区的洋房比阔。但高尚街区的房子都是洁净优雅的石质外立面，可以精雕细刻，不能胡涂乱抹；博卡区由砖头、木板和铁片构成的房屋就可以完全不守规矩、不讲章法，怎么鲜艳怎么涂，怎么明亮怎么抹！于是鲜红、明黄、湛蓝、翠绿、冷青、暖橙、深紫，无所不用其极，也不管协调不协调。但是，当这些五颜六色毫无顾忌地涂满了这一街区的所有房子，不协调也成了一种协调！

在博卡区的街头有许多咖啡馆，几乎每个咖啡馆都有一对舞男舞女时不时跳上一小段探戈，以吸引游客坐下来买咖啡，或者与之合影挣点儿小费。但在这探戈发源地看到的街头探戈就正宗了吗？其实不然，一是舞者技不惊人；二来舞者的行头也不行，舞男的衣服有点儿脏兮兮的，使得风度减了分，舞女的网眼丝袜竟有抽丝破洞的，使得美腿褪了色。我想更为关键的是，这种招徕式的舞蹈使他们失去了真正舞者充盈心头的那份激情，只是摆摆姿态、做做样子而已。那腰、那臀、那腿、那脚，虽然也在扭动和踢腾，但男女舞伴之间少了那种互相试探、勾引的磁性张力！这就像一块阿根廷牛肉，虽然没有做得全熟，也没有用制式大盘盛装，而是切成小块用铁签子串烤了递给你，但是那肉质——恕我直言——已经不新鲜了。

那么在哪里才能看到比较正宗的、接近原汁原味的阿根廷探戈呢？

来南美之前妻在网上搜到有一个观舞的地方——托托尼咖啡馆。据说这是阿根廷最古老的咖啡馆，19世纪中叶由法国人开设，装饰典雅华贵，仿佛是从巴黎的香榭丽舍大街上直接搬到布宜诺斯艾利斯的五月大道上来的。内部的陈设不用细说，只要说博尔赫斯、爱因斯坦甚至希拉里·克林顿都曾光顾过这里，就可知其品位了。文人雅客可以在这里喝咖啡谈艺术，一般市民也可以把这里当餐厅用餐，而对我们来说，是把它当作看探戈舞的剧院来对待的。从傍晚的五月大道上步入这家咖啡馆，先打听好了看表演的事——演出地点是在地下层的一个小剧场，每张票二十美元。买好了票，看看演出开始还早，时间刚够吃个晚餐，于是找了一张餐桌坐下，开始点餐。我们对如何点阿根廷式的西餐完全没有经验，一人一份例汤外，看着菜单先点了一盘哈梦——西班牙式的火腿，又点了一盘土豆水果沙拉，按照中国人的习惯，觉得两个菜毕竟少了些，又在菜单上比画着还要再点些什么。那个帅帅的侍者小伙子在边上弱弱地用英语问了一声："女士和先生，你们是很饿吗？"妻说："我们不很饿啊，只是正常地吃一下晚餐。"侍者小伙说："如果二位不是很饿，我想这就已经够了。"这可真是体贴客人的钱包啊！于是我们从善如流，就吃这些吧，不够再点。一会儿菜上来了，沙拉一大盘，火腿一大盘，再加上配送的橄榄油抹面包，吃起来确实是足够了。吃完结账，两人不过四十美元，饭钱等同于观舞的票价，在这样一个有历史有名气有品位的地方用餐观舞，费用实在是不贵啊！

用完餐，去观舞，顺着阶梯下到地下层的小剧场，空间不大，小舞台可供五六对人跳舞；观众席的容量也不过数十人而已，看客依桌而坐，桌上可摆放酒和饮品，供你边看边喝。我们选了一张桌子坐下，同桌的是一对老夫妇，聊起来知道是英国人。少顷这里的侍者递上酒单，我们想这么便宜的票价，每人点杯饮料恐怕是必须的吧，于是一人点了一杯阿根廷产的马尔贝克红酒。但看到同桌的英国老夫妇一直到看完演出也没有点什么饮品，他们就只是来看舞的，而侍者也再没有来要求他们点点儿什么，于是知道什么都不点也完全可以。但我们每人点了酒也是对的，杯大量足，并且口味醇厚，最后结账，加上小费也不过十美元，于是深感阿根廷的价廉、物美。正在品酒时音乐响起，小舞台帷幕拉开，我们来此寻找的探戈之美，在我们眼前展现开来——

小舞台出现了20世纪初的博卡区街景，显然要比现在大红大绿的样子更接近当时的氛围。街上有工余的男人晃荡着走过，巷口有无聊的女士倚墙观景，渐渐地，他们的视线扫描到了一起，他们互相接近，开始跳舞。刚开始的舞姿，还是简单生硬的，并不时被街头暴力打断——有男人和男人斗殴，无非争雄称霸；有女人和女人撕扯，无非争风吃醋。但是渐渐地，混乱的街头开始有了秩序，在一位有头有脸的人物的整合下，那些争斗的因素，从肢体冲突进入了舞蹈动作和节奏形态，变成了左顾右盼、前俯后仰、探腿钩脚、大开大合的动人舞姿——这就是探戈了！男人的欲望，在舞蹈中；女人的勾引，在舞蹈中；从陌生到熟稔的接近，在舞蹈中；从亲密到腻烦的拒斥，也在舞蹈中。总之，从一场舞蹈中，你看到了阿根廷的世态百相。

探戈，从街头巷尾带点儿色情意味的民间舞蹈，到登堂入室进入上流社会的舞厅，与阿根廷一位著名人物的经历相同，这个人就是贝隆夫人艾维塔！在所有交谊舞中，探戈是表演成分最强的一种。艾维塔早年是演员，演过多种角色，也交际过各色人等，音乐剧《艾维塔》中女主角在舞蹈中不断换舞伴的经典场景就是她的真实经历。直到她遇上贝隆上校，一脚踏入了政治圈，走入了上升台阶，直到成为总统夫人。不知道真实生活中的艾维塔和贝隆是否是在跳探戈时一见倾心、两情相悦的？

我们观看探戈表演的托托尼咖啡馆位于五月大道上。五月大道是一条浪漫大道，与据说是世界上最宽的七月九日大道形成十字交叉。五月大道不长，但在政治和文化上的意义却极为重要。从七月九日大道开始沿着它向西走四五个街区就到了尽头，尽头处是一片绿地公园。公园前坐落着歌剧院，据说这是仅次于纽约大都会歌剧院和米兰斯卡拉歌剧院的世界第三大歌剧院，不知道当演员时的艾维塔是否在这个剧院演出过？反过来，同样从七月九日大道开始，沿着它向东走四五个街区便又到了头，尽头处是被称为玫瑰宫的阿根廷总统府，作为总统夫人的艾维塔，曾在这里住过应该是肯定的了。五月大道就像架在七月九日大道上的一根天平杆，一边的砝码是艺术，另一边的砝码是政治。贝隆夫人以深厚的艺术功底赢得民众、辅佐其夫君从上校成为总统。她的政治探戈跳得好，阿根廷人至今还很怀念她——从五月大道与七月九日大道的交叉处向南看去，乳白色方尖碑后面的白色广播大楼的整个侧立面，就是一幅贝隆夫人对着麦克风在演讲的勾线画像。

巴西桑巴

　　如果说，阿根廷的探戈像委婉的河流，那么巴西的桑巴就像奔放的瀑布。桑巴舞源出巴西，20世纪40年代流行于欧美。特征为简单的向前向后舞步，身体侧倾，强烈摇摆。桑巴有两种，一种是男女对跳的交谊舞，主要来源于1870—1914年间颇为流行的马克西克斯舞；另一种来源于更古老的非洲舞蹈，是在广场和街道上跳的节庆群舞。

　　在托托尼咖啡馆的地下小剧场里，探戈舞表演开始前，和同桌的那对英国老夫妇聊天，他们问我们下一站要去哪里，我们说要去看阿根廷和巴西交界处的伊瓜苏大瀑布，他们则是刚游过伊瓜苏大瀑布来到布宜诺斯艾利斯的。谈起伊瓜苏大瀑布，老夫妇俩十分兴奋，说你们看过尼亚加拉大瀑布吗？尼亚加拉大瀑布当然也很壮观，但和伊瓜苏大瀑布一比，就成小弟弟了！并且说，你们到巴西，除了看伊瓜苏大瀑布，还要去看一场桑巴舞，就如同到了阿根廷要看这一场探戈一样。

　　离开布宜诺斯艾利斯，我们就到了伊瓜苏大瀑布，先是从阿根廷这一边走向大瀑布，进入伊瓜苏国家公园，乘小火车穿越丛林到达伊瓜苏河边，再踏上步行栈桥。栈桥约有三公里长，架设于河面和散布于河中的洲岛之上，桥下的河水如湖泊一样宽广也如湖水一样平静。但当从栈桥走到尽头的观景台时，突然间涛声如雷，刚刚还波平如镜的水面陡然出现了一道深渊，像一个无形的轮锯将它面前的大片翡翠狠狠切割出一条巨缝，在裂缝处，只见碧绿的翠玉破碎成塌落的玉粉，飞溅起漫天的白沫，定睛定神一看，这就是伊瓜苏大瀑布了！

　　在观景台上刚刚站定，浑身就已被飞腾过来的水沫打湿。此时我们是站在阿根廷的国境线上，对面巴西一侧，大瀑布之水正以雷霆万钧之势倾崖而下，同时谷底溅起的水沫以大雾弥空之势升腾而上。此情此景，很有点儿像站在陕西与山西两省的交界处看黄河上的壶口瀑布，那滚滚黄涛，咆哮而下。李白大概就是在那里，才写出"黄河之水天上来"的；冼星海也许就在那里，才得到创作《黄河大合唱》的灵感的。但此刻我站在白浪滔天、巨流泻地的伊瓜苏大瀑布面前，感受到的只是大自然的奇观和伟力，和这样的大瀑布一比，世界上其他的瀑布确实只能算是小弟弟了。如果把中国贵州的黄果树瀑布可以看成一棵树的话，那么伊瓜苏大瀑布则可以看成由数百棵树形成的森林——在它四公里宽幅的跌落面上，共有二百七十五股泻瀑和急流，跌幅在六十米到八十米之间，腾起一百多米高的雾幕，如此规模和气势，堪为瀑布之最。

　　因为地形的限制，在阿根廷这一侧看到的瀑布，只是伊瓜苏瀑布群最前端的一个跌落处，这个跌落处呈马蹄形，平阔的河水最先在这里跌入深渊——有一句形容伊瓜苏瀑布的话就叫"大海泻入深渊"。而我看着这个把"大海"吞入深渊的半圆形漏斗，想起了一个词：血盆大口！但因这里没有血，吞进绿色的河水，喷出雪白的飞沫，所以可称为"雪盆大口"。若更耸人听闻一点，可以叫作

"地狱之口"。导游说，"地狱之口"这个说法挺有意思，但在伊瓜苏瀑布的巴西那一侧，倒是真有一处观景点是被叫作"魔鬼咽喉"的。

从阿根廷一侧看伊瓜苏大瀑布，看的是一个点——被称为"大水"的伊瓜苏河千里流来，碰到第一个马蹄形的漏斗口，于是轰然泻落！如果用手机卫星地图从空中俯瞰，就可以把伊瓜苏河由平宽陡然陷入深窄的形势看得很清楚：伊瓜苏河浩浩荡荡，迎面碰到的这个半圆形断崖虽然凶险，但不足以把整条大河都吞入口中。其余的河水绕过这张迎面的大口，向两侧迂回着继续前进。但它们不知道，从此处开始，平阔的河床变成狭窄的一长条深壑，无论河水如何迂回，最后都会在这一条大裂缝的二百多处断崖和缺口跌入深渊！如果把河水想象成一支在平原上正步行走的大军的话，那么突遇险境，成千上万的士兵猝不及防、慌不择路地纷纷跌入深渊陷阱，那种惊恐万状、那种人仰马翻、那种呼天喊地，实在惊心动魄！但这毕竟只是河水，平整一片是水，千粉万碎也是水，这种瞬间的跌落，反而激发出了水中蕴藏的巨大激情和能量，顿时激流泻地，水雾弥空，宛如跳起了狂野的桑巴！

第二天，我们再次由巴西那一边走向伊瓜苏大瀑布，就是沿着这条四公里长的深谷向里走，一路只见处处飞流，崖崖悬瀑，处处腾雾，上升气流托着鹰群在上空盘旋，最后沿着栈道走向"魔鬼咽喉"，虽然浑身都被水沫湿透，但举目四望，周遭全是从天而落的瀑布，漫天雾幕上处处悬着七色彩虹，有一种说法，彩虹是神与人之间联系的桥梁，那彩虹也就是天之使者了，那么在这里，"魔鬼咽喉"与"天使之虹"共同营造了一幅人间奇观！

伊瓜苏大瀑布，这是一脉大水跳出的狂野桑巴！到了巴西，当然还要看人跳的桑巴。桑巴舞票一百美元一张，比在布宜诺斯艾利斯看探戈贵多了。演出场所不是地下室里的小剧场，而是正规的大剧场，观众多为来自世界各地的观光客，想必巴西的桑巴舞，是他们必观的亮点之一。表演桑巴舞的剧场，不像演出歌剧和交响乐的剧场雍容优雅、文质彬彬，走进去，像是走进了一个生机勃勃的热带雨林。随着节奏强烈的音乐，表演开始，男演员大多是黑人，体格健壮、肤色油亮、肌肉凸显，但他们只是陪衬，这场桑巴舞的主角，是数位正值妙龄的巴西少女或少妇，有黑白混血的，但以白肤色的为主。她们头戴高大的华冠，上面缀满彩色羽毛；胸衣和丁字裤以蕾丝珠串为饰，但比这些华美装饰更夺人眼目的，是她们开朗奔放的笑容和那在激情舞动中热力四射的胸、腰、臀、腿——特别是那臀部，那种强烈的摇晃和抖动，仿佛不是人的身体能够做出的，而是装有一台强力马达在里面驱动！这就像伊瓜苏河，当她平缓流动时，你完全不能想象她会有多么狂野；而当她遇到了那个陡降的深谷时，不管不顾地舍身而下，生命中所有的激情都一下子释放了出来，我想这就是桑巴的真谛吧！

　　释放河水激情的，是瀑布；释放肉体激情的，是桑巴。要释放，首先要有足能的能量储备，如果伊瓜苏河不是一派大水，而只是一条溪流，那么即便碰到跌落，那形成的也只是像庐山三叠泉那样的细瀑，而不是壮观无比的瀑布群。同样如果不具备巴西人那样的丰胸、韧腰、劲腿，特别是那种充满动能的翘臀，是跳不出那种热力四射的桑巴的。要看巴西人的美臀，还有一个地方，那就是海滩。巴西美女跳桑巴时的臀部，是激情奔溅的伊瓜苏大瀑布；而她们晒太阳时的臀部，则是流缓宽平的伊瓜苏河水。在里约热内卢最著名的科帕卡瓦纳海滩，趴在沙滩上晒太阳的巴西美女们一律只穿丁字裤，将她们好看无比的臀部坦然呈现给天上的阳光和人间的目光。这种美景在亚洲的海滩上是看不到的，在欧洲的海滩上也难得见到，所以华人就把那海滩的名字科帕卡瓦纳戏称为"可棒可棒啦!"

日本小住观山记

　　之前数次来日本，基本都在行走中。对于外国旅游者来说，使用 JR 铁路周游券十分方便，从新干线到普通电车，从大都市到偏远小镇，一券在手，无不可达，而价格比正常车票优惠很多。问题在于买了这种方便实惠的周游车票，就要充分利用，打一枪换一个地方，才能使其物尽所值。而这次打算改一改方式，以住为主。朋友介绍说，他们有一位朋友 D 女士在日本工作生活多年，主业是为国内客户到日本来进行健康体检提供服务；D 女士在山梨县的清里高原有一套别墅可供住宿，于是我们三四家朋友结伴而行，来到日本清里做一周小住。

　　清里是个山中小镇，说出来大概没有多少中国人知道。要介绍清里这个地方，请容我从日本的群山说起——

　　日本的崇山峻岭，主要集中在本州岛的中部，统称为日本阿尔卑斯山。这片山地从北到南分为三条山脉：飞騨山脉为北阿尔卑斯；木曾山脉为中阿尔卑斯；赤石山脉为南阿尔卑斯。用个形象的说法，这三条山脉就像汉字"参"下面的三撇，造物主用大大的三笔将岛国日本的中间从上撇到下，第一撇上端是日本海，第三撇下端的静冈县濒临太平洋。从可收可放的手机地图上看：

飞驒山脉绵延于富山县和岐阜县的东边；最高峰枪之岳，海拔三千一百八十米，位于富山、岐阜、长野三县的中间点上。

　　木曾山脉从长野县南部到岐阜县和爱知县的交界处，高峰为驹之岳，海拔二千九百五十六米。

　　赤石山脉纵贯山梨、长野、静冈三县，海拔三千米以上的高峰有十座，最高峰白根山，海拔三千一百九十二米，为日本第二高峰。

　　这三条山脉相间又相衔，几乎纵贯了东京和名古屋之间的日本中部地区，被称为"日本的脊梁"。这三条斜纵的山脉又像一道三折屏风，隔开了日本的关东和关西。无论是东北尽头的北海道，还是西南海角的九州岛，都得对这片高耸的中部山地仰而视之。而富士山大概是不愿让日本之山的风头全被它们夺了去，才在东南边借着火山喷发奋力一跃，形成了与它们全然不同的山势和独领一尊的标高。

　　富士山南面数十公里处，在长野县与山梨县之间又有一条小小的山脉，因为有八个山峰，得名八之岳。八之岳既不与富士山比高，也不与日本的阿尔卑斯争雄竞险，只悄悄地在飞驒、木曾、赤石三条山脉相衔处偏东的一隅，安然经营着自己的一方小天地。它东南端缓坡上的一片森林高原，就叫清里。

　　清里是个小高原，海拔一千多米，空气清新，气候凉爽，为日本人的避暑胜地。清里有山峦，有森林，有宜于放牧的草地，有适于观景的谷壑，当然也有供人居住的房舍。朋友的房屋在一片叫作清里之森的林间别墅区，这套别墅是三座圆穹形房体，顶部和外立面覆以灰黑色的屋瓦，之间有通廊相连，形成三连星的格式。中间一座圆庐为共用的大客厅和厨房餐室，两边两座圆庐中各有几间房间为卧室。我们坐了大半天的车到达这里，安顿好房间后便外出散步活动一下身体；秋深日短，下午六点天就已经全黑了。从林中道路中间的空隙向上看去，深邃的穹庐上银河横陈，繁星满天，在城市的夜晚不可能看到这么亮和这么密的星星。那在夏日夜空张弓射箭立于中天的猎户星座，随着季节变换已经仆倒在天穹边缘，但那呈三连星状的猎人腰带，还是可以看得很清楚，就像是我们刚刚入住的那座三连星式的别墅。

清里这地方山好、水好、风景好、空气好，食材也好。在山下超市里买来上好的牛排自烤自涮，丰腴鲜滑。八之岳展望台下的缆车站餐厅提供自助餐，按中国人的经验，在旅游点提供的自助餐不过临时填一下肚子而已，不会有什么特别的美味，但这里的自助餐以清里产的各种高山蔬菜为主，丰富而味美。而清里产的葡萄酒、啤酒和清酒，口味也相当好。虽然有好吃好喝，但我们一行人来到日本，总不能只坐在别墅里掼蛋打麻将吧，玩还是必需的。于是主人除了安排在清里做休闲式的观景外，还驱车带我们到附近的地方去转转看看。

有一天是去五十公里外的轻井泽。轻井泽和清里的相同之处都背靠一座山，清里靠着的是八之岳，轻井泽靠着的是浅间山。浅间山是一座活火山，最近的一次喷发在 1783 年。晴天的时候，还会有淡淡的清烟从山顶火山口袅袅升起。轻井泽作为避暑胜地的名气要比清里大得多，17 世纪就有西方传教士来此建教堂盖别墅，所以城市房屋很洋气。又因为交通方便，新干线火车可以直接到达，所以比清里热闹得多。轻井泽车站旁边就是一个超大的奥特莱斯，将公园和购物场所合为一体，人头攒动，熙熙攘攘。轻井泽老城的街上也是店铺林立，游人如织，要穿越老城走入靠山的林中，才能找回在清里的那种幽静安谧。秋天的红叶也如春季花讯一样，各地有些时差。我们来时清里的红叶已基本落尽，只有别墅边上还有几树红叶似乎专门为我们留着，我们一到，它们便在两三天内都落红入土了。而轻井泽的红叶正值盛时，看着身着和服的日本人在彤透的红叶间徜徉，与樱花时节的粉云弥漫相比别有一番情调。

另一天去的是富士山河口湖。其实天好的时候，在清里的高处，远眺层层山峦之外，浮在云中的那个圆锥形尖顶就是富士山。我早起看日出，朝阳从东方山峦间升起时，感觉富士山应该在正南方，但别墅区的平台边沿有树林遮挡，看不全富士山的全形，只在树枝缝隙间觑见一个被阳光镀金的山尖，便赶忙用长焦镜头拉拍了下来。驱车去富士河口湖的路上，南阿尔卑斯山脉就在车窗的右侧，我看着凸出于群峰之上的一个山头，忽然悟到早上我在树枝的缝隙间用长焦镜头拉拍到的，并不是富士山，而应该是赤石山脉中的盐见岳。

待驱车到了河口湖边停下，湖面开阔无遮无挡，富士山完美的山体在一片平湖上展开，锥尖上始终绕着一圈薄云不肯飘离，就像戴上了一个宽大的草帽。我们在湖边逗留许久，左拍右拍上拍下拍，这一张带芦花，那一张映湖水，又一张缀红叶，再一张捎佳人，不过就是一座山嘛，却怎么拍也没个够，可改唐诗一句："两相看不厌，只有富士山！"

看过了富士山之后，下一个要去看的，就是在日本的山峰中我最心仪的那一座——枪之岳了。

此前我和枪之岳有过一次神交。那是去年来日本旅游时，要乘JR线火车从名古屋去高山市，做功课时，发现了这座属于高山市境内的真正的高山。从名古屋到高山，铁路线沿北阿尔卑斯山脉西侧上行，一路飞瀑流泉、林深谷秀。飞驒山脉北端为白马岳，南端为御乐山，海拔三千一百八十米的枪之岳傲然居中。枪之岳的高度在

257

日本诸峰中只排第五，但《日本百名山》却把它排在第一，显然依据的不只是高度，还有其他因素，诸如可以眺望的风景、登山路线的难度和丰富度，等等，最为重要的，我想还是山峰本身的美感吧！

枪之岳的山峰部分宛如冷兵器时代的长枪之尖，傲然耸立，直刺长天。如果说富士山完美的圆锥形是独立峰优美的极致，那么枪之岳的尖峰在群山间突兀一刺，则是连脉山峰中的翘楚。枪之岳耸然突出，傲视群峰，无论是眺望还是被眺望，都是风景绝佳之处！它的东南西北各有山脉贯通，沿山棱纵走的登山道就有四条，再加上飞騨泽和枪泽两条河谷左右夹持，其登山路线的丰富性为全日本之冠。而最后的枪尖部分登顶，全靠徒手攀岩，对于登山者是极大的挑战，也是极大的诱惑。枪之岳还位列日本"花之百名山"之首，因为飞騨山脉北侧的群山替它挡住了日本海吹来的风雪，高山植物得以在此间优雅地生长，花草遍地，满山满谷，直到最后的枪尖部分才停止蔓延。这和富士山远观形状极美，挨近了却是灰秃秃的山坡形成了鲜明的对照。真正要亲近枪之岳，需花几天时间去登此山，但于我这个年纪，没有充分准备，显然是不现实的。那么剩下的方式就只能是找一个适合的地方去登高远眺了。

这个能够登高远眺的地方就是新穗高，那里有一条直上西穗高峰的缆车线，总长三千二百米，高差一千零三十九米，展望台海拔二千一百五十六米，在那里可以一览飞騨山脉的大小群峰，当然也包括一尖刺空的枪之岳。那一次乘火车到达高山已近中午，一出站我就去打听有没有开往新穗高的班车。班车是有的，但从高山开到新穗高需要一个半小时，从新穗高开回又得一个半小时，坐缆车上山观景再下来，最起码也需要两个小时，这样一算，没有五六个小时是没法从高山去看枪之岳的。而我们已订好了傍晚离开的车票，所以只能放弃枪之岳，利用半天时间玩一下高山市。大概是心有灵犀吧，在高山老街上一家木艺小店里，一幅木片拼画让我眼前一亮：雅致的木框里，作者用大大小小形形状状深浅不同的各种木质本色拼出了花草树木斜壁峭崖，沿着画面上的 U 形山谷视线上移，顶端赫然就是那一峰刺天的枪之岳！看到这幅木拼画，爱不释手，立刻买下，我想这是上苍垂怜我此番看不成枪之岳，特意给我的一个补偿吧。

　　这一次来清里小住，因为有专车可用，终于可以满足我亲眼看一看枪之岳的愿望了。从清里到枪之岳，直线不过百公里的距离。我们此行中有一位朋友不慎崴了脚，行动不便，但新穗高缆车站像日本其他地方一样，对残疾人有很好的照顾，我们顺利地借到了轮椅，推着她上了缆车直达云间的展望台。说是云间，一点儿不夸张，那一天是多云天气，展望台四周都是云团云块云帷云幔，意境很美，但我却心中担忧：这么多的云，能让我看见枪之岳吗？好在云是飘忽浮动的，在它们的移步换形中，四围群峰一座座次第在云隙云缝云窗云洞中显露出来。展望台上的每一边都有那一侧山峰的图形标识，在云起云落中，我们可以观赏到右侧后的西穗高岳、前穗高岳、北穗高岳和奥穗高岳；可以看到左侧的烧岳和锡仗岳；可以看到眼前谷深中的奥丸山和对面的双六岳、拔户岳，还有最具雍容气度的笠之岳；而在右侧前方，也看到了南岳、中岳和大喰岳，但飞驒山脉的最高峰枪之岳，却像一个大牌明星，久久隐在云后不肯露面。

　　好在这一次时间充裕，可以在展望台所设的餐厅边吃午饭边等。缆车的票价是两千九百日元，如果加一千日元买套票，就可以享受附送五百日元的优惠餐券。我们知道日本这种套票是不坑人的，果然，人均一千五百日元的午餐不仅可以吃到一碗不错的乌冬面、拉

259

面、荞麦面或者一份盖浇饭，还可以品尝一份当地有名的烤飞骅牛排。吃罢午餐，再上展望台，右前方的云层有了飞动散开之势，再等一会儿，只见云幕沿着山形拉开，那望眼欲穿的枪之岳，忽然就在云幕后面跃了出来，冷峻、尖锐、刚挺、直刺青天。仿佛是不忍让我这心仪已久的旅人看不到它失望而归，才从云缠雾绕中特意露出了它优美高贵的身形。

这次来日本小住观山，因为是住在清里由朋友D女士提供的别墅里，所以最后再说一下这座别墅。D女士的主要工作是健康体检服务，位于清里森林中的这套别墅，因为住客不多，使用率不高，希望能有更多朋友知道它，可以选择前来居住度假，为此，主人希望我为这座别墅起个名字。经过几天在清里的感受和思考，我想了两个名字，建议可以制成两个匾额，分挂于门前和厅内。

外匾：清径玄庐。清，指清里这个地方，又有清澄、清静、清心之意。径，音同于境，也可易字为境。玄，一意为黑色，指别墅所覆之灰黑色的屋瓦；一意为玄妙。庐，一可指房庐与穹庐；二是这里远离都市尘嚣，正合了陶渊明诗"结庐在人境，而无车马喧"的悠远意境。

内匾：参宅宜生。因为此别墅是在日本，所以仿日本著名设计师三宅一生的名字以得其趣。参字暗寓三，字的本义为参加、参与，自有欢迎朋友们前来的意思；字头的三个"厶"，恰如这套别墅三个穹顶的房屋外观。而宜生嘛，自然就是宜于生活，也宜于健康养生之意了。

在帝国美萍成为"幸运得主"

    戊戌年春节前，三个编剧王、屠、隋，接了一个写电视剧的事儿。为提高创作效率，委托方还提供了一笔资金，说几位编剧老师可以选一个温暖的地方去住下来安安稳稳地讨论剧本的提纲。上哪儿去呢？国内最温暖的地方要数海南，但那里年年冬天人满为患。王编剧提议：与其到海南凑热闹，不如到泰国清迈找清闲去。因为王、屠、隋三人要集中精力讨论剧本，无心旁顾，需要有一个专人来负责行、宿、食等事宜，恰好屠编剧的太太算得半个网上购物达人加半个国外旅行达人，便将此重任委托于她，称其为"司务长"。

    说要到清迈去找清闲，其实现在在清迈的冬天已经不清闲了，因气候温暖、物价低廉而到清迈来度假、猫冬、寻房、养老的欧洲人和中国人趋之若鹜。外来的人多了，房子自然就紧俏了，虽然清迈这个城市大小酒店随处皆是，但要找到合适的住处，还是挺费功夫的。这其中有两个数字因素比较重要。

    第一是房价，如果不控制房价，拣贵的订，什么黛兰塔维、安纳塔拉、四季酒店，房价人民币三千两千一天，总是可以订到。而要想订到性价比合适、人民币四五百一天的，就要颇费一番搜寻比较的心力了。

第二是房间数目和需住日期，在人民币四五百元这个价格范围内找房，只要一间，住一两天，很容易订到。但如果同时需要数间，一连需住数天，那房间就还不太好订。因为清迈的旅游季节客源满满，且大都已在网上预订，许多酒店所空房间数和房间所空的天数都很难和我们的要求相吻合。

而我们的要求又比较特别：首先因为讨论剧本需要公共空间宽敞并且比较清静的环境，这就排除了旅行团轰隆隆进来又呼啦啦出去的那种大酒店，主要选择清雅安静的小酒店；其次这个剧本讨论活动除了三个编剧要在一起讨论构思二十天外，另有编剧傅先生与学者樊先生夫妇短期前来参加讨论提供意见。而王编剧夫妇因为睡眠不好又需各卧一室，所以我们这个团队在清迈住宿期间至少需要四间房，人多时需要六间房，这就给"司务长"的订房工作造成了一定难度，提出了较高要求。而"司务长"又是一个做事力求完美的女人，在赴清迈之前就在网上反复寻找比较，先在古城东边订了两家小酒店，一家叫维昂塔佩，一家叫香米精品。其间编剧傅先生夫妇前来参与了几天先行离开，学者樊先生夫妇也来参与了一周之后离开，他们来住的日期和天数临时又有变化，这就需要机动增房增天，与酒店协调处理，好一番周折，总算搞定。"司务长"在网上网下为找房订房耗费太多的精力，或许成为后来不慎出错的一个原因。

香米精品酒店紧挨在古城东边萍河边，位置合适，环境不错，本打算就在此处一直住下去，可惜其后一些天酒店房间都已在网上订了出去，不得不另寻住处。"司务长"在网上花了好一番功夫，又在古城东南角订到了一家甘蔗酒店，与前两家一样都是只有二十来间房的精品小酒店。甘蔗酒店给我们的是并排四间房，阳台上的隔门打开就可全部相通，方便团队活动。酒店亦有宽敞舒适的公共空间可以利用。在甘蔗酒店我们可以连住一周，一周后我们所住的房间被事先预订出去了三天，所以我们又得换个住处。想回到先前那两家不错的小酒店去住，可惜都同时拿不出四间房来。

从甘蔗酒店步行十来分钟就可走到城环以东、萍河以西那一片高层酒店扎堆的热闹地方，大酒店有艾美，有东塔万，还有帝国美萍。对于中国人来说，帝国美萍酒店有着特殊的意义，因为深为华人世界喜爱的歌星邓丽君就曾住过那里并辞世于那里。如今她住过的1502套房已成为华人游客到清迈必来凭吊的纪念馆，最便宜的参观票价为每人九百泰铢搭配一份下午茶，合人民币约一百八十元。从早到晚参观者络绎不绝，成为该酒店的一棵摇钱树。

王、屠、隋三人都是文艺界人士，多少都有些邓丽君情结，自然要到帝国美萍来看一看。这老牌酒店的气场很大，前后都有花园，南北占据了整整一个街区，在清迈的酒店中还真不多见。三人说咱们住一回帝国美萍也不错啊，顺便可以到邓丽君的客厅里去怀怀旧。此次清迈之行，"司务长"订酒店的原则是：只找环境优雅、位置方便的精品小酒店，不住旅行团闹闹哄哄进进出出的大型酒店。但既然甘蔗酒店之后尚有三天的住处没落实，而三位编剧先生又提出了想住一住帝国美萍的要求，于是她便开始上网去订帝国美萍。帝国美萍是家老酒店，与新酒店相比设施偏于陈旧，正常标间的房价也就两千泰铢，合人民币四百元左右，可偏偏一连几天在Booking网上帝国美萍酒店都没有四间空房可以提供。王编剧动了念头之后，是真想住帝国美萍了，主动对"司务长"说："没有四间房，三间也行啊，我就和太太凑合住一间吧！"

眼看在甘蔗酒店退房的日子越来越近了，但订房网站上的帝国美萍总是订不到三间以上的房。一连几天"司务长"都在网上看着帝国美萍没房、没房、没房，正准备放弃这个选项另找酒店时，网站上忽然显示帝国美萍有了三间房，只是房价略有提升，估算了一下合人民币五百多元，这也完全在我们的财务预算之内，于是"司务长"果断下单订房，就是它了！

不知为何，从订下帝国美萍酒店这一晚上开始，"司务长"的前胸后背加肩膀就开始不明原因地疼痛，她想可能是前两天做泰式按摩技师的手法太重给按伤了。听说泰国的虎牌膏药比较灵，便买了一些来贴了止痛。移住帝国美萍酒店的前一天晚上，本人，也就是屠编剧，撕开了一张虎牌膏药平摊在记录讨论内容的笔记本上，准备等"司务长"洗完澡后为她贴上。可是只一会儿工夫，当她从浴室里出来时，那一张已经揭开摊放着的膏药却不翼而飞了，满房间地找，哪儿也找不到！这事儿完全不合逻辑啊，也完全不合唯物主义的认知观啊，但如果就这么较真地找下去，那么一晚上就别睡觉了！最后只能忽略此事，不再想它，另撕一张膏药给"司务长"贴上。

第二天上午，我们移师帝国美萍。这一周在温馨的甘蔗酒店已经住习惯了，甘蔗酒店的女主管说："三天后我们又有房了，你们如果还愿意回来住，就还把那四间房给你们留着。"

在帝国美萍酒店办理入住手续时，前台说现在又多出了一个大床间，问我们要不要？"司务长"说要啊，于是另办这一间房的手续，房价是含早餐两千七百铢，不含早餐两千五百铢，合人民币约五百元，相同的房间，比网上订的房价还略便宜些。因为已订好的三天三间房都不含早餐，这一间自然也就不要早餐，三天共七千五百铢，当场刷卡支付。可刚支付完，前台又说抱歉搞错了："这一间

264

房只是今天有，明后天又已经订出去了。""司务长"有些不高兴："既然这么麻烦，那我们就不要了。"于是当场又退回了七千五百泰铢。

进了房间以后，王、屠、隋三位先生和王太太、屠太太（司务长）都很失望，这酒店确实已经很老旧了，房间的床品、装修都不能和前面住过的三家精品小酒店相比，卫生间的设施更是差了很多，房价却比甘蔗酒店还贵不少。这种房间之所以能卖五百多人民币的价格，完全是靠了邓丽君的名气和旺季源源不断的华人游客。王编剧这时有点儿后悔："这样的床品，我和太太还是睡不好觉啊！而且这样的房间，我们也没有一个能讨论的地方啊！"

"司务长"提出了解决之道："这样吧，我在附近的酒店再找一个带客厅的套房，让隋编剧过去住。你们要讨论也到隋编剧的房间去，反正在这里就凑合三天，之后我们还是搬回甘蔗酒店去吧！"紧接着她就到附近不远处的马尼纳拉康酒店为隋编剧要了一个套房，同样是两千五百铢一天的价格，却比帝国美萍多出了一个宽敞的客厅可供三人讨论之用。

各家住定之后，便买票去参观了邓丽君的套房，那套房倒是装修得典雅漂亮，当年为邓丽君服务过的年轻侍者已经成了管理这个纪念套房的专职经理。他给我们展示了邓丽君当年的照片还有与他的合影，让人感叹时光易逝佳人不再！

我们在帝国美萍是住2月的4日、5日、6日三晚，7日退房离店。这三天里三位编剧每天上下午散步到隔壁酒店的套房去讨论，中午回帝国美萍的房间休息。而两位太太则外出逛街休闲。6日中午，王编剧饭后回房休息时，发现案几上多了一盘水果，还有一封英文信。王编剧不识英文，便拿给屠编剧看。屠编剧略识英文，看

265

出大意为：

"恭贺你们的团队成为我们酒店的幸运得主（lucky winner）——详细事宜请与前台联系。"

屠编剧心想：送一盘水果能有什么大不了的幸运？要与前台联系，自己这点儿英语恐怕不够用，便把英文信留在房间里待太太"司务长"回来处理。

下午三位先生依旧在隔壁酒店隋编剧的套房里讨论剧本，快到晚饭时分两位太太喜气洋洋地来了，向三位先生宣布了一个十分意外的好消息——

经"司务长"到酒店前台接洽联系，酒店方面确定我们这三间房的住客成为帝国美萍酒店的"幸运得主"！所得之幸运具体表现为：

第一，免费请我们团队当晚在酒店二楼中餐厅用晚餐；

第二，免费请我们团队明晨在酒店一楼餐厅用早餐；

第三，我们所住的三个房间，全部给予升级换房待遇——从现住七楼的标准间和大床间升级到位于十二层和九层的商务套房！

还有第四，可以免费请我们参观位于十五楼的邓丽君故居，但我们已经自行参观过了，就不必再享受免票待遇了。

这意外的好消息把三位编剧从正在讨论的剧情中拉了出来，因奇遇突现而兴奋莫名，又因事情离奇而觉不可思议：

怎么会有这样的好事？

泰国的天上掉馅饼了？还偏巧正掉在我们头上？

这好运从何而来？我们为什么会成为"幸运得主"？

"司务长"道："同样的问题，我已经问过酒店前台了，前台人员说她们也不知道，是酒店主管通知的，她们就照办。前台小姐说，你们这些贵客得到了这份幸运，那就请高高兴兴地享受这份幸运！"

既然问不出所以然来，对这天降好运就欣然接受吧。三个编剧开始猜测酒店方面的剧情和动机：说不定这是为了宣传造势而设计的一种摇奖机制，在一定时间段内会从住店客人中摇出某个"幸运得主"，就像赌场需要有幸运者赢钱以招徕赌客，而这次的"幸运得主"就幸运地落到了我们身上！

当然也有疑问，暗想，天上如果掉馅饼，地上必定有陷阱！但这里所遇当地人民个个亲切谦和，从未遇到宰客之事。买东西搞不清要付多少钱时，只需把手里握着的泰铢摊开，让店家自己去取。清迈人做生意不但童叟无欺，而且内外无别。当地人在大市场吃一碗杂烩烫面三十泰铢，我们吃一碗也是三十泰铢，合人民币不过六块钱。十泰铢就可以买一大团糯米饭，够你吃到饱，合人民币才不过两块钱。我们想来想去，现在有个"幸运得主"的大馅饼掉到了我们头上，还真想不出泰国人民会挖什么陷阱让我们掉进去。

既然不担心挨宰，那就放心享用泰国人民赠予的好意吧！傍晚，我们一行五人进了酒店二楼的中餐厅，侍者递上厚厚一本菜单，上面鱼翅、鲍鱼等赫然在列。为慎重起见，点餐前还特别问了一下餐厅经理：这一餐确实是免费的吗？餐厅经理点头确认："Yes, it's free!"（不过酒水除外）

"司务长"又问了一句："菜单上的菜都可以点吗？"

餐厅经理再次微笑回答："是的，敬请享用！"

三个中国编剧一致感叹："泰国人民真友好！"

于是我们开始点菜了。在开始的兴奋中，大家嚷嚷着为了不负幸运，什么贵点什么！但稍一冷静，觉得虽然天降大运于斯人也，但我们这些斯文人的表现还得斯文点儿，于是较贵的菜都不忍下手，只点了一个冷拼、一个烧鸭肉、一个豆腐汤、一个墨鱼片炒鱼肚、两个炒素菜、一条清蒸鱼、一个果盘。虽然撞了大运，但这顿饭也只当是平常饭来吃，和我们自己花钱点菜没啥区别，心里想的是别让泰国人民觉得这些中国人民得意忘形，得了便宜就要占尽便宜。

但毕竟这是平生第一次成为"幸运得主"、享受免费大餐，那种心情既莫名其妙又很觉奇妙，上一道菜，就拿出手机来拍一道菜，当即发给在微信上的亲朋好友，让他们羡慕嫉妒恨一下。

我上海表妹的反馈立刻就来了："小心挨宰！"

当时我就给她回了一个："侬在国内被宰怕！泰国人民不宰人！"

王、隋二编剧笑道："现在的问题不是泰国人民宰不宰我们，而是我们好不好意思宰泰国人民。"

选餐后甜点时，看到有椰奶燕窝，一大盆的价格为两千九百铢，将近人民币六百元，虽然咱不用掏钱，也没好意思狠宰人家，"司务长"和王太太商量道："这燕窝羹他们男士就别吃了吧，咱们就点个小盅，两个女士分着尝尝。"

服务员小姐有点看不下去了，比画提示道："一盅太小了，两人不够吃！"

"司务长"狠心道："那就点两盅！女士享燕窝，男人吃水果！"

免费大餐结束了，点的菜基本吃完，并不因为免费就浪费！而且给起小费来出手格外大方，人家酒店免费请咱，咱就多给一点小费以示感谢吧！

当天晚上，按店方安排，给我们升级房间。一间1104，一间1134，是两个带客厅的商务套间，虽然和邓丽君的套间没法比，但毕竟要比标准间和大床房宽敞豪华，"司务长"请王编剧和王太太分别上楼"升了舱"。至于本人屠编剧和太太"司务长"，给我们安排升级的套间是在九楼，要升这个舱，就得把摊开了的行李物品装箱提上去打开再收拾，想想第二天就要退房了，不愿费事折腾，就谢绝了店方的好意，放弃升舱，不搬了。

虽然我们没"升舱"，但这一天的幸运还是很让人兴奋的。上了床一时睡不着，两人各自看手机。忽然手机"嘟"地一响，是邮箱里有信来了。"司务长"打开看了一眼，惊叫了一声："不对啊!"

我没在意，问了声："什么不对?"

她从床上跳下来："钱不对啊! 你看，邮箱里账单来了，我在Booking 网上订帝国美萍，三个房间三天，房钱总共是两万三千九百二十五泰铢，按五比一计算，折合人民币应该是四千七百八十五元。可你看这账单，怎么变成了十一万八千多泰铢啦，折合人民币成了两万三千九百二十五元，这么一来，不就多扣了我们五倍的钱了吗，将近两万哪!"

我一看，银行发来的账单上还真是如此! 两人怔了一下神，忽然就悟过来了——我们为什么成为"幸运得主"，原来奥秘是在这里啊——你花了五倍的价钱住最普通的房间，酒店不让你幸运一下连他们都觉得过意不去! 为了不让我们觉得这钱花得太冤，所以才请我们吃大餐，给我们升房间，造成既成事实，让我们哑巴吃黄连，有苦也说不出!

问题到底出在哪儿呢? 我们首先想到的是订房网站出了错：将结算的币种由泰铢误写成了人民币，这才一下子就多出了五倍的费用。如果这个错误是订房网站犯的，那我们就可以投诉网站，要求其改正，多付出去的约两万人民币还有可能追回。网站弄错了币种，这样的分析是合乎逻辑的，因为帝国美萍这样的房间，平常的价格也就合人民币四百元左右，旺季和紧俏时提升到人民币五百多也可以理解和接受，我们入住时在前台要求多加的一间房，门市售价是两千五百泰铢，正好合人民币约五百元。但就这样的标间和大床间，收我们人民币两千六百五一间，就完全不合常情常理了！

为了去和酒店说明这一问题，两个人临时来抱英语的佛脚，商量这个问题用英语应该如何说明？那种意思用英语应该如何表达？如果你说了人家听不懂，或者人家说了你听不懂，岂非鸡同鸭讲？

而要求酒店退款需要证据，最直接的证据就是订单，"司务长"认为，订单上的房价肯定是以铢计，而非以元计。但当她在手机上打开了前些天订房的那个订单页面，这一看，傻眼了：订单上的房价数目23925后面的货币名称，竟然不是铢，而是元！

"司务长"蒙了："我前面准备订房看来看去的房价都是泰国铢啊，怎么这订单上竟然变成人民币元了呢？"

而我却搞明白了："它就是故意打了你个马虎眼！前面它没有三间房的时候，网上标明的房价是泰铢，如果是人民币，那样的价位你根本不会考虑接受！而当它突然冒出三间房时，就在下面悄悄把房价改成了人民币，因为你在网上反复看房时心中已经有了泰铢的价格，对这个数字就不会怀疑，还以为它是泰铢。为了赶快锁定这三间房，你当机立断就下了订单，于是你认为的泰铢数目就变成了人民币的数目落进了人家的筐里！这是第一个错误——

"还有第二个错误，就是出国时你把手机卡换成了当地的上网卡，这样国内银行即时发来的支付短信你就看不到，无法在第一时间纠正。等在邮件上看到银行的来信时，木已成舟，米已成饭。因为订单是酒店挂到网站上去的，这个责任咱们还真没法找网站来负。事到如今，你可以说帝国美萍酒店是故设陷阱，守坑待兔；但酒店也可以说他们有权上浮自己的房价，价格已经标明在那里，谁叫你没看清楚就愿者上钩呢!"

"幸运得主"的由来算是弄明白了,但这一晚上"司务长"懊恼自责得睡不着觉:"你们都说我是网上购物达人加旅游达人,我怎么会犯这么低级的错误呢?不行,无论如何我明天早上还是要跟酒店去说,虽然没看清楚价格是我的失误,但他们这样的破房间也不能要这么高的价啊,这根本就不值这个价啊!有这样的价钱,我们都可以去住黛兰塔维了!"

——顺便说一下黛兰塔维,这应该是清迈最高档的酒店,听说我们来清迈后,"司务长"的同学夫妇也来清迈一游,住的就是黛兰塔维。他们请我们去住处参观,那是由泰国原来的皇宫改成的酒店,拥有美轮美奂的皇宫建筑和花繁树茂的皇家花园,皇宫和花园不对游人开放,只供住客独享。他们住的是一幢二层小别墅,房价不过三千人民币。而我们在帝国美萍将近三千人民币一天的房价,住的是什么房呢?

这一晚上我也没睡好,心里翻腾的是因"幸运得主"事件而形成的几番情绪跌宕:

第一番跌宕是中奖的兴奋,碰上了天降花雨,于是频发微信与国内朋友同乐。不过并没有得意忘形,在点吃"免费大餐"时行为举止还是很得体的。虽然早就不信天下有免费的午餐了,却把这免费的晚餐当成了帝国美萍酒店的一种浪漫举措,这一波情绪是觉得泰国人民真好!

第二番跌宕是愤怒:帝国美萍居然设这样的陷阱让我们跳,这也太不厚道了!这样破旧的房间居然敢收高出正常价格五倍的钱!对"泰国人民"的好感顿时就没有了!

第三番跌宕是平静后的思考:商人逐利,使出某些猫腻手段来

271

巧取豪夺，国内如此，泰国如此，西方国家也如此。利用邓丽君住过的套房来售票赚钱和在网上突然变换房价来赚钱，都是他们的生财之道。可以设想像我们这样不小心上当的冤大头不是第一个，也不是最后一个。而所谓"幸运得主"，就是酒店安抚冤大头的一种策略：你们确实在我们酒店多花了很多钱，但我们酒店也不是无情无义，所以请你们吃免费大餐，给你们升级换房，你们这笔钱我们肯定是要赚的，但你们也别把我们当黑心奸商，我们的表现还是很绅士很友善的哦！

当晚"司务长"和我商量："这错是我犯的，责任也该由我来负，这笔多支出的费用就由我们自己来承担。至于王编剧夫妇和隋编剧，就不要扫他们的兴了，让他们继续感受幸运吧！"

第二天早上，"司务长"找到了酒店经理，向她说明了这件事。当然首先承认自己的失误："下单订房时我误把人民币看成泰铢了，主要责任在我。但酒店方面，以这样的房间收取超出五倍多的房价，物无所值，这不合常规也不合情理。希望酒店能考虑到实际情况，尽量减少我们的损失。"

经理是位态度温婉的女士，她对客人的投诉表示理解，也强调酒店有浮动房价的自由："订房前应该看清价格呀，你们在网上已经付出的房钱，酒店恐怕是难以退还了。但对于你们花了昂贵的价钱来住我们酒店，酒店心存感谢，所以要用我们的方式来尽力款待你们。至于你的意见，我会考虑：第一天的房费肯定是不能退的；第三天的房费因为给了你们免费餐和升为套房的待遇，所以也就不退了；至于第二天的房费，可以适当地退还一些，每间房退六千泰铢，共一万八千泰铢，你看这样是否可以？"

（在我春节后写这篇文章的时候，"司务长"的卡上还真的收到了这笔退款，约合人民币三千六百元。同时在邮箱里看到 Booking 网发来邮件要求点评帝国美萍酒店，问话是："你觉得在帝国美萍酒店的入住体验怎么样？"我们该怎样回答呢？四个选项：差，一般，好，优秀，选哪个都是一言难尽！所以对该酒店的入住体验，只能用这篇记述文章来回答了。）

酒店经理最后说："至于酒店为你们团队提供的免费早餐，还是希望你们前去享用，不要因为心情而影响胃口。"

免费早餐，价钱二百泰铢，合四十人民币，很小的意思。现在吃，表示风度；不吃，成了赌气，还是去吃吧。况且王编剧夫妇和隋编剧还不知就里，仍沉浸在"幸运得主"的好心情之中。早餐是自助的，为了害怕表情透露心情，"司务长"特意避开那三位选桌另坐，我坐在对面，边吃边安慰她。很多安慰的话说了都没用，她情绪依然低落。但有一句话她听进去了——

我说："咱们为什么来住这帝国美萍，不就因为邓丽君吗？人家邓丽君在这酒店把命都送掉了，我们不过是赔了点儿钱，就当是花钱消灾吧！能躲过这一劫，还是幸运得主！"

"司务长"的心情开始舒解，脸色也好看了起来："你说这遭遇真是一劫？"

我本不信劫数的说法，刚才也就是顺口一说。但回头想想，生活中还真有些说不清道不明的情况，或许就是劫数，比如搬来帝国美萍前一晚的那张奇怪的膏药，好好地摊开在那里怎么就会不翼而飞、消失无踪呢？按正常逻辑，那是说不通的；按唯物论的分析，更是不可能的；但它确实就是不见了，不知因，无可解。

我问"司务长"："你的前胸后背现在还疼吗？"她耸耸肩感觉了一下："哎，似乎倒是好多了！"我继续安慰道："这说明劫已经过去了！"

　　如果说这次不幸的"幸运"真乃劫数的话，还有一件小事似乎与此有关——

　　住在甘蔗酒店时，我们房间阳台外面是一棵棕榈树，树上挂着一个小鸟巢，是一种黄色小鸟织造出来的，那几天天天看到一只小黄鸟飞进飞出地在忙活，为窝里带回两根草茎或一小团绒毛，你看它拍它，它并不怕人。我把照片传给一个懂鸟的朋友，他告知这叫黄腹花蜜鸟，又叫啄花鸟。但自从"司务长"订下了帝国美萍酒店，她的前胸后背就开始原因不明地疼痛，同时那只小黄鸟也消失不见了。她担心道："这小黄鸟怎么不回巢了？别是被外面的大鸟吃掉了！"但是等我们离开帝国美萍又住回小而温馨的甘蔗酒店时，竟发现那只小黄鸟又回来了，不过不再飞进飞出地忙活，而是安安静静地蹲在巢里，只露出一个小小的头，大概是在孵蛋吧！

　　希望那是一颗幸运蛋！

图书在版编目(CIP)数据

行走世界／邓海南著. — 北京：中国文史出版社，
2019.10

（中国专业作家散文典藏文库·邓海南卷）

ISBN 978 - 7 - 5205 - 1196 - 4

Ⅰ. ①行… Ⅱ. ①邓… Ⅲ. ①散文集 – 中国 – 当代

Ⅳ. ①I267

中国版本图书馆 CIP 数据核字（2019）第 163968 号

责任编辑：蔡晓欧　薛未未

出版发行：中国文史出版社

社　　址：北京市海淀区西八里庄 69 号院　邮编：100142

电　　话：010 - 81136606　81136602　81136603（发行部）

传　　真：010 - 81136655

印　　装：北京东君印刷有限公司

经　　销：全国新华书店

开　　本：720 × 1020　1/16

印　　张：18　　　　字数：217 千字

版　　次：2019 年 10 月第 1 版

印　　次：2019 年 10 月第 1 次印刷

定　　价：63.00 元